Sándor Márai

Le miracle de San Gennaro

ROMAN

Traduit du hongrois
par Georges Kassai et Zéno Bianu

Albin Michel

« Les Grandes Traductions »

Le miracle de San Gennaro

À Pasqualino
parce qu'il avait six ans
et qu'il venait vider les poubelles tous les matins

Au pêcheur manchot
parce qu'il a apaisé la mer

À Santo Strato
parce qu'il gardait la maison et les malades

Aux fleurs

Aux animaux

À la mer

Aux pauvres du Pausillipe

À l'Italie

Les personnages de ce roman, purement imaginaires,
n'ont rien à voir avec des personnages réels.

I

1

En ce début de printemps, un bruit courait à travers le Pausilippe : un homme qui voulait sauver le monde avait, disait-on, emménagé dans l'une des villas de la colline. Anastasia, la fille du jardinier qui, tous les après-midi, livrait du lait à domicile, fut la première à en parler. Un soir, alors qu'elle répartissait le lait dans ses récipients en aluminium, elle dit d'une voix terne et indifférente :

– Ce sont des étrangers. Ils sont arrivés avant Noël.

Puis, elle se mit à chanter en descendant l'escalier plongé dans l'obscurité. Chaque fois qu'elle livrait le lait tard dans la soirée – le jardinier gardait ses vaches dans l'étable, sans jamais les lâcher dans les prés et, vers la fin de l'hiver, les bêtes, à moitié aveugles et privées d'herbe fraîche, ne donnaient pas de lait avant le soir –, Anastasia chantait en s'engageant dans cet escalier. Elle chantait parce qu'elle avait peur.

En haut de la colline, la nouvelle ne fit guère sensation. Dans l'abrupte via Santo Strato, desservie par le tramway et conduisant à la villa Ricciardi, un lotissement fort peuplé, les passants ne voyaient là rien d'extraordinaire et évoquaient la chose avec détachement. Plusieurs « rédempteurs » avaient déjà hanté la région, aussi, la nouvelle de l'arrivée d'un étranger, fût-il porteur d'un message divin, ne suscita-t-elle guère d'émotion. D'abord, avec les étrangers et, en particulier, avec les Anglais, tout était possible. Ensuite, le fait même de vouloir sauver le monde, loin de constituer une rareté, était considéré ici comme quelque chose de tout à fait naturel. Notre Seigneur Jésus-Christ, après tout, n'avait rien fait d'autre.

– Amen, lâcha le marchand de vin à casquette au tripier, son interlocuteur.

Assis sur des tonneaux, plusieurs hommes suivaient attentivement la conversation. Le tripier était communiste. Le maçon, condamné au chômage pendant les mois d'hiver, vendait des images saintes et collectait des fonds en vue de la construction d'un monastère dans une contrée lointaine que l'on aurait eu bien du mal à situer sur une carte. C'était dans une caisse montée sur son tricycle que le tripier transportait sa marchandise destinée aux habitants de la villa Ricciardi et du haut de la colline. Noiraud, décharné, coléreux, l'homme, excellent comédien, connaissait l'art de garnir de citrons et de feuilles de laurier ses tripes spongieuses – gésiers de mouton ou de chèvre, coupés en deux à l'aide d'un couteau à lame courte et arrosés de jus de citron – que ses clients consommaient sur-le-champ, sans pain. Communiste, le tripier ne croyait pas à la rédemption et n'ajoutait foi qu'aux promesses émanant de Moscou. Le maçon, lui, gagnait provisoirement sa vie en vendant des images pieuses, et les maigres revenus qu'il tirait de son commerce l'empêchaient, tout aussi provisoirement, de militer pour le parti.

– Les Anglais sont des capitalistes, affirma le tripier. Ils ne pourront pas changer le monde. Seuls les communistes en sont capables. Vous êtes combien à dormir dans la même chambre ? demanda-t-il au maçon.

– On est huit, répondit celui-ci, imperturbable.

– Tu sais combien il y a de pièces au Vatican ?

Alors le marchand de vin intervint. C'était un homme gros, coiffé, lui aussi, d'une casquette à visière, et vêtu d'un chandail aux couleurs criardes. Un jour, du temps qu'il était encore jeune, il s'était fait photographier en couleurs, avec, dans l'arrière-plan, un paysage au clair de lune et le Vésuve crachant le feu. Lui-même était habillé de noir, le cou entouré d'une écharpe blanche ; il faisait le salut militaire en portant deux doigts à sa casquette. Il achetait le vin à Gragnano et le conservait dans des tonneaux en bois de châtaignier.

– Et toi, tu sais combien il y a de pièces au Kremlin ?

– Il y en a beaucoup, répliqua fièrement le tripier.

– Tu sais combien de personnes dorment dans une même pièce, à Moscou ? interrogea alors le pêcheur manchot.

Le tripier s'assombrit. Poussé au pied du mur, il se planta, d'un bond, devant les tonneaux et entreprit d'amuser la galerie. Les deux garçons qui montaient le charbon de Bagnoli dans une charrette tirée par un âne, le maçon et le marchand de cacahuètes établi près d'un arrêt de tram, à l'ombre d'un platane, face à Capri, se penchèrent en avant, attentifs, chacun tenant à la main un verre rempli d'un vin rouge étincelant : ils avaient compris qu'ils allaient assister à une représentation. En quête d'inspiration, le tripier ferma les yeux et se lança, en esquissant d'abord quelques gestes mesurés.

– J'ai vu Peppino, le dompteur, déclara-t-il avec solennité. Vous vous souvenez de lui ?

Les aînés s'en souvenaient. Semblable à cet homme qui, non loin de la Porta Capuana, récitait des poèmes du Tasse, et qui se montrait toujours capable de sentir le moment psychologique propice à arracher, par les seules vertus du verbe et de l'art, son entourage à la banalité de l'existence quotidienne, le tripier avait compris que le public était bien disposé à son égard. Alors, d'une voix calme, il commença :

– Un jour, en Calabre, un lion se révolta pendant un numéro de cirque.

L'anecdote n'était certes pas inédite : le pêcheur et le marchand de vin l'avaient déjà entendue un certain nombre de fois. Et pourtant, ils écoutaient attentivement, en experts – les yeux brillants, les gestes, la mimique, bref, le style de l'interprétation leur important, au fond, plus que le récit. Seul le marchand de cacahuètes affichait un air blasé : la contemplation, à longueur de journée, de la mer, de Capri et du défilé des voitures américaines sur l'avenue principale, l'avait doté d'un flegme seigneurial. Cependant, lorsque le tripier en arriva à la scène – irrésistible – où Peppino, se signant, s'agenouille devant le lion et le supplie, au nom du Père, du Fils et du Saint-Esprit, de ne pas le dévorer – chacun, libéré, se mit à applaudir. Alors, réconforté par son succès et assuré d'avoir sauvé son honneur, le tripier se leva.

Le marchand de vin riait aux larmes. Tout en se frottant les yeux, il lança au tripier :

– Tu vois bien, le miracle, ça existe.

– Ce n'est qu'une histoire, répondit le tripier, d'un air un peu supérieur, occupé à essuyer la poussière sur son pantalon rapiécé. La seule solution, en fait, c'est la justice sociale.

– Tu rabâches toujours les racontars de ta feuille de chou, poursuivit calmement le pêcheur manchot.

– Tu as perdu la boule, renchérit le marchand de vin.

– Mon père était marin, rétorqua le tripier, vexé. Je suis même allé jusqu'à Gênes !

Sifflant avec supériorité, il sortit d'un pas lent dans la rue. Puis, il prit son mouchoir et chassa les mouches qui avaient envahi ses tripes et ses citrons. Cette année-là, dès le début du printemps, les mouches pullulaient au Pausilippe. C'était insupportable.

2

Le vieux baron qui, tous les après-midi, se promenait sous les platanes et les eucalyptus du grand boulevard du Pausilippe, déclara :

– Moi aussi, je l'ai vu, cet homme. Le matin, il monte seul jusqu'au belvédère. Mais le soir, c'est avec sa femme qu'il descend à Marechiaro. Là, sur la terrasse de *La Finestrella,* ils se régalent de pizzas et ils boivent du vin – mais je crois qu'il n'a pas beaucoup d'argent. On suppose toujours, d'ailleurs, que les Anglais et les Américains sont tous riches – mais ce n'est pas vrai. Celui-là porte des lunettes et marche en sandales. Moi, je ne pense pas qu'il puisse sauver le monde. Ce n'est qu'un étranger, un étranger qui est venu avec sa femme – il a loué un appartement meublé, il va rester quelque temps ici, puis il repartira. On peut dire qu'on en a vu, nous autres, des Anglais : eh bien, ils ont tous fini par s'en aller, non ?

Il leva sa main décharnée, ornée d'une chevalière et piquetée de taches hépatiques.

– Je le sais, continua-t-il, parce que j'en ai connu, des gens distingués. Malheureusement, les personnes vraiment distinguées sont rares parmi les étrangers.

– *Cavaliere*, s'exclama l'amiral, attention ! Le matérialisme, savez-vous, se répand de plus en plus dans le monde. Ayant connu personnellement le docteur Moscati, moi, je peux vous assurer que certains saints le sont déjà de leur vivant.

– Comme Padre Pio à Foggia, intervint le vieil homme, qui, tous les soirs, au bord du rond-point bordé d'eucalyptus, près du chemin descendant vers la baie de Marechiaro, dirigeait un jeu de hasard qui consistait à faire rouler une boule de bois jusqu'au bord du trottoir. Nul ne savait au juste de quoi il vivait. Toujours vêtu avec élégance, il portait, même en été, un complet bleu marine et des chaussures en cuir, et passait sa journée sur un banc, au bord du rond-point. Chaque soir, de nombreux passants participaient à son jeu : et chaque joueur devait payer cinquante lires pour avoir le droit de pousser une boule de bois grande comme la tête d'un enfant, le plus près possible du bord du trottoir. Le gagnant emportait la mise, soit cinq cents lires.

– Padre Pio vit à San Giovanni, non loin d'ici, poursuivit le vieil homme. Parfois, il faut attendre quatre jours pour le voir. Un gant noir couvre l'une de ses mains, marquée par les plaies du Christ.

– Il en a aussi sur les jambes, affirma, d'une voix caverneuse, un autre vieillard.

Coiffé d'une casquette à visière, celui-là marchait avec des béquilles : l'hiver précédent, il avait été amputé de ses orteils gangrenés.

– Ce n'est pas sûr, objecta l'amiral.

– C'est tout ce qu'il y a de plus certain, répliqua le baron. Mon oncle est allé le voir. Chaque fois qu'il confesse, une odeur de fleurs se répand alentour... Au restaurant du coin, on peut manger pour pas cher.

Le baron leva alors son index muni de la chevalière.

– Attention ! continua-t-il. On raconte beaucoup de choses sur Padre Pio. Mais l'Église ne s'est pas encore prononcée. Certains sont en odeur de sainteté, mais un jour, le monde apprend que l'odeur s'est évaporée. Rien de tel avec le docteur Moscati. L'Église a déjà dit son mot à son sujet...

– Elle ne s'est guère mouillée, l'Église, remarqua l'amiral d'une voix aiguë. Moi, j'ai bien connu le docteur Moscati : il venait chez nous pour soigner ma fille malade. Il lui a prescrit un sirop qui a arrêté sa toux. Mais cela ne prouve pas grand-chose.

– En effet, répondit le baron d'une voix rauque.

Et il poursuivit, volubile :

– Avoir guéri de son eczéma la margrave de la place Saint-Louis ne prouve rien non plus. Il lui avait simplement prescrit de la levure et avait prié à ses côtés. Eh bien, je l'ai vue hier, et elle est guérie. Mais tout cela, effectivement, ne prouve rien. Cependant, l'archevêque a tout de même permis qu'on mette une plaque sur la tombe du docteur Moscati, à l'église Gesù Nuovo. Un texte qui annonce la bonne nouvelle.

– Quelle bonne nouvelle ? interrogea, méfiant, le vieil homme dont on avait amputé les orteils.

– Celle de sa sainteté, répondit le baron. (Il prononça le mot « sainteté » avec componction, en détachant bien les syllabes.) Il n'est pas canonisé, ni même béatifié, mais il a d'ores et déjà la réputation d'un saint. *Fama sanctitatis,* lit-on sur la plaque – et ça, ce n'est pas rien. Naturellement, cela ne suffit pas, je veux bien l'admettre, l'auréole autour de sa tête est encore palote – et elle peut s'effacer entièrement. Mais voilà, il a déjà la réputation d'un saint et une auréole, fût-elle modeste. De temps en temps, il venait chez moi, sirotait un jus d'orange et parlait peu, ce que je trouvais plutôt sympathique. Moi, je n'aime pas trop les saints bavards.

– Avait-il au moins un parapluie ? demanda tout à coup l'amiral avec une curiosité quelque peu sénile.

L'œil visqueux et papillotant, le baron contempla le ciel couleur orange au-dessus de la colline du Pausilippe. Il murmura, un peu embarrassé :

– Un parapluie ? Je n'en sais rien. Peut-être en avait-il un. C'était un vrai gentleman.

– Je n'ai encore jamais vu de saint avec un parapluie, insista l'amiral.

Assis sur un banc en fer forgé, ils se taisaient. Seul le baron était debout : il avait besoin de se dégourdir les jambes. Même s'ils n'étaient pas vêtus de haillons, ils étaient tous vieux et pauvres. L'amiral ne faisait pas exception : sa retraite, en cette période d'inflation, lui permettait difficilement de financer les études de son fils à la faculté de droit de Naples. Le jeune homme se déplaçait en scooter, un moyen de locomotion en vogue, comme l'était, autrefois, le cheval. L'amiral comprenait bien que son fils, étudiant en droit, ne pouvait se permettre de marcher à pied. Le baron, lui, possédait une maison en Sicile, mais qui menaçait ruine, surtout pendant la saison des grosses pluies. Il avait acquis une certaine expérience au jeu de boules, et il emportait souvent la mise, un billet de cinq cents lires, de quoi vivre pendant une journée, à condition, bien sûr, d'avoir le gîte et de connaître les sources d'approvisionnement les plus avantageuses. Oui, ils étaient tous pauvres – et ils n'avaient jamais vu de saint muni d'un parapluie. Assis sur le banc, ils se taisaient, pensifs.

Quelques adolescents filaient sur leurs scooters pétaradants et malodorants, tout au long de l'avenue principale du Pausilippe. Groupés en forme de V, des oiseaux se dirigeaient vers le sommet de la colline. Le soleil venait de se coucher derrière Baiae, laissant à l'horizon bleu marine une vaste tache dorée et huileuse. Annonciatrices, pendant la guerre, de bombardements et de dangers mortels, les sirènes de l'usine Ilva, à Bagnoli, hurlaient. À Naples, notamment dans le quartier du port, les rangées d'immeubles montraient encore de nombreux trous ; ne visant aucun objectif précis, les avions américains avaient lâché leurs bombes un peu au hasard. Plus tard, les soldats avaient distribué du chocolat aux filles et aux enfants. Les G.I.'s noirs étaient particulièrement généreux. C'est sans doute à tout cela que pensaient nos vieillards, car, à la suite d'une singulière association d'idées, le baron déclara brusquement :

– Les Américains n'ont pas de saints.

Les autres acquiescèrent aussitôt. Le baron se mit en garde comme pour affronter quelque éventuel contradicteur. D'un geste négligent, il ramena son chapeau sur la nuque, posa une main sur l'une de ses hanches et, réunissant les doigts de l'autre main, se mit à les balancer verticalement, comme s'il jonglait avec une balle.

– Bien sûr, les Américains devront accepter de diriger le monde. Mais ils sont dangereux, car ils n'ont pas de saints.

– Ils ont pourtant une sainte. Mon fils l'a entendu dire à la Pharmacie internationale que fréquentent aussi quelques Américains.

– Une sainte née en Amérique ? s'étonna le baron, méfiant.

– Mais non, répondit l'amiral d'une voix un peu plaintive. Une immigrée. Une personne déplacée, ajouta-t-il, confidentiel, à l'intention du baron.

– Eh !... fit le baron en levant sa main aux doigts groupés.

Tout le monde comprenait cette exclamation. Tel un idéogramme chinois, cette voyelle avait des sens différents suivant la tonalité avec laquelle elle était prononcée. Elle pouvait signifier aussi bien : « Vous voyez bien » que « Cela revient au même » ou encore « On verra bien. » À Naples et dans toute la région, elle servait à conclure les débats.

Sur la colline du Pausilippe, à l'endroit où l'on aménageait un nouveau terrain de football et où, appuyé sur une balustrade, on pouvait admirer l'île de Nisida et le rocher auquel Ulysse avait attaché son embarcation avant d'aller passer la nuit, avec ses compagnons, dans la grotte de Polyphème, le soleil se couchait au-dessus de Baiae et du cap Misena, laissant sur les toits et les sommets des montagnes une bande dorée semblable aux auréoles qui entourent la tête des saints sur les chromos des églises napolitaines. Le regard papillotant, nos vieux contemplaient le soleil. Dans les branches des eucalyptus, les oiseaux avaient cessé de chanter. Une odeur de résine flottait dans l'air, des mouettes voltigeaient au-dessus de la mer, le bateau d'Ischia passait lentement devant la baie de Marechiaro. Ce spectacle, qui se répétait tous les soirs, n'appelait aucun commentaire.

Sur le trottoir d'en face apparut alors le couple d'étrangers. L'homme portait effectivement des sandales et des lunettes noires, la femme, aux cheveux auburn, était en pantalon. Tous deux marchaient en s'aidant de leur canne. Ils n'étaient plus jeunes, mais pas encore vieux. Ils allaient sans but : ils ne se promenaient pas, mais ils ne se dirigeaient pas non plus vers une destination précise. Ils adoptaient la démarche incertaine propre à tous les étrangers du Pausilippe, d'Amalfi et de la région. Toujours indécis quant à la direction à prendre, ils semblaient se demander s'ils ne devaient pas s'en aller d'ici. Assis sur le banc, les vieux les observaient. Quand les étrangers eurent disparu au tournant de la descente vers la baie, le baron rompit le silence :

– Je ne crois pas qu'ils aient de l'argent.

L'amiral fit à son tour :

– Pourtant, ils paient régulièrement leur loyer. C'est mon frère qui me l'a dit.

L'homme qui dirigeait le jeu de boules continua, un peu naïvement :

– Pour sauver le monde, il ne suffit pas de payer régulièrement son loyer.

L'homme amputé des orteils conclut :

– Eh !...

3

Tous les jours, à six heures du matin, Pasqualino sonne à la porte pour prendre les ordures. Il a six ans et la poubelle qu'il traîne est plus grande que lui. Tuberculeux, rachitique, il a de beaux yeux noirs et brillants. Gêné par la poubelle, il descend péniblement l'escalier, semblable à ces geishas du théâtre japonais, écrasées par de gigantesques boîtes à chapeaux. Comme tous les gens du peuple, ici, Pasqualino est fier. Son travail d'éboueur n'est qu'une sorte de prétexte pour sonner tous les matins à six heures. On le régale de trois bonbons et d'une poignée de mégots : il repart sans rien dire et revient quelques instants plus tard avec un camélia, un plantain ou une branche de mimosa. Donnant-donnant. Il n'accepte aucun cadeau, car ses ancêtres étaient proconsuls ou esclaves – ce qui, à deux mille ans de distance, revient au même. De toute façon, c'étaient des Latins.

Le marchand d'œufs, lui, arrive vers huit heures. Ses ancêtres étaient à moitié espagnols, et cela se voit. Il entre par-derrière, et franchit le portail du jardin avec, sur la tête, une corbeille remplie d'œufs. Cet homme d'un certain âge, dur d'oreille, a la démarche d'un funambule : il pose prudemment un pied devant l'autre, tout en cherchant à garder l'équilibre. Il n'est guère facile de marcher droit sur cette allée avec trois cents œufs sur la tête. « Des œufs, des œufs ! » crie-t-il dès qu'il s'engage sur le chemin. Il a la voix rauque, comme tous les natifs, car les vapeurs chaudes émanant de la mer, qui se déposent peu à peu dans les gosiers, finissent par brouiller les voix. Il avance fièrement, non sans une certaine raideur, à cause de la corbeille sur sa tête. Sexagénaire, il a les traits un peu mongoliques, comme un grand nombre d'hommes d'origine paysanne sur les côtes occidentales de la Méditerranée – et comme les vendangeurs sur les tableaux de Vélasquez. On ignore à quelle époque les Mongols s'établirent dans la région pour se mêler aux Sarrasins, aux Grecs et aux Latins. Était-ce au moment de la grande migration des peuples, ou plus tard, lors des batailles que se livrèrent, autour de Naples, les rois d'Anjou et les troupes hongroises ? Quoi qu'il en soit, le marchand d'œufs est bien typé : pommettes saillantes, yeux imperceptiblement bridés, regard perspicace, celui-là n'est sans doute Mongol que par la branche maternelle, car son allure et son maintien sont bien ceux d'un Espagnol. Sa façon d'ouvrir la porte, de s'arrêter sur le seuil, de poser la corbeille sur le sol, en fléchissant légèrement les genoux, et de saluer en portant lentement la main droite sur sa tempe, oui, tous ces gestes sont spécifiquement espagnols : c'est ainsi que les « hidalgos », les grands d'Espagne, ôtaient leur couvre-chef surmonté d'une plume pour honorer le vice-roi.

– *Eccellenza,* murmure-t-il.

Il choisit avec un soin extrême les œufs qu'il destine à son client. Non, il n'attend pas de réponse. Inutile de protester contre l'honneur qu'il lui fait : au Pausilippe, en vérité, tout le monde est une « Excellence ». À Naples, les Excellences sont légion, sans que cela porte vraiment à conséquence. On donne de l'Excellence à tous les étrangers, à tous les propriétaires d'immeubles, ainsi qu'à la plupart des fonctionnaires et des prêtres. Au cours des temps, cette appellation a perdu toute nuance de respect ou d'ironie. La complicité due à mille ans de cohabitation entre les Excellences et ceux qui ne le sont pas, le fait que chacun connaisse les secrets intimes, physiques, familiaux, matériels ou psychiques d'autrui, ont dévalué tous les titres. Naples a eu ses rois et ses cours, Rome, ses papes et ses monastères, l'Italie du Nord, la Toscane et le Piémont, leurs conjurés et leurs bourgeois aventuriers. D'une façon générale, le vrai Napolitain n'a pas une très haute opinion des gens du Nord. Mais Naples a eu aussi ses Espagnols, qui ont laissé des édifices d'un goût douteux, des factures impayées, des promesses amoureuses, commerciales et politiques non tenues, certaines manières chevaleresques, aussi rigides qu'impersonnelles, et le souvenir de méthodes féroces pour exploiter le peuple. Sans parler des noms de rue et, dans les églises, de nombreux monuments funéraires en marbre. Le « Don » figurant devant certains noms napolitains reste toujours suspect. Au fond, tout ce qui, dans les contrées méridionales, est noir, bestial, mortel et ignominieux, évoque infailliblement le sang épais des Ibériques. Dans les auberges de la Torretta et dans les ruelles des quartiers de l'Est, là où fleurit le commerce du vin et de l'huile, les noms des débiteurs sont marqués à la craie sur un tableau noir : « Don Giuseppe, 100 lires ». Ce monsieur a des dettes, donc il est Espagnol. Mais, en même temps, tout ce qui a trait à l'Espagne ne manque jamais d'une certaine distinction, fût-elle ambiguë… Quoi qu'il en soit, l'Espagnol continue invariablement d'évoquer le sang, les origines, la syphilis, le massacre des Maures et la corrida.

Peu après le départ du marchand d'œufs, le chant du facteur retentit dans le jardin. À son vif regret, son arrivée n'est plus, comme jadis, annoncée par le son du cor. À défaut de cor, donc, il chante, comme le font le vendeur d'œufs, le poissonnier, les marchands ambulants de légumes et de fruits et le magicien qui, muni d'un récipient rempli de braise, envoie de la fumée sur le visage des passants pour les protéger du mauvais œil. « Courrier ! Courrier ! » crie le facteur dès qu'il est dans le jardin. C'est un jeune homme, coiffé d'une casquette plate et vêtu d'une pèlerine dont les pans flottent, il louche, mais il chante bien et porte en bandoulière sa sacoche avec les lettres à distribuer. Il marche d'un pas léger et sautillant, comme s'il voulait signifier la précarité de sa position au sein de la société. En effet, les autochtones n'attribuent guère d'importance au courrier ; la plupart, qui ne savent ni lire ni écrire, n'aiment pas en recevoir, quant à ceux qui savent, une longue expérience leur a enseigné que les nouvelles étaient rarement bonnes – avis d'imposition, voire sommations, bref, des informations qu'il vaut mieux ignorer.

Il arrive toutefois que des parents éloignés écrivent de Gênes, où le fils, qui y fait son service militaire, demande qu'on lui envoie un colis. Ces lettres sont aussi importantes que rares. En réalité, le courrier n'intéresse vraiment que les étrangers. Dont certains ont encore une patrie, un pays qu'ils pourront regagner quand ils auront quitté l'Italie. D'autres – ils ont été nombreux à toutes les époques sur les côtes occidentales de la Méditerranée – n'ont plus de patrie. Ceux-là attachent une grande importance au courrier et passent même le plus clair de leur temps à attendre des lettres. Le facteur le sait : aussi tient-il, dès son arrivée dans le jardin, à crier, à défaut de cor, d'une voix à la fois rauque et mélodieuse : « Voici le courrier ! » Affligé de strabisme, le facteur est communicatif. Les étrangers privés de leur patrie ne revivent l'intensité de leur vie antérieure que lorsqu'ils attendent le courrier du matin. En ces instants-là, ils espèrent encore. Ils ne savent pas quoi, mais ils espèrent. Certes, ils sont conscients d'avoir perdu leur patrie – perte toujours définitive, irrémédiable : même si, à la faveur de certains événements historiques, ces émigrés retournent dans leur pays, il s'agit, la plupart du temps, de visites hâtives, improvisées, incapables de leur restituer l'essence de leur terre natale – et pourtant, ils attendent le courrier. Ils attendent, car ils savent que la patrie n'est pas seulement une entité géographique repérable sur une carte, mais aussi, à l'image de l'amour, un ensemble d'événements vécus, une sorte d'entrelacement. Ceux qui ont un jour quitté cet entrelacement, au lieu de retrouver la patrie ou l'être aimé, ne revoient plus qu'un pays, ou une femme dont le corps s'est épaissi avec le temps ou qui a fini par épouser un autre homme. Oui, tout cela, les étrangers le savent bien, et pourtant, ils attendent le courrier.

Le facteur le sait aussi. Le voici qui monte doucement le haut escalier de marbre, lequel, comme partout à Naples, est inconfortable et mal entretenu : il convient de le gravir avec une lenteur à la fois majestueuse et vigilante. Dans les palais de Rome, la ville des vieux papes et des prêtres ventripotents, les marches sont larges, basses et confortables, car, dans certaines maisons, on attendait constamment, parfois pendant des siècles, la visite du pape – la plupart du temps en vain, mais lorsqu'il venait, il montait l'escalier péniblement, presque en traînant les pieds. Arrivé en haut de l'escalier, le facteur sonne. L'étranger retient son souffle. Il ne se précipite pas sur la porte, de peur de révéler ainsi son impatience effrénée, mais hâte néanmoins le pas, car, sans le courrier, sa vie est privée de sens. Le facteur se tient sur le seuil, il sourit. Ceux qui louchent ont souvent un sourire bizarre, annonciateur de quelque mauvaise nouvelle.

– Je vais me marier, déclare-t-il.

C'est là une excellente nouvelle et le facteur reçoit deux cigarettes et un billet de vingt lires. Comme d'habitude, même les jours où il n'apporte que les publicités pour le magasin du coin. Les autres jours, lorsque le courrier présente un certain intérêt, avec plusieurs lettres affranchies de timbres étrangers, la récompense est plus substantielle. En lui octroyant ce modeste pourboire, l'étranger n'a aucune visée secrète – et le facteur, du reste, ne l'accepte que par politesse et par bonté d'âme. Malgré tout, les intentions de l'étranger ne sont pas entièrement pures : dans son for intérieur, il entend obtenir les faveurs non pas tant du facteur que du destin, tout en espérant pourtant agir sur les bonnes dispositions du premier. C'est une sorte de convention tacite, une astuce anodine, mais qui a ses conséquences pratiques : l'étranger s'attend à ce que le facteur traite plus attentivement ses lettres, à ce qu'il n'aille pas, les jours de grosse chaleur par exemple, les remettre à n'importe qui – non par mauvaise volonté, bien sûr, mais par une sorte d'indifférence royale teintée de spleen, parce que, tout compte fait, rien n'a d'importance et parce que, finalement, il fait très chaud en été – et les réserve strictement à leur destinataire. Debout sur le seuil, il louche – toujours souriant et courtois, il est heureux. Heureux d'avoir apporté du courrier, non pas à cause du pourboire, mais parce qu'il est Italien et qu'il a bon cœur.

– Je me marie dès cet été, dit-il à nouveau.

Il répète cette bonne nouvelle avec une grande gentillesse, comme pour atténuer l'éventuelle déception causée par l'insuffisance ou la piètre qualité du courrier. Il pense même pouvoir influencer celui-ci, faire en sorte que les lettres soient réconfortantes, neutres, voire détestables – il pourrait aussi en perdre quelques-unes, ce qui, dans cette chaleur, serait plus que naturel. Il pourrait aussi se tromper, car il n'est pas toujours facile de s'y reconnaître entre tous ces noms bizarres, mais qui pourtant ont un air de ressemblance : tous ces exilés semblent nés à Southampton ou en Azerbaïdjan, noms incompréhensibles autant qu'imprononçables. Aussi préfère-t-il inviter généreusement l'étranger à puiser dans sa sacoche grand ouverte :

– Regardez donc vous-même s'il y a encore quelque chose pour vous.

4

À l'aube, les chasseurs se rendent avec leurs chiens sur le sommet de la colline, près du belvédère. De là, on peut voir l'île de Nisida où demeurait autrefois Brutus. Il n'existe plus aucune trace de la maison où, au lendemain de l'assassinat de Jules César, Brutus reçut Cicéron, l'écrivain, venu de Pozzuoli à bord de son voilier couleur de rouille, pour discuter avec son hôte des répercussions politico-administratives de l'événement. Deux des chasseurs ont fréquenté assez longtemps l'école, l'un d'entre eux a même visité le musée de Naples. Ces hommes d'un certain âge ont entendu parler de Brutus et même de Lucullus, parce que ce bon vivant gourmet avait sa maison sur le Pausilippe et qu'il venait souvent ici.

– Virgile est venu mourir en ces lieux, constate gravement le facteur qui, tous les matins, s'arrête à cet endroit, parce que la chasse l'intéresse.

Chasseurs et chiens surveillent la pente qui descend en vagues successives. Près des vestiges de la maison de

Vedius Pollion, un oiseau surgit quelquefois dans le vignoble, les chasseurs tirent une rafale en direction de la mer et rentrent bredouilles. Ils sont cinq : le marchand de vin, chaussé de bottes en caoutchouc, pour le cas où, ayant blessé un canard sauvage, il devrait, aux côtés de son chien, dévaler la pente et se précipiter au bord de la mer pour sauver des eaux le volatile ensanglanté. Mais le cas ne s'est encore jamais produit. Le vétérinaire, lui, chasse le canard avec un pistolet à canon rayé que son père, médecin de son état, portait lors des duels auxquels il assistait d'office. De temps à autre, il expédie un tir bien ciblé en direction des maisons de Vedius Pollion et de Lucullus – sans succès jusqu'à présent. Mais voici un monsieur d'un certain âge, qui possède une maison à Marechiaro et un coffre-fort à la Banque de Naples où il garde tous ses titres. Chacun le sait au Pausilippe, parce qu'il en parle toujours avec une orgueilleuse satisfaction. Cet homme gros et gras revêt, dès potron-minet, son élégant vêtement de chasse – pantalon de golf, ceinturon piqué de cartouches et chapeau à plumes. Il a un fusil à deux canons et un chien, lequel, guidé par son instinct d'animal, s'abstient d'ordinaire de participer à la chasse et se contente d'aboyer chaque fois que son maître appuie sur la détente. Voici encore l'officier à la retraite, celui qui survit difficilement avec sa pension, et qui doit travailler dans la journée comme représentant en matériel de bureau, sans pour autant parvenir à joindre les deux bouts. Muni d'un fusil à un seul canon, il vient seul, sans chien, ne pouvant s'offrir le luxe de payer la taxe que l'État impose aux propriétaires d'animaux de compagnie. Et voici, pour terminer, l'homme revenu l'été dernier de Somalie, où il a travaillé comme fabricant de dentiers. Actuellement, celui-là ne fait rien et s'occupe uniquement de chasse et de pêche.

Au Pausilippe, la chasse est une occupation noble, aux traditions prestigieuses, mais, vu la rareté du gibier, peu lucrative. Les chasseurs ont une association, le *Circolo dei Cacciatori*, laquelle siège dans un magasin désaffecté qu'ils louent à un prix avantageux et où ils se réunissent le soir, autour de quelques tables pliantes, pour discuter, en buvant leur vin rouge, des aléas de la chasse et de la situation internationale. Ils se couchent tôt, car tout chasseur qui se respecte se lève naturellement aux premières lueurs de l'aube. Fin mars, vers huit heures du matin, des vapeurs bleu et or flottent au-dessus de la mer et une brume chaude, moite, à l'odeur résineuse, enveloppe les vignobles, les orangers, les citronniers, les pins et les grenadiers qui couvrent les pentes de la colline. À cette heure, au sommet, les chasseurs guettent, vigilants. L'endroit a été judicieusement choisi, avec une vue panoramique sur la mer : si d'aventure, venant de la baie de Salerne, de Capri, de la colline de Gaeta ou des cratères du volcan éteint d'Epomeo, un canard, une alouette, une tourterelle ou une outarde apparaissait soudain dans les airs, le marchand de vin, à la main sûre, pourrait certes l'abattre du premier coup.

Mais, depuis des temps immémoriaux, aucun volatile ne se risque en ces parages ; en revanche, on entend chanter les oiseaux parmi les mimosas à l'odeur suave. Un jour, Shelley vit une alouette dans ces jardins et lui consacra un poème.

– C'est incompréhensible, lâche le fabricant de dentiers, tout à coup morose. En Somalie, les oiseaux sont bien plus nombreux qu'ici.

– Destin de chasseurs, réplique le marchand de vin, laconique.

Il est le seul, parmi les chasseurs du Pausilippe, à avoir – il y a bientôt trois ans – tué un hibou. Certes, aucun témoin n'a assisté à la scène, mais il n'apparaîtrait pas convenable de contester la véracité d'un tel récit. Après lui avoir déployé les ailes, le marchand de vin a cloué le rapace sur le linteau au-dessus de l'entrée de sa cave. Il y a trois ans, ce hibou avait défrayé la chronique – aussi bien parmi les chasseurs qu'au sein de la population, à Agnano comme à Bagnoli. Esprit chagrin, aussi méfiant que malveillant, le tripier affirmait, lui, que le marchand de vin avait acheté le hibou à Gragnano, qu'il l'avait tué ensuite avec son canif, avant de le vider de son sang. Quant au marchand de vin, il se montrait, comme il sied à un authentique chasseur, assez réservé sur le sujet.

– Je l'ai abattu une nuit, disait-il parfois, presque négligemment. Réveillé par son ululement, j'ai pris mon fusil, j'ai sifflé mon chien…

Esquissant un geste désinvolte, il n'en disait pas plus.

Tous les matins, les chasseurs s'alignent donc sur la crête de la colline, près du belvédère. Le soleil se lève derrière le Vésuve et, à huit heures, il brille bien haut au-dessus du volcan. En cette saison, au mois de mars, les jardins sont particulièrement odorants. Les oranges sont déjà cueillies, mais les citronniers fleurissent encore et la résine des marronniers et des thuyas embaume l'air salé. Plus bas, dans les fourrés des vignobles, on brûle des brindilles de pin. C'est l'heure où les grands navires entrés dans la baie de Naples annoncent, à grand renfort de sirènes, qu'ils ont réussi à traverser l'Océan et qu'ils vont débarquer du charbon et du pétrole. Les bateaux américains viennent de Gibraltar. De la baie de Salerne arrivent les cargos australiens, suivis des égyptiens, et, parfois, un bâtiment israélien, arborant le pavillon du nouvel État. Ils suivent lentement, comme en catimini, les voies maritimes invisibles, mais familières aux navigateurs : marquées, sur les cartes, par d'ondulantes lignes rouges, elles correspondent aux différents courants marins. Les pêcheurs et les chalutiers de Mergellina, les navigateurs vagabonds de la baie de Pozzuoli, connaissent ces routes explorées depuis l'Antiquité, comme les enfants les chemins qui, sur la terre ferme, séparent les jardins. Les riverains qui, depuis des millénaires, parcourent les sentiers marins de la baie, gardent l'équilibre sur leurs barques, jambes écartées, talons légèrement tournés vers l'intérieur. C'est dans cette position que débarqua un jour Ulysse au pied de la colline où, présentement, les chasseurs se réunissent tous les matins.

Serrant leurs fusils des deux mains, avec une fermeté toute virile, ils veillent. Natifs de la côte, ils arborent l'expression de ces magiciens capables de prévoir tout ce qui peut advenir sur la mer comme sur la terre. Ils contemplent les navires et les barques qui traînent autour de la jetée de Nisida, les rochers de Capri et d'Ischia avec le regard de ces initiés qui connaissent les secrets des dieux, ce regard perspicace des veilleurs que rien ne peut plus prendre au dépourvu. Tel est, depuis des temps immémoriaux, le regard des riverains des côtes occidentales de la Méditerranée. Le regard de ceux qui attendent un miracle.

Un regard grave, un regard d'initié.

5

Le rédacteur en chef dit :

– Les étrangers n'y comprennent rien. Ils pensent que les Napolitains sont croyants, alors qu'il n'en est rien. La vérité, c'est que notre peuple est superstitieux, et cela n'a rien à voir avec la religion. En Calabre, les gens sont peut-être encore plus pauvres qu'à Naples, d'une pauvreté plus noire, plus austère que la nôtre. Pas vrai, Michele ?

Le marchand de gemmes et de camées, qui a son atelier à Torre del Greco et son magasin au forum de Naples, dans un coin de la galleria Umberto, déclara gravement :

– En Calabre, les gens ne croient plus à rien. Même pas au miracle.

– Et, naturellement, pas au gouvernement. Pourquoi y croiraient-ils, d'ailleurs ? En trois mille ans, les gouvernements se sont succédé, les uns pareils aux autres, et rien n'a changé. Le peuple le sait, il ne croit plus à rien. Quant au miracle, oui, bien sûr, tu as raison, Michele, il n'y croit pas vraiment, mais au moins il ne l'exclut pas entièrement de ses calculs, C'est une éventualité comme une autre.

– Plus exactement, précisa le responsable de la page des courses hippiques, fin connaisseur des chevaux de l'hippodrome d'Agnano, ils parient sur le miracle, comme on jouerait un cheval ou un club au totocalcio.

Ils réfléchissaient.

– C'est vrai, reprit brusquement le rédacteur, comme éclairé par une soudaine illumination. Sans doute parce qu'à Naples, le miracle se produit officiellement deux fois par an. Une fois au printemps et une fois à l'automne.

– Voilà, dit calmement le responsable hippique. Un peu comme les courses de trot.

Ils se penchèrent en avant, attentifs, les yeux étincelants, tenant dans leurs mains leurs minuscules tasses remplies d'un café fort comme du poison et sucré à outrance. Il leur semblait que le responsable de la page des courses venait de dire quelque chose de très important.

Ils se trouvaient au forum, sous la verrière de la galleria Umberto, assis dans leurs fauteuils bas, en osier, devant des tables en marbre, passablement crasseuses. Traversant la coupole, le soleil de printemps leur décochait ses flèches dorées, cette lumière qui éclate parfois dans le ciel de Naples avec la violence d'une explosion atomique. En cette chaleur de début de printemps, l'air bleu semblait laiteux, presque fermenté. À cette heure-là, le forum, situé à l'intersection des quatre allées de l'édifice, était rempli de monde : mercantis du marché noir, filles guettant les marins américains, scribouillards, témoins oculaires potentiels, guides, cireurs de chaussures, contrebandiers, trafiquants de devises, policiers en civil, morphinomanes ou plaignants à la recherche de volontaires prêts à témoigner en leur faveur au commissariat ou à l'Hôtel de Ville – tous ceux-là y passaient le plus clair de leur temps depuis des millénaires. Malgré le tumulte et le vacarme, une sorte d'ordre ancestral semblait régner en ce lieu : chacun était à sa place. Le dollar avait gagné ou perdu quelques points, un avocat à barbichette évaluait, d'une façon tonitruante, les chances du parti communiste d'accéder au pouvoir.

Des prêtres et des mendiants fendaient parfois la foule, les premiers munis d'urnes, les seconds, l'air blasé, refusaient les billets de cinq lires lorsqu'ils étaient trop usés. Un petit franciscain ventru, aux traits clownesques, demandait la charité à longueur de journée, tout en distribuant quelques images pieuses aux filles et aux marins américains. Un autre franciscain, jeune, barbu, au regard empreint d'une certaine gravité, quêtait auprès des divers trafiquants.

À l'entresol, près des fenêtres ouvertes des bureaux aux plafonds en voûte, les journalistes des gazettes locales jouaient aux cartes, en interpellant, de temps à autre, quelques connaissances, changeurs de devises traînant dans la foule, figurants désœuvrés du théâtre San Carlo, agents des grandes banques du quartier. Dans cette mêlée poisseuse, quelques femmes à la chevelure bleue ou cinabre déambulaient lentement, mais toujours vigilantes. Immobile au milieu de la foule, sombre et triste, un ecclésiastique noir, le parapluie accroché à son bras gauche, serrait un cartable sous son bras droit. Coiffée d'un chapeau à plumes garni de rubans aux couleurs défraîchies dont dépassaient quelques mèches grisonnantes, une vieille mendiante, en manque de cigarettes, passait en chantonnant parmi les tables des cafés. Elle portait une veste démodée à manches courtes, un col de fourrure graisseux, des gants loqueteux en peau de chamois et s'appuyait sur une canne en ébène au pommeau argenté. Elle rôdait là depuis des dizaines d'années, dans ce même accoutrement, jurant et pestant sans arrêt : elle n'acceptait jamais d'argent, seulement des cigarettes. On remarquait également un vieux curé, un traîne-semelle qui n'avait plus l'apparence d'un prêtre, et à peine celle d'un être humain : il marchait en canard dans ses souliers à boucles argentées, découvrant, à la hauteur des chevilles, les deux demi-lunes de ses chaussettes mauves trouées, sa soutane tachée et déguenillée, son chapeau à large bord couvert de moisissures, maculé de traces de sueur. Mal rasé, son visage envahi de poils gris et blancs semblait marqué de petites taches cadavériques. Agitant son parapluie également mauve, il baragouinait d'incompréhensibles propos auxquels personne, du reste, ne prêtait plus attention.

Surgirent quelques uniformes américains avec des brassards jaunes, ceux des agents de sécurité d'un navire de guerre mouillant dans le port. Balançant doucement leurs matraques, ils déambulaient avec lenteur. Leur mission consistait à surveiller les matelots que des entremetteurs aux cheveux noirs et abondamment huilés, conduisaient, en file indienne, vers les ruelles bordées de restaurants, de maisons de passe et d'agences de change.

Le rédacteur reprit :

– Là-haut, au-dessus de Frisie, près du sommet du Pausilippe, habite un étranger qui veut sauver le monde.

– Un Allemand ? demanda le marchand de gemmes.

– Non, répondit, très sûr de lui, le spécialiste des courses. Un Polonais.

Le rédacteur lança en direction des joueurs de cartes installés derrière la fenêtre ouverte de l'entresol :

– Anastasio ! L'homme, là-haut, au Pausilippe…

– C'est un Anglais, fit un jeune homme en bras de chemise.

– Mais non, ce n'est pas un Anglais, objecta, sur un ton de mépris, le chef de la rubrique des courses. S'il était Anglais, je le connaîtrais, parce qu'il viendrait aux courses de trot. C'est un Polonais, affirma-t-il avec obstination.

– Les Polonais ne peuvent pas sauver le monde, rétorqua calmement le marchand de gemmes.

Le rédacteur se leva. C'était un petit homme joufflu, au nez épais, au faciès cramoisi, typiquement napolitain, ni turco-mongol, ni espagnol, mais latin et presque clownesque. Chauve, il portait des lunettes à montures jaunes. Élevant sa main potelée, couverte de taches pigmentaires et hépatiques, il lâcha, groupant ses cinq doigts :

– Eh !

Tout le monde rit.

6

Dans la matinée, on sonne toutes les demi-heures. Ce sont d'abord Giulia ou Valeria, les filles du jardinier. Elles viennent offrir des fleurs, du mimosa ou des camélias rouges. Sans rien demander en échange, elles n'attendent même pas qu'on les en remercie et elles s'enfuient aussitôt, pieds nus, en riant, leurs pas claquent sur le marbre de l'escalier.

Elles offrent leurs fleurs comme, dans la rue, on adresse un sourire à un passant. Au Pausilippe, la fleur est un instrument de communication ordinaire, un geste de courtoisie qui n'engage à rien, mais que l'on accomplit de bon cœur. On offre des fleurs, parce qu'on n'a rien d'autre à offrir. De l'argent, ils n'en ont guère, le vin, ils le boivent eux-mêmes, les pâtes et l'huile sont des denrées rares – mais si on leur en demandait, ceux du Pausilippe en offriraient volontiers. Dans le *basso*, en face de l'entrée côté cour, le maçon et les huit membres de sa famille dînent tous les soirs en laissant la porte ouverte et ne manquent jamais de proposer aux passants des brocolis à l'huile ou de la soupe aux coquillages, ces derniers ayant été ramassés sur les rochers de Marechiaro par Antonio, le fils aîné. Les gens du Pausilippe semblent toujours demander quelque chose, non par des paroles, mais par le regard ou, plus simplement, par leur présence. Ils demandent, parce qu'ils sont pauvres. Mais en même temps, ils offrent toujours qui un camélia, qui un sourire, qui une formule de politesse déclamée sur un ton mélodieux. Ils offrent toujours, parce qu'ils sont pauvres.

Mais, parce qu'ils sont pauvres, ils attendent toujours quelque chose. Dès qu'elles ont remis leurs fleurs, Giulia et Valeria se sauvent sans rien demander, elles. Cueillir un bouquet de mimosas dans le jardin et l'offrir, spontanément, aux étrangers qui habitent à l'étage, voilà un geste exempt de tout calcul. Il procède du cœur et non du cerveau. Le geste d'offrir habite leurs mains. De la même façon, le sourire ne quitte jamais leurs lèvres, même quand elles crient, même quand elles sont en colère. Même quand elles sont tristes. Même quand elles accompagnent leurs morts au cimetière. Elles pleurent, sanglotent et se lamentent, mais, déjà dans la troisième voiture qui suit le cercueil, elles se disputent en gesticulant à pleines mains et, arrivées devant la porte du cimetière, les voilà qui rient à gorge déployée. Elles savent bien que vivre est une chose superbe et que mourir n'est pas la chose la plus importante au monde. Elles savent que sourire, offrir des fleurs à quelqu'un qui ne les a pas demandées, tout en le saluant mélodieusement, tel l'oiseau, qui chante en s'éloignant à tire-d'aile, dans l'extatique bonheur que lui procure le simple fait d'exister, elle savent combien tout cela compte, car tout cela rend la vie plus facile.

On sonne toutes les demi-heures. Parfois, on voit sur le seuil des enfants inconnus, avec sur la tête des corbeilles remplies de pommes de terres, de bouquets d'ail, d'artichauts, de *finocchi*, ces oignons frais, encore couverts de terre qui sentent bon l'anis et ont comme un goût de lait. Ou quatre citrons. Ou trois mandarines. Ou encore, en été, quelques cerises et des figues de barbarie. Ou, à l'automne, des châtaignes et des nèfles. Tout cela pousse dans le jardin de la villa ou des villas voisines, dans les vergers du Pausilippe et de Marechiaro, et, plus bas, vers Pozzuoli, dans ceux de la côte. L'enfant, qui sonne à la porte, a, tout au plus, sept ou huit ans. Toujours pieds nus... avoir des chaussures ou non, au Pausilippe et dans toute la région, c'est une question de vie ou de mort, et pas seulement pour les enfants. Ceux-ci sont crasseux, sans pourtant être sales au sens occidental du terme, tant les rayons éperdus du soleil, l'étincelant éclat doré du ciel et de la baie désinfectent tout, y compris les corps humains. Certes, les enfants sont toujours rachitiques, souvent tuberculeux, mais cette race, qui, au cours des millénaires, s'est adaptée à toutes les maladies, les supporte allègrement. L'étranger qui mange des coquillages attrape le typhus et en meurt. Mais le natif, enfant ou adulte, avale sans complexe tous ces fruits de mer au goût iodé, ces animaux aux carapaces poilues, pêchés aux filets ou arrachés aux rochers moussus à l'aide de cannes pointues – et il reste indemne. Légumes, radis, oignons et salades peuvent également transmettre le typhus à l'étranger, parce que dans les jardins maraîchers de Campanie, les excréments humains servent souvent de fumier. Mais ces enfants mangent cru le radis et la salade qu'ils arrachent de la terre même et jamais ne contractent le typhus.

Ils sont tous beaux. Leurs yeux brillent continûment d'un éclat sombre. Ils sont toujours graves, presque recueillis, comme le sont, en général, les pauvres. Ils sonnent, s'arrêtent sur le seuil, la corbeille sur la tête, puis s'agenouillent, posent leur corbeille sur le sol et extraient, d'une main, un spécimen qu'ils proposent à la vente – un citron avec ses feuilles vertes, une orange fraîchement cueillie, à la peau dorée encore huileuse, quelques gousses d'ail – accomplissant lentement, non sans une certaine solennité, le geste ancestral et instinctif du marchand. La tête penchée de côté, à genoux, levant bien haut la marchandise qu'ils tiennent à la main, ils regardent le client gravement et observent quelques instants de silence. Ensuite, toujours aussi graves, ils énoncent à voix basse un prix en général deux fois plus élevé que celui pratiqué par le marchand du coin. Quelquefois même, ils demandent le triple. Ils parlent doucement, les yeux brillants.

– C'est bien cher, fait le client.

– La qualité, Monsieur, répondent-ils calmement, à voix basse.

Cette scène monotone se répète plusieurs fois dans la journée. Les enfants, les oranges et l'ail abondent au Pausilippe. On dirait que les enfants poussent en grappes ou en bouquets, comme le raisin, la nèfle ou le mimosa. Dès que leur réseau d'espionnage apprend la présence d'étrangers dans quelque villa des environs, ils répandent, comme des Sioux, la nouvelle par l'entremise de signaux invisibles. Des marchandises, ils en disposent toujours, quitte à les prélever dans les vergers voisins, ou, profitant d'un moment d'inattention, dans la corbeille de l'homme à la voiture tirée par un âne. À la longue, cette scène se révèle un peu éprouvante pour les nerfs. Certains de ces marchands occasionnels sont en effet d'une extrême jeunesse, ils peuvent à peine marcher et encore moins parler – ils avalent la fin des mots et se contentent souvent d'éructer, en dialecte napolitain, quelques fulgurantes interjections. En revanche, à peine sevrés, ils savent commercer.

– La qualité, répètent-ils gravement.

L'objet importe peu, le prix, au fond, est dérisoire, ce qui compte, c'est le marchandage. Un jour sur deux, l'étranger voit se présenter un petit bout d'homme rachitique et tuberculeux, aux yeux brillants, un qui n'a pas encore six ans et qui a vraiment l'air sale. La corbeille sur la tête, il peine à monter les hautes marches de l'escalier et exprime laconiquement les notions de base du commerce – offre et demande, qualité, caractère saisonnier de l'article proposé, prix spécifique au Pausilippe, qui ne tient aucun compte des tarifs du marché... Mais son comportement, son regard levé au ciel, n'ont pourtant rien d'enfantin et révèlent le commerçant accompli. Il écoute la contre-proposition du client en serrant, d'un air scandalisé, la main sur sa poitrine, les yeux baissés pudiquement, comme s'il venait d'entendre une obscénité. Des notions telles que « profit », « intérêt », « brut » « net », « tare » lui sont familières – on pourrait quasiment dire qu'il les a sucées avec le lait de sa mère. Elles lui ont été transmises par les Phéniciens, par les Grecs ou par son père, qui les avait lui-même héritées des Sarrasins, des Maures, des Goths et des Normands. Il sait parfaitement que le marchandage n'est jamais inutile, surtout lorsque le vendeur n'a que cinq ans, qu'il gravit péniblement les marches d'un escalier, qu'il sonne, la corbeille sur la tête, exhibe une orange un peu ramollie et prononce immanquablement le mot « qualité ». Il finit toujours par l'emporter – et le client accepte de payer un prix supérieur à celui du marché.

– Je reviens demain, dit l'enfant, fermant sa main crasseuse sur un billet de trente lires et une dizaine de mégots.

Il sait que cette annonce ne déplaît pas à l'étranger. Il pourrait s'en aller, mais il reste pourtant sur le seuil, tenant sa corbeille vide à la main. Seul son regard parle. Muet, la bouche entrouverte, il attend quelque chose. Un miracle, sans doute. Fais un miracle, semble-t-il dire. Nous sommes huit à la maison. L'année prochaine, nous serons neuf, puis dix. Oui, même si l'un d'entre nous meurt, nous serons dix. Seul l'aîné va à l'école, parce qu'on n'a qu'une paire de chaussures pour tous. On n'a ni livres ni cahiers. On n'a rien. Après deux ou trois classes, l'aîné ne va plus à l'école. L'enfant se tait. Il s'est toujours tu, mais son silence en disait long. À présent, il se tait, muet. Il écarquille les yeux, et ses yeux éclairent comme lorsqu'on s'efforce de regarder dans le noir. Et il dit, toujours muet :

– Un miracle. Tu es étranger. Fais un miracle.

7

Venant de Pozzuoli, le marchand de poissons fait son apparition aux premières heures de la matinée. Arrivé dans le jardin, il chante, tout comme le facteur ou le maraîcher, ou comme celui qui apporte le pain dans une corbeille sur sa tête. Ceux-là sont toujours en marche, toujours en mouvement, toujours actifs. On les croit paresseux, mais non, c'est faux. Du matin au soir, en fait, ils cherchent du travail – ce qui, naturellement, les empêche de travailler. Certes, ils méprisent la besogne, qui, à leurs yeux, ne résout rien et ne saurait en aucun cas constituer le but de leur vie. Mais, dès lors qu'ils ont une tâche, ils s'en acquittent facilement, avec une certaine élégance. Les diverses formes de l'existence humaine – les actes, la création, le labeur – ne les intéressent qu'en théorie. Ils ne sont pas assez cruels pour agir et trop fatigués pour créer ; au fond, ils se sont tous épuisés dans le gaspillage insensé de la Renaissance. Non, ils n'admettent pas que le travail puisse constituer le but de la vie. Ce qu'ils aiment, c'est l'activité.

Voilà. Ils sont infatigablement actifs. Actifs comme les oiseaux qui voltigent dans le ciel bleu et or. Ils savent que l'activité n'est pas un acte. Elle n'est pas non plus une création ni un travail. Être actif, c'est changer les données de l'instant. Et cela, ils savent le faire.

Le marchand de poissons est actif, à sa manière. Ce n'est pas un vrai pêcheur, ceux de Pozzuoli ne laisseraient pas les profanes de son espèce monter dans leurs barques quand ils prennent la mer en direction d'Ischia, munis de leurs phares à batterie et de leurs filets qu'ils nettoient, ravaudent et font sécher toute la journée sur la plage. Les filets représentent un bien précieux : ils font vivre familles et tribus pendant des générations entières. Tout aussi précieuses sont les barques et les corbeilles en laîche dans lesquelles gisent, entourés d'algues et de morceaux de glace, les poissons pêchés. Ou ces paniers en forme de cloche, faits de jonc, dans lesquels on élève crabes et langoustes. Tout cela est précieux à Pozzuoli, et partout sur la côte où vivent des pêcheurs professionnels. Mais le marchand de poissons, lui, n'est qu'un vagabond et les aristocrates de la pêche lui interdisent, nuitamment, l'accès à leurs barques. Tout ce qu'on lui permet, c'est de venir, aux environs de midi, tirer les cordes du grand filet sur les pentes du Pausilippe, ou sur la côte, dans la région de Castel dell'Ovo, place forte et chambre du trésor de Frédéric II. Vers une heure de l'après-midi, alors que retentissent les cloches de la chapelle où repose San Nazzaro, le filet est remonté près de la plage et le pêcheur occasionnel, qui a donné un coup de main pour le tirer, reçoit sa récompense, soit une assiettée de poissons frais.

Et le voilà qui chante dans le jardin, avec, sur la tête, une cuve en bois remplie de petite friture et des meilleurs morceaux de la pêche du jour, le tout garni de feuilles d'orties.

– Alici ! chante-t-il.

Il a une belle voix et il aime chanter. S'arrêtant sous une fenêtre, il attend que surgisse, entre les volets qui s'ouvrent, la main d'une femme qui fera glisser, attachée à une mince corde, une corbeille. Celle-ci vient se balancer autour de la tête du marchand, un coquin, qui, sa casquette en cuir ramenée sur le sommet de son crâne que couvre une abondante chevelure rousse frisée, porte autour du cou une écharpe aux couleurs vives, remonte son pantalon jusqu'aux genoux, et se tient, pieds nus, sous la fenêtre. C'est dans cette position qu'il chante. Pourquoi se presser ? Le soleil brille, les oiseaux que les chasseurs du Pausilippe ont ratés à l'aube, chantent, comme pour les narguer, dans le ciel bleu, parmi les orangers. En ces heures matinales, la brume d'un bleu pâle s'élève au-dessus de la mer et vient se mêler à la senteur des mimosas et des eucalyptus. Le marchand de poissons se met à l'œuvre. Plongeant une main dans la corbeille, il en tire au hasard un anchois à la peau lisse et, les yeux fermés, la tête penchée en arrière, il le fait glisser dans sa bouche et l'avale tout cru.

C'est ainsi qu'il prouve que le poisson est frais, qu'il a été pêché le matin même. Vers midi, dans ce climat, il a déjà une odeur. À quatre heures de l'après-midi, devant la Porta Capuana où les produits de la pêche s'alignent sur de longs étals, la marchandise invendue prend le chemin des hôpitaux, où elle est servie aux malades pauvres, qui, de toute façon, n'en ont plus pour longtemps.

Après cette démonstration, le marchand de poissons remplit la corbeille de sardines fraîches et recommence à chanter. Il chante le prix demandé tout en levant ses yeux papillotants vers la main blanche qui remonte lestement la corde mince. Il allume une cigarette. Pieds nus sous la fenêtre, les mains sur les hanches, sa chevelure rousse scintillant dans la lumière, quelques gouttes de sueur éclairant les poils naissants sur les lèvres, il scrute les hauteurs. De toute évidence, la vie est belle. Elle n'est pas facile, mais, tout compte fait, elle est magnifique. La corbeille descend lentement vers les profondeurs, porteuse, sans qu'il n'ait rien demandé, du prix d'achat, soit la moitié de ce que le poissonnier a revendiqué dans son air d'opéra. Le marchand compte les billets et recommence son chant. Cette fois, il ne lève pas les yeux, il chante un récitatif, sa voix plaintive, qui se perd dans le lointain, s'adresse au destin, évoque les dangers, la mer démontée, la nuit sournoise, les poissons capricieux qui évitent la baie. Bref, il demande cinquante lires de plus et regrette de ne pas pouvoir vendre moins cher. Inflexible, la cliente lui renvoie une cigarette. Le marchand rit et remet la corbeille sur sa tête.

– Alici !... chante-t-il.

8

En face s'ouvre une fenêtre, puis une autre, puis encore une troisième. Devant celle du premier étage, une jeune femme secoue les deux bras en direction du marchand de vin qui, de son côté, brandit les siens. Les disputes ne sont pas fréquentes au Pausilippe, mais lorsqu'elles éclatent, c'est avec la force élémentaire des averses de printemps ou d'automne. Leur brusque apparition – coup de tonnerre dans un ciel bleu –, leur déchaînement, leur propagation, leur capacité à submerger tout argument rationnel et à rompre les digues de la bienséance, rappellent infailliblement les grands cataclysmes naturels. Peut-être la mer y est-elle pour quelque chose. Les volcans aussi – sans doute. Quand on vit sur un volcan, on ne se dispute pas comme sur la terre ferme où les conventions sociales viennent toujours modérer la violence des altercations. Ici, les imprécations s'adressent tout ensemble à l'interlocuteur, aux dieux grecs et arabes qui, maîtres de ces lieux, ont si mal gouverné la destinée des humains, aux démons et aux esprits qui habitent les arbres, aux torrents, aux éléments qui, jamais apaisés, lâchent de sulfureuses fumerolles depuis les montagnes et des vapeurs brûlantes venues du fond des mers, aux vents qui balaient le ciel, lorsque la tempête, née en Afrique, au pied de l'Atlas, se dirige vers les laves pétrifiées du Vésuve. Non, on ne s'invective pas ici comme à Rome, dans les monastères ou chez les prêtres. On le fait avec l'impétuosité des vents, des flots, des cieux et des montagnes cracheuses de feu. Peu importe, au reste, le sujet de l'affrontement : on ne cherche pas ici à convaincre, mais à s'affirmer. Vers la fin de l'été, lorsque l'air touffu est chargé de noires fumées, d'invisibles émanations annonciatrices de séismes, et que, entre Capri et Ischia, les houles surgissent du fond de la mer, au Pausilippe, les empoignades, après quelques accords préparatoires, destinés, en quelque sorte, à s'éclaircir la voix, atteignent leur paroxysme, avant de prendre, avec bonheur, leur rythme de croisière.

Au rez-de-chaussée, devant la porte ouverte d'un logis, un homme, debout, se rase. Comme tout le monde, il suit la dispute. Sans emploi fixe, comme presque tous les habitants de la région, il travaille tantôt comme maçon pour gagner, en trimant de sept heures du matin à sept heures du soir, le prix d'un litre d'huile comestible, tantôt en ramassant les fruits parfumés des conifères bordant l'avenue qui mène au Parco della Rimembrenza, pour les vendre ensuite aux nantis des villas. En étalant les pommes de pin sur les cendres brûlantes, on obtient une âcre odeur de résine. L'homme joue parfois aux boules, au bord de la ruelle qui débouche sur l'escalier menant à Marechiaro ; quelquefois, dans sa carriole tirée par un âne, il monte du charbon de bois de Bagnoli à l'intention des ménages qui, à défaut de gaz, font la cuisine avec ce combustible. Il vient d'enfiler une chemise propre, l'une de ses joues est rasée de près, l'autre est encore barbouillée de savon. Tout à coup, il suspend son mouvement. Semblable au mélomane abonné à l'opéra San Carlo, qui, après l'ouverture, attend la suite, l'œil sévère, la tête penchée de côté, notre homme savoure l'aria introductive de la dispute. Tenant son rasoir ouvert à la main, il dirige son regard vers le balcon du premier étage où la jeune femme, cheveux au vent, serre les deux mains sur la poitrine. Ensuite, son regard glisse vers la rue en pente abrupte où, debout sur une marche, l'expert en vins agite sa casquette qu'à force de triturer il a réduite en une espèce de boule. L'ouverture de l'opéra terminée, la jeune femme et le marchand entonnent leur duo. L'homme, qui n'a pas d'emploi fixe, mais n'en reste pas moins actif, brandit son rasoir comme pour avertir la jeune femme qu'elle a anticipé, qu'elle devrait donc attendre avant d'attaquer son chant. Incapable de se soustraire à l'ordre qui émane d'un tel geste, elle obéit. De son côté, ayant compris que la dispute est désormais dirigée par un vrai connaisseur, le marchand de vin ferme les yeux, écarte les bras et donne de la voix.

Sur les balcons et devant la porte des *bassi*, ces logis s'ouvrant directement sur la rue, le public suit attentivement les différentes phases de la querelle. Celle-ci constitue toujours un événement. Les vrais querelleurs sont aussi rares que les vrais artistes, et les auditeurs dotés d'une ouïe fine et d'un œil exercé savent distinguer entre l'émotion, l'apport personnel de chacun, autrement dit la matière première, et la comédie, c'est-à-dire l'art. Et de même que, sur la scène, l'acteur n'a pas besoin d'être soûl pour interpréter un ivrogne – bien au contraire, son art consiste à l'incarner en toute lucidité – de même, les spectateurs du Pausilippe savent parfaitement que pour interpréter son rôle au mieux, il ne sert à rien d'être furieux, car le querelleur talentueux, c'est-à-dire l'artiste, au lieu de s'emporter, ne fait que jouer la colère. Voilà pourquoi le public est si attentif.

Les deux voix – une sorte de mezzo-soprano et un baryton caverneux de bouffon – se répandent dans l'air tourmenté par le sirocco. Quoique débutante, la jeune femme ne saurait être considérée comme une dilettante : le public en est conscient. Appuyée contre la balustrade, les cheveux en bataille, elle lève les mains au ciel, dans un geste de tragédienne. Après avoir chanté l'air d'ouverture, le marchand de vin se détourne de sa partenaire : au lieu de braquer son regard sur le balcon, il le laisse se perdre dans le vague. Désormais, c'est avec les dieux qu'il échange des propos vifs, d'une voix de plus en plus grave. Économe de ses gestes, il ferme quelquefois les paupières. Manifestement, il a du savoir-faire.

D'un geste tranchant, l'homme au rasoir interrompt la scène. Les acteurs s'immobilisent et se taisent. Pleins de tact, les spectateurs s'abstiennent d'applaudir, mais leurs yeux brillent de plaisir. Les oiseaux piaillent parmi les frondaisons poussiéreuses des oliviers. Petit à petit, le public regagne logis et ateliers. Le chef d'orchestre continue à se raser. La tête inclinée de côté, la jeune femme se penche par-dessus la balustrade, l'œil rivé sur les profondeurs. Le marchand de vin ne dit plus rien, seule sa main exécute quelques petits mouvements circulaires.

9

À midi tapant, le marchand de cacahuètes installe sa chaise longue à l'ombre des platanes, là où l'on peut voir les jardins maraîchers couvrant le flanc de la colline et, plus loin, la mer et Capri. Il va se reposer. Jeune marié, âgé de quarante-cinq ans environ, il a le poil grisonnant. Ses deux enfants aînés, un garçon et une fillette, s'amusent toute la journée dans la poussière, sous les platanes. Le troisième, un nourrisson, reste avec sa maman, en haut de la colline, à la villa Ricciardi, sauf à midi, à l'heure où la jeune femme apporte le déjeuner à toute la famille.

Chômeur, comme presque tous ici, l'homme est néanmoins très actif. Tenant compte du pouvoir d'achat de sa clientèle, il investit avec prudence. À dix heures du matin, il descend sa chaise longue de son logis, un trou creusé à même la roche calcaire. Inutile de commencer plus tôt, ses clients, enfants et femmes enceintes, ne viennent jamais avant. Il plante sa chaise, passablement abîmée mais néanmoins confortable, près du débit de boissons qui a ouvert ses portes depuis peu, et où le vin, conservé dans des tonneaux, répand sur l'avenue Santo Strato, et jusqu'à la chaise du marchand de cacahuètes, une odeur à la fois âcre et doucereuse, laquelle, se mêlant à celle des mimosas et de la mer, ne manque pas d'agrément. Après avoir déplié avec soin sa chaise longue en face de Capri, le marchand de cacahuètes accroche sa veste à la branche d'un platane et se met à l'œuvre. De sa musette, qu'il porte en bandoulière, il extrait la marchandise – quelques poignées de cacahuètes – et l'emballage. Ensuite, il s'installe dans sa chaise, croise négligemment les jambes et s'accorde quelques instants de répit avant de commencer son activité – qu'il méprise à la fois par lassitude et parce qu'il sait bien que le véritable travail créatif a déjà été accompli par ses ancêtres grecs et latins. Cependant, il se montre d'autant plus empressé. Avec du papier journal, il confectionne des sachets à l'intention de ses clients, étale sur le sol une feuille de papier d'emballage et y dispose les cacahuètes en d'élégants petits tas. Après quoi, il se repose derechef, les paupières fermées, les deux mains jointes derrière la nuque. Le soleil brille, les deux enfants rampent autour de lui avec la lenteur des tortues. L'homme extrait une cigarette d'une de ces boîtes en fer blanc dans lesquelles les marins levantins ont introduit, en contrebande, des cigarettes égyptiennes. Il renvoie la fumée longuement vers Capri. Ayant fait tout son possible pour sa famille, pour l'intérêt public et pour l'honneur de sa profession, il mérite le repos.

À vrai dire, vendre l'ennuie. Ce qu'il aime, c'est saluer ses clients, les amis qui passent, les conducteurs de trolleybus. Et il le fait admirablement. Le buste légèrement penché en avant, il lève un bras avec nonchalance et sourit en découvrant, dans son visage couvert de poils, une paire de gencives édentées, noircies par le tabac. Tout cela fait certes partie de son métier, mais la signification de ses gestes dépasse pourtant ce premier degré, ces données immédiates. Ce sourire mondain, le même que celui de ses ancêtres, ces colons grecs débarqués il y a trois mille ans dans le village proche de Cuma, est à l'origine même de la Ville et de la Vie publique. Sans en être tout à fait conscient, notre homme le sent instinctivement : en ces lieux, affabilité et courtoisie ont toujours désarmé les étrangers, les Sarrasins de l'Antiquité comme, plus récemment, les Allemands et les Américains, arrivés avec leurs armes, mais repartis aussitôt, comme embarrassés, réduits à l'impuissance par ce sourire poli.

Devant le client – le prix d'une poignée de cacahuètes est fixé à dix lires –, il sourit et soupire en même temps. Il se lève rarement. En tant que père de famille, il doit éviter de charger inutilement son cœur. Pourtant, même en restant assis, il se révèle d'une politesse exquise. Le geste fastueux avec lequel il désigne sa marchandise n'est aucunement celui d'un vendeur, mais celui d'un hôte qui entend régaler ses invités. Oui, cet homme-là invite ses clients à déguster ses cacahuètes, comme, il y a quelque deux mille ans, non loin d'ici, Lucullus conviait ses amis à ses festins. Une fois le client parti, jambes croisées, mains jointes derrière la nuque, il se renverse à nouveau dans sa chaise longue, ses yeux clignotants contemplent la mer Tyrrhénienne et là-bas, dans la brume bleuâtre, Capri.

Pendant ce temps, son épouse met la table sous les platanes, au bord du trottoir, non loin de l'arrêt du trolley. Elle pose une boîte en carton sur le sol, la couvre d'une nappe propre et multicolore, prend dans une petite corbeille un pot de terre et étale sur la nappe les couverts et les plats. Le menu n'est guère varié, mais la présentation est impeccable. Ceux qui attendent le trolley suivent avec intérêt ces préparatifs. Dans une écuelle en faïence, l'épouse dispose joliment quelques radis, deux ou trois piments. Dans un autre récipient, oignons et pommes de terre cuites à la vapeur nagent dans de l'eau mélangée avec de l'huile. La famille consomme rarement de la viande car, sous ce climat, l'organisme n'en exige guère. Mais peut-être n'ont-ils pas les moyens de s'en offrir. Peut-être même n'existe-t-il pas sur cette terre suffisamment de cacahuètes à vendre pour permettre à un père de famille napolitain d'acheter de la viande pour lui et pour toute sa famille. Ils mangent du pain blanc que l'épouse va chercher au fond de la corbeille et, très rarement, du poisson grillé froid. Une fois la table mise, l'épouse appelle les enfants, le mari se réveille, bâille, caresse son menton couvert de poils naissants et, en père de famille aussi aimable qu'attentionné, se penche sur la nappe. Sa femme et ses enfants s'assoient par terre, lui, il reste dans sa chaise longue, se frotte les mains, jette un regard autour de lui et esquisse un large geste d'invitation à l'endroit des passants qui attendent le trolley et qui, probablement affamés, admirent, en avalant leur salive, ce riche étalage de mets savamment disposés.

– Eh ! lâche-t-il.

Ils commencent à manger. L'homme tient un couteau à lame courte et à manche de bois, mais il ne s'en sert que rarement. D'après la loi, la longueur de la lame ne peut dépasser six centimètres, sa pointe a d'ailleurs été émoussée par un rémouleur car, dans ces contrées, un couteau pointu passe pour une arme d'agression. Aussi, la plupart du temps, le marchand de cacahuètes et sa famille préfèrent-ils manger avec les doigts, comme leurs ancêtres, les Romains raffinés. Tous, y compris les enfants, manipulent les aliments avec grâce. Le pain, l'huile, le sel, le radis, l'oignon, toutes ces délicatesses reçoivent un sens nouveau dès que le chef de la famille les effleure du bout des doigts. Oui, ils mangent avec élégance, ils picorent et gazouillent comme les oiseaux, qui, à leur tour, au-dessus de leur tête, sous le ciel bleu, déjeunent parmi les frondaisons des platanes. À midi, tout le monde déjeune au Pausilippe, ce qui, étant donné les circonstances, tient littéralement du miracle. On mange comme les oiseaux, dans la rue, à l'ombre des platanes, au bord de la mer. Personne ne sait – les oiseaux pas plus que le maire ou le marchand de cacahuètes – comment tout ce beau monde se débrouille pour pouvoir, jour après jour, mettre la table au bord du trottoir.

Enfants et moineaux s'emparent des miettes qui s'éparpillent sur le côté de la route, c'est à qui se montrera le plus habile dans cet exercice. À la fin du repas, la mère ramasse les couverts et la bouteille de vin rouge, et extrait de sa musette une petite mandoline. Le père a allumé une cigarette et, se renversant dans la chaise longue, accroche son chapeau à une branche. Implacable, le soleil darde ses rayons. Au milieu du mois de mai, vers midi, la lumière or et bleu foncé suggère une sorte de fatalité. La mer indigo est immobile. À Naples, à la mi-mai, à deux heures de l'après-midi, des centaines de milliers de personnes font la sieste. Dans les *bassi*, on dort tout habillé, affalé sur le lit, la bouche ouverte, comme les faibles d'esprit. On dort sur la plage, dans la zone piétonnière, sur les bords des barrières, en cherchant à garder son équilibre pendant le sommeil, évitant miraculeusement de tomber, on dort au milieu des trottoirs, où les passants, indifférents, enjambent les corps. Partout ailleurs, un homme gisant inanimé, en plein jour, au beau milieu d'un trottoir, passerait pour une victime d'un accident de la circulation – mais non, à Naples, c'est un simple dormeur. Incoercible besoin physique, au même titre que la faim, la soif ou la pulsion amoureuse, le sommeil les surprend brusquement, sans crier gare.

À son tour, le marchand de cacahuètes sombre dans le sommeil. Cigarette au bec, il sourit. Les enfants se sont dispersés avec les oiseaux. La mandoline serrée contre sa poitrine, la femme se rapproche de son mari. Éclairant son front à travers les feuillages du platane, la lumière bleue embellit cette femme triste et d'une propreté parfois douteuse. Elle joue doucement, en pinçant les cordes de son instrument, à l'intention de l'homme avec qui elle vit, et auquel elle a donné trois enfants, cet homme qui vend des cacahuètes sur l'avenue principale du Pausilippe, au bord du trottoir, face à Capri, et qui étend maintenant ses jambes. Il dort, avec ses baskets aux pieds, mais dans son sommeil, il entend la musique et il sent la chaleur et la lumière. C'est ainsi que dormait, en face, à Capri, en début d'après-midi, Tibère, dans une de ces maisons à colonnades, près du rocher d'où il faisait précipiter dans les profondeurs ses esclaves et ses favoris. Oui, c'est ainsi que dormaient les empereurs d'autrefois. La femme joue sa chanson – une chanson très vieille, très douce, très triste, très intelligente et très vulgaire. Elle n'a sans doute pas l'ouïe musicale, mais c'est tout son corps qui est sensible à la musique, et la mandoline, entre les mains d'un Napolitain, résonne toute seule, comme, dans les déserts d'Orient, les rochers touchés par la lumière de l'aube. L'homme, dans son sommeil, écoute la musique et sourit. Une mouche s'est posée sur son nez et y élit domicile. Le couple reste longtemps immergé dans la lumière et dans la musique.

10

Quelque chose doit arriver, tout le monde le sait. Les journaux en ont parlé. Sous le dôme, du haut de sa chaire, le cardinal a annoncé qu'il serait grand temps que les riches se soucient des pauvres. Du coup, les bénéfices du bal masqué organisé à l'hôtel Excelsior, bal au cours duquel plusieurs aristocrates du Sud de l'Italie – de superbes jeunes femmes et des hommes de belle prestance – s'étaient produits dans des tableaux vivants, ont été consacrés à aider les pauvres afin qu'ils puissent passer l'hiver. Les personnalités – plusieurs princes, quelques margraves, de nombreux comtes et barons, ainsi que leurs dames – ont fait tout leur possible pour atténuer la misère des indigents. La liste des invités a été publiée dans les journaux du matin. Dans une des niches de l'église de la via Chiaia, la statue de la Vierge au cœur transpercé se serait mise à saigner. Persuadée qu'il allait enfin se passer quelque chose, la foule a envahi l'église, mais l'enquête ordonnée par les autorités ecclésiastiques – et dont les résultats ont été publiés dans les journaux du soir – a démenti ces espoirs. Non, il n'y a pas eu de miracle, c'était tout simplement la peinture qui avait fondu à cause de la chaleur. Cependant, les gens continuaient à affluer, même tard dans la soirée, et les carabiniers ont dû intervenir pour disperser, fort courtoisement, la foule des badauds.

Le soir, sous un eucalyptus, le baron, l'index dressé, interpelle l'amiral :

– Ces rumeurs ont tout de même quelque chose d'étrange. Avez-vous remarqué, amiral, que ceux qui, dans notre région, ont une réputation de prophète, gardent le silence ? Je crois que, loin d'être prophètes, ce sont tout simplement des Anglais un peu fous. Les fous sont d'ailleurs nombreux en Angleterre. L'un de mes oncles a fait ses études à Oxford, à une époque où les paysans siciliens travaillaient encore... Les propriétaires terriens pouvaient alors se permettre d'étudier, contrairement à ce qui se passe aujourd'hui où les paysans refusent de travailler et revendiquent les terres des seigneurs. Bref, mon oncle rapporte que dans certaines maisons de la campagne anglaise, on voit souvent, au premier étage, des messieurs d'un certain âge qui passent leur journée à découper des étoiles avec des ciseaux à ongles dans une feuille de papier mauve. Leurs logeurs ne s'en inquiètent guère : « C'est un hobby », répètent-ils. Le saviez-vous ?

– Oui, je le savais, répondit calmement l'amiral. Un jour, ma flotte s'est arrêtée à Southampton, où je puis vous affirmer que les fous sont tout aussi nombreux.

– Les étrangers qui vivent ici sont des Anglais désargentés, insista le baron. Ils sont taciturnes, comme tous ces Britanniques un peu loufoques. Il me semble qu'il n'est pas trop difficile d'apprendre à parler anglais. Non, ce qui est vraiment difficile, c'est d'apprendre à se taire en anglais.

– Les Anglais savent très bien se taire en anglais, objecta l'amiral.

– Ils ne parlent jamais, reprit le baron. Je les observe pendant leur promenade : ils contemplent les oiseaux ou la mer. Un homme qui veut sauver le monde devrait beaucoup parler, non ?

– C'est vrai, acquiesça l'amiral. Saint François parlait beaucoup.

– Il parlait même aux poissons, précisa le baron. Et aux oiseaux, et au vent et au feu. Et quand il ne parlait pas, il écrivait des poèmes ou il chantait.

– Après tout, peut-être que cet homme-là écrit également des poèmes, s'interrogea l'amiral avec son accent de vieillard. Actuellement, beaucoup de gens écrivent des poèmes.

– C'est à cause de la machine à écrire, fit le spécialiste du jeu de boules. Il est plus facile de taper à la machine que d'écrire à la main.

Personne ne prêta attention à ses propos.

– Benedetto Croce n'a jamais écrit de poèmes, continua l'amiral. C'est mon fils qui me l'a dit. Il va à l'Université, où l'on sait tout.

– Croce ! s'écria le baron en levant les bras au ciel. Voilà un grand esprit, mais un esprit païen. Il ne deviendra jamais un saint. Certes, il n'a pas de telles ambitions. Mais il se pourrait bien qu'en secret il soit superstitieux. Notre repasseuse va souvent chez lui à Trinità Maggiore, savez-vous. Et elle m'a rapporté que Croce écrit toujours avec une plume. Oui, les vieux écrivains se servent tous d'une plume, comme Leopardi, comme Dante. On ne peut pas écrire de bons poèmes à la machine. Ni avec un stylo, ajouta-t-il, méprisant. Pour composer un vrai poème, le poète a besoin d'une plume qu'il plonge lentement dans l'encrier. Ce geste, mes amis, est d'une importance capitale. J'en ai parlé un jour au docteur Moscati… il n'écrit pas de poèmes, c'est vrai, mais, étant en odeur de sainteté, il connaît un peu la question, car les poètes et les saints appartiennent, au fond, à la même espèce. Certains poètes sont portés sur l'alcool, mais en l'occurrence cela n'a aucune importance. Ceux qui se servent d'un stylo écrivent vite. Or, le poète a besoin de mûrir sa pensée – et cette maturation s'accomplit pendant qu'il trempe sa plume dans l'encrier, pendant qu'il fait tomber sur le buvard la goutte d'encre superflue avant de coucher sa phrase sur le papier. Dans les années trente, il m'est arrivé d'écrire des vers, conclut-il modestement.

Ils se taisaient, rêveurs.

Le couple étranger reparut au tournant du chemin qui conduit à Marechiaro. Ils avançaient lentement, comme s'ils craignaient d'arriver trop tôt au café *L'Alouette*. Les occupants du banc grillagé sous l'eucalyptus les suivaient d'un regard attentif. Le baron haussa les épaules et ralluma un mégot qu'il fourra ensuite dans un fume-cigarette en bois. Tout en contemplant le bout incandescent du tabac, il marmonna, comme s'il s'adressait à un partenaire :

– Voici des étrangers qui, pour une raison ou pour une autre, n'ont pas envie de rentrer dans leur pays. Cela se voit souvent chez les exilés. Aujourd'hui, il y a beaucoup de réfugiés en Italie. La police les surveille. L'un de mes frères travaille à la Préfecture, c'est lui qui me l'a dit.

L'amiral :

– L'Église ne s'intéresse pas aux étrangers qui, à ce que l'on raconte, veulent sauver le monde. L'Église est vieille, ancienne : elle sait qu'on n'a pas besoin de nouveaux rédempteurs.

– Les gens qui veulent sauver le monde, remarqua le vieil homme dont on avait amputé les orteils, n'intéressent plus que la police. Quant aux prêtres…

– Bah, les prêtres…, lâcha le spécialiste du jeu de boules.

– Un café, amiral ? demanda le baron, écartant les bras d'un geste mondain.

Ils se levèrent péniblement et se dirigèrent vers *L'Alouette*. Dans le jardin du bistrot, accrochées à un fil de fer, les glycines formaient au-dessus des tables un plafond flottant et odorant. La compagnie prit place autour d'une table ronde. Dans la salle, un vieil homme, père de famille et propriétaire de l'établissement, venait de vendre un paquet de cigarettes au couple d'étrangers. Derrière le comptoir, son épouse, bossue, jetait dans un seau des feuilles de brocolis à l'intention des lapins qui s'ébattaient sur le muret du jardin. Très nombreux, ils semblaient se reproduire tout en sautillant. Parfois, on les voyait courir en clapissant sous les tables et autour des chaises et des clients, sans que personne ne leur prêtât attention. Le patron, sa femme et leur famille – dont les habitués eux-mêmes ignoraient l'étendue, car la tribu s'élargissait sans cesse, de nouveaux enfants et petits-enfants surgissant sans crier gare, rampant et se frottant aux clients, tout comme les lapereaux – le patron et sa famille, donc, possédaient également un chien, un chat et un agneau aussi plaintif qu'importun qui réclamait sans cesse qu'on le prenne sur les genoux. Il y avait en outre, dans la salle et dans le jardin, des pigeons, un âne pour le transport des bouteilles et des blocs de glace ainsi que deux tortues. Tout ce petit monde vivait en parfaite harmonie avec la famille et les clients, qui ne les remarquaient même pas, tout en appréciant leur présence, car les patrons comme les clients, tous d'une insigne pauvreté, aimaient s'entourer d'êtres vivants, d'humains, adultes et enfants, d'animaux, de volailles, de tortues, estimant sans doute que leur compagnie pouvait rendre leur misère plus supportable.

Les étrangers étaient en train d'acheter des cigarettes bon marché. Les yeux papillotants, l'amiral suivait discrètement chacun de leurs gestes. L'homme grisonnait déjà et, en allumant sa cigarette, ses mains tremblaient légèrement comme celles des cardiaques. La femme, aux yeux verts et gris, semblait avoir raté la teinture de ses cheveux roux pâle. Elle n'était plus vraiment jeune, mais elle ne se comportait pas comme les femmes de son âge : elle fumait sans interruption, même pendant la promenade. Les animaux – l'agneau, une tortue et quelques lapins – s'approchèrent du couple pour les flairer. Un jeune prêtre, aux yeux noirs et au faciès turco-mongol, arriva en vélo ; coiffé d'un béret basque ramené sur le front, il portait une soutane rapiécée et des souliers éculés. De temps à autre, il émettait un rire amer, nerveux et sardonique, un ricanement qui semblait suscité par quelque pensée incongrue.

– *Padre,* lui demanda le baron, vous venez de chez un mourant ?

– Non, répondit avec sérieux le jeune prêtre. On a joué au foot.

Tout le monde sourit, y compris les deux étrangers – ceux-là timidement, car l'étranger n'a en général pas le droit, fût-ce par un sourire, de participer à la conversation des gens du pays. L'homme qui dirigeait le jeu de boules prit tout à coup la parole comme pour mettre le point final à une conversation engagée depuis fort longtemps, semblable à celle de ces déments qui exposent, sans la moindre transition, leurs idées fixes.

– L'Église a excommunié les communistes, déclara-t-il. Je l'ai lu dans les journaux. Il est désormais interdit de baptiser, de marier et d'enterrer des communistes. Ce qui est une bonne chose. Seulement, il est extrêmement difficile de reconnaître un communiste. Certains d'entre eux, particulièrement malins, refusent de porter l'insigne du parti, de signer les manifestes en faveur de la paix et poussent même l'impudence jusqu'à aller se confesser et communier. L'Église est impuissante ! s'écria-t-il.

Personne ne lui répondit. L'ecclésiastique continua à fumer, comme s'il n'avait rien entendu. Il faisait partie de cette bande de jeunes prêtres, fils de paysans au corps osseux, au visage couvert d'acné qui, l'après-midi, parcouraient les rues du Pausilippe. Originaires de Campanie, de Sicile et d'Émilie, ils avaient réussi à entrer au séminaire et portaient maintenant des chapeaux en velours à large bord et des vestes longues et noires, pareilles à des caftans. L'après-midi, ils jouaient au foot ; une épaisse couche de poussière recouvrait alors leurs chaussures et le bord de leurs soutanes. Puis, ils se promenaient. Impossible de connaître le fond de leur pensée. Pour un jeune paysan de Campanie ou de Calabre, le séminaire représentait une chance inouïe. Mais on ne pouvait savoir ce qu'ils pensaient des communistes et de leur éventuelle excommunication.

L'air soucieux, le jeune prêtre régla sa consommation avec un billet de vingt lires. Il rangea soigneusement la monnaie qu'on lui avait rendue et qui, de toute évidence, constituait toute sa fortune. En sortant, il salua, embarrassé :

– *Ciao.*

Un garçonnet le rejoignit en courant et lui embrassa la main. Gêné, le prêtre enfourcha son vélo et s'éloigna rapidement. Certains clients, dont le couple étranger, s'apprêtaient à quitter les lieux. La nuit tombait et, dans les fourrés à flanc de colline, les faisans que les chasseurs du Pausilippe avaient en vain guettés à l'aube se mirent à criailler. Le coucher du soleil fut brusque et tragique : venant de Baiae, ses derniers rayons éclairaient le cratère du Vésuve et la lumière rouge foncé qui enveloppait le volcan avait quelque chose d'infernal. Le cratère éteint et la lave solidifiée de la dernière éruption formaient une sorte de fourche noire, évoquant le lit d'un fleuve incandescent. Une svelte embarcation, la *Principessa Piemonte,* passa lentement devant la baie de Marechiaro, ses sirènes émirent un mugissement grave, presque bestial, comme pour avertir les riverains d'une menace sournoise. Perturbé par ce bruit, le couple étranger décida de s'en aller. Ils sortirent sans parler, arborant un sourire crispé, adoptant une démarche un peu machinale. Muets, le patron et les clients les suivirent du regard, avec la vague impression que ces étrangers-là dégageaient une odeur de mort.

11

Il ne fut plus guère question des étrangers jusqu'au jour où, vers la fin de l'été, un policier du commissariat vint interroger, au café et dans les immeubles de la villa Ricciardi, ceux qui les avaient vus ou connus. Les journaux parlèrent peu de l'événement.

L'hiver était passé et, au printemps, la population eut le sentiment que la vie redevenait possible. Fin avril, une inexplicable atmosphère d'optimisme s'était répandue au Pausilippe. Thuyas et orangers fleurirent plus tôt que les autres années et, dans les jardins minuscules, les plantes d'un mauve profond, d'un jaune tapageur ou d'un bleu criard semblaient tonitruer. Pendant que les hommes, comme autant de lézards moribonds, avaient passé les nuits glaciales de l'hiver à dormir couchés à même le sol pavé de marbre, on aurait dit que Dieu avait inventé des fleurs d'une espèce nouvelle. Sur les pentes descendant vers Agnano, deux jardins, pas plus grands que la paume d'une main, furent envahis de coquelicots. Les mimosas s'épanouirent dès le début de février et leur haleine lourde, fleurant bon la vanille, flottait encore fin mars au-dessus de la baie et des jardins, tel un nuage radioactif résultant d'une mystérieuse explosion atomique et poussé par le vent africain vers les côtes occidentales. Fin avril, un matin, le ciel s'ouvrit et se remplit d'une incomparable lumière d'un bleu profond et chaleureux, le bleu de la turquoise et de l'aniline, celui des yeux des petits enfants et du lait frelaté – un bleu né en ce lieu, de la rencontre du ciel et de la mer. Les terres grasses et noires de la Campanie, fertilisées avec de la lave, bénéficiaient également de l'électrique précipitation de cette lumière bleue parsemée de pépites d'or que reflétait la couche d'algues, s'étirant, telle une secrète centrale électrique, sous la mer entre Naples et Salerne.

Certains estimaient qu'en Italie il n'y avait plus de place pour les êtres humains. Plus ou moins peuplée au cours des trois millénaires passés, la péninsule n'avait jamais compté, comme à présent, cinquante millions d'habitants. L'idée de cette multitude était à la fois prometteuse et déprimante, exaltante et redoutable. Quelques-uns voyaient dans la réforme agraire la solution du problème. D'autres préconisaient la régulation des naissances : il était temps, affirmaient-ils, que l'Église dise enfin son mot et que les prêtres, dans les confessionnaux, enseignent aux Napolitaines la façon d'éviter les maternités non souhaitées. D'autres encore réclamaient l'augmentation de l'aide américaine à Naples. D'autres, enfin, pensaient que seul le communisme était capable de tirer le pays de ce mauvais pas. Certains auraient même souhaité récupérer les colonies perdues. Les candidats à l'émigration se comptaient par millions : plus grand que l'Europe, disaient-ils, le Brésil pourrait accueillir toute la population italienne. Selon les rumeurs, certains pays sud-américains auraient pu en faire autant, de même que l'Amérique du Nord, le Canada ou l'Australie. Ajoutant foi à ces racontars, des centaines de Napolitains, désireux de vivre mais n'ayant aucune perspective devant eux, allaient faire la queue via Santa Lucia, devant le consulat du Venezuela ou celui de Colombie, dans l'espoir qu'il se passerait enfin quelque chose. De longues files d'attente se formaient ainsi devant les consulats de certains petits pays d'Amérique du Sud, pas seulement à Naples, mais dans toutes les villes où des États étrangers possédaient des représentations diplomatiques. En début d'après-midi, les gens rentraient chez eux, bredouilles : la plupart d'entre eux ne disposaient d'aucun document, pas même d'un passeport, mais, pensaient-ils, leur qualité d'Italien leur donnait le droit de vivre et d'émigrer. Sans pouvoir naturellement parvenir jusqu'au bureau du consul, ils ne s'adressaient qu'au portier qui, invariablement, les renvoyait tous. Quant aux consulats anglais et américains, les demandeurs de visas n'osaient même pas les aborder, sachant que l'attente devant les représentations de pays aussi puissants et prestigieux n'était pas seulement vaine, mais aussi, en quelque sorte, inconvenante. Dans ces conditions, il ne leur restait plus qu'à attendre un miracle.

Cette attente n'avait pourtant rien d'aléatoire : elle était systématique et régulière. Tous les ans, un premier miracle « officiel » s'accomplissait à Naples. L'événement se répétait le dix-neuf septembre et le treize décembre, le matin, entre neuf heures et dix heures : dans le reliquaire du dôme et à Pozzuoli, dans une niche, le sang de San Gennaro se liquéfiait. Tous les ans, les journaux locaux rendaient compte de ce miracle officiel. Mais d'autres miracles, non officiels, « sauvages » en quelque sorte, semblaient également possibles et la population les espérait. L'émigration, par exemple, passait pour un miracle, mais ce miracle-là se produisait rarement. Tous les dimanches, quelques-uns gagnaient au totocalcio, ce jeu fondé sur le sport humain, ce qui, d'un certain point de vue, tenait du miracle. Un jour, une vieille Piémontaise avait même gagné soixante-dix millions de lires mais, ayant perdu son bulletin, elle n'avait pu toucher son gain. C'était là un miracle raté, un miracle maudit. Il ne suffisait pas d'attendre passivement le miracle, encore fallait-il, croyait-on, avoir l'œil sur lui, se tenir sur la brèche, le flairer et le débusquer.

Parfois, quelqu'un décrochait un emploi au chemin de fer ou dans une compagnie pétrolière américaine. Ce n'était pas là un vrai miracle, mais, dans le désespoir ambiant, cela pouvait passer pour tel.

12

Un beau jour, le communiste Togliatti est arrivé à Sorrente pour s'y reposer. On en a parlé pendant quelque temps, mais sans comprendre exactement pourquoi il avait besoin de repos. Il occupait, paraît-il, une villa au bord de la mer, non loin de cette autre villa qu'avait habitée, après la Première Guerre mondiale, un écrivain russe nommé Gorki. On trouvait encore, à Castellamare et à Sorrente, plusieurs personnes qui avaient connu Gorki et lui avaient parlé. Quant à Togliatti, il annonça un jour un meeting. Une foule nombreuse y assista.

Le chef communiste parla en plein air, près de la mer, au pied du mont Faito. C'était un homme corpulent, au nez chaussé de lunettes. Les quelques milliers de personnes qui s'étaient rassemblées sur place l'écoutaient en silence, sous le soleil. Togliatti affirmait que les choses allaient très mal en Italie, mais que cela irait beaucoup mieux le jour où lui et les communistes prendraient le pouvoir. Les jeeps de la police, couleur lie-de-vin, stationnaient au coin de la rue. Personne n'approuvait l'orateur, personne ne protestait non plus. Les haut-parleurs répandaient la voix de Togliatti au-dessus de la baie, dans l'air bleu et brûlant, jusqu'aux montagnes et aux sapinières de San Angelo, au-dessus des voûtes que formaient les marronniers de cette montée, bordée de statues baroques méridionales, passablement délabrées, conduisant à un vaste château trapu, peint en rouge de Pompéi, avec des terrasses à colonnades et des pièces en voûte. Telles les gouttes serrées d'une averse de printemps, les paroles de l'orateur y pénétraient, diffusées par les haut-parleurs dans l'air sec, exempt de toute vapeur. Le château où, fuyant la peste, le roi Ladislas s'était un jour réfugié et qui, plus tard, avait hébergé Ferdinand de Bourbon, était humide, vermoulu, grignoté par les termites du temps. Aménagées à chaque tournant de couloir, les niches avaient servi autrefois de guérites aux sentinelles. Dans les salles flottait une étrange odeur historique, cette odeur de pieds caractéristique des demeures des rois et des sentinelles. Tout aussi délabré était le parc avec ses immenses marronniers et ses eucalyptus qui sentaient le moisi et pourrissaient dans l'indifférence générale. La voix de Togliatti arrivait jusqu'à ce palais où avaient séjourné autrefois des rois malades, rongés par l'ennui. Au premier étage, transformé en hôtel, dans un coin isolé de la terrasse, près d'une colonnade, au milieu d'ustensiles chinois et de plantes exotiques, une princesse l'écoutait. Elle était vieille, très maigre, elle s'appuyait sur une canne, telles, sur des tableaux anciens, ces filles de roi blessées par un poignard. C'était la princesse d'Aoste, qui logeait maintenant ici, car les rois ne régnaient plus sur l'Italie. Elle louait une suite dans cet hôtel. Les gens croyaient savoir qu'elle avait de l'argent et des bijoux. Elle contemplait, à ses pieds, la principale place de la ville, puis la mer, l'Italie.

Nommé gouverneur d'Abyssinie par les fascistes, son fils était mort là-bas. Mais personne n'en parlait jamais. La vieille princesse écoutait l'orateur communiste sans broncher, sans que son visage trahît ses pensées. On ne savait pas davantage ce qu'en pensaient les autres, les pêcheurs et les bateliers réunis sur place. Togliatti parlait de l'avenir, et ses auditeurs ne disaient rien. Nul ne pouvait savoir ce que pensait l'Italie.

13

Fin mai, Antonio fut atteint du typhus. Dans le *basso,* on fit aussitôt le lit, on vêtit d'une chemise propre l'enfant malade, on appela sa grand-mère et l'on attendit les visiteurs. Ce jour-là, la chaleur envahissait le Pausilippe avec la violence d'une détonation. Il n'avait pas plu depuis longtemps et, à Sorrente, les jardiniers défilaient en procession pour implorer Dieu de leur accorder la pluie. La sécheresse avait brûlé les fleurs et comme étouffé leur odeur. Antonio avait dix ans, c'était un garçon très actif. Assidu à l'école, il avait terminé ses deux premières classes, mais abandonné ensuite, estimant qu'il avait suffisamment étudié – et aussi parce qu'il n'avait pas de chaussures. De ses études, néanmoins, il avait tiré un certain profit : il n'avait sans doute pas appris à écrire, mais il savait lire et aussi, un peu, calculer. C'est lui qui, tous les samedis, remplissait, pour le compte de son père et de ses oncles, le bulletin du totocalcio (tous les hommes de la famille y jouaient) – et toute la famille était fière de ce garçonnet qui, ayant fréquenté l'école, finirait sans doute par réussir dans la vie.

Ayant, faute de chaussures, délaissé l'école, Antonio compléta sa formation sur le terrain. L'automne suivant, il alla pêcher nuitamment sur la barque d'un pêcheur manchot. Ils pêchaient au lamparo dans la baie, entre Ischia et Pozzuoli, et la tâche d'Antonio consistait à manipuler les accumulateurs. Cette activité, quoique fort instructive, rapportait peu – de temps à autre, une poignée de petite friture, ou, après de longues nuits passées sur la mer, une assiettée de sardines malmenées par l'orage. Aussi, dès l'hiver, Antonio se fit-il embaucher par un cordonnier, qui exerçait un métier en principe utile et lucratif, mais qui n'avait pas de travail : philosophe, celui-là passait ses journées près de la porte de son atelier délabré, les coudes posés sur une table basse, à lire un journal sportif. Il était rare qu'on lui apporte une paire de chaussures à garnir de semelles ou de talons neufs. Antonio, oisif, en était réduit à écouter, à longueur de semaine, les conseils de sagesse de son maître. Ne pouvant en vivre, il demanda à travailler auprès d'un menuisier, lequel, quand il avait de l'ouvrage, officiait près de l'entrée de la villa Ricciardi. Mais, désoeuvré la plupart du temps, il passa l'hiver à découper, avec l'aide d'Antonio, des copeaux dans des poutres transportées sur une carriole venue d'Agnano, depuis l'entrepôt abandonné d'un architecte ayant fait faillite au Pausilippe. Avec ces copeaux, ils construisaient de minuscules bûchers aux formes artistiques qu'ils introduisaient dans le brasero pour se chauffer.

Mais cette activité ne lui permettait toujours pas de subvenir à ses besoins. Aussi, le printemps venu, Antonio s'en alla-t-il tous les matins cueillir des cyclamens dans les jardins virgiliens du Pausilippe, et il en fit des bouquets qu'il essaya de vendre aux amoureux amenés par un fiacre au sommet de la colline d'où ils admiraient la vue. Cette idée, qui n'était pas vraiment originale, ne lui assurait que des revenus sporadiques. Le soir, au *basso,* son père, maçon au chômage, prenait place, les bras croisés sur la poitrine, à la table familiale et passait en revue tous les membres de la tribu, souvent plus nombreux que la veille, en raison des naissances survenues dans la journée, naissances qui du reste ne suscitaient jamais aucune question, tant il était notoire que la famille, loin de constituer une entité achevée, formait un processus organique continu, se renouvelant sans cesse, semblable aux anémones et aux palmes marines de l'aquarium de la via Carraciolo. À l'occasion de ces réunions familiales, le père évoquait parfois l'avenir, passablement brumeux, d'Antonio.

Un jour, arrivé de Milan à bord d'une énorme voiture, un homme corpulent s'arrêta sur le cap du Pausilippe pour admirer le coucher de soleil. Élégant, distingué même, ce monsieur dégageait une forte odeur de brillantine. Bien qu'il fût seul, il fit signe à Antonio de s'approcher et lui acheta pour cent lires un bouquet de cyclamens. Il revint le lendemain, et cette fois, au lieu de contempler le coucher de soleil, il chercha tout de suite Antonio. Il était prêt, disait-il, à l'emmener avec lui à Milan pour en faire un champion de tennis. Il lui achèterait un imperméable et des chaussures neuves, l'enfant pourrait habiter dans son palais avec chauffage central, qui comptait de nombreuses pièces. Antonio lui demanda vingt-quatre heures pour réfléchir. Le soir, la famille discuta longuement de cette proposition. Muet, las, ses longs bras étendus sur la table, le maçon s'abstint d'intervenir : une journée passée à ne rien faire est toujours plus épuisante qu'une journée de labeur. Amalia, la mère, soupirait, tout en faisant griller quelques poissons au-dessus de la braise fumante. C'était un moment difficile dans la vie de cette famille. Chacun, y compris les enfants, savait ce qui était en jeu. Pour finir, on décida de refuser l'offre du Milanais. Un silence amer régna ensuite sur l'assemblée familiale. Le lendemain, Antonio ne monta pas au belvédère et le Milanais distingué ne devait plus donner signe de vie.

Ainsi, les choses restèrent inchangées. Mais lorsque Antonio tomba malade, une agitation solennelle s'empara de la famille. Refait avec des draps propres, le lit matrimonial qui trônait au milieu du logis, cette cavité creusée à même le roc, accueillit l'enfant tourmenté par la fièvre. Le photographe, qui habitait au premier étage, prêta au malade un pantalon de pyjama et une chemise blanche. Munie d'un éventail en laîche, la grand-mère s'installa près du lit, au milieu du *basso,* et se mit à remuer l'air autour du malade. Le maçon monta à Vormero où, au printemps dernier, il avait colmaté une brèche dans le mur du jardin du pharmacien et ramena une poudre contre la fièvre typhoïde, remède qu'on administra au malade le soir même, dilué dans du vin rouge. Mais la fièvre ne baissa pas et, le surlendemain, l'enfant commença à délirer. La famille s'affaira autour du lit, les visiteurs se succédèrent, s'installèrent, bavardèrent aimablement et avec entrain. Certains apportèrent des ballons, d'autres des coquillages, le marchand de cacahuètes une poignée de sa précieuse marchandise, bref, chacun fit tout ce qu'il pouvait dans ces circonstances données contre la fièvre typhoïde et pour la santé de l'enfant. Toute de noir vêtue, la grand-mère passait la journée près du lit et s'employait à chasser, avec son éventail, les mouches qui importunaient le malade. Cependant, en dépit de tous ces efforts, l'enfant, les yeux révulsés, continuait de divaguer. Alors, l'homme qui habitait quelques mètres plus haut dans la rue et qui vendait, sur le front de mer, des lunettes multicolores aux touristes anglaises, conseilla d'appeler un médecin. Cette stupidité fit pleurer aussitôt Amalia et le père qui, face au lit, sirotait son vin rouge, tapa sur la table, furieux d'entendre un conseil aussi naïf. En réalité, chacun savait qu'il était urgent de s'adresser à un médecin. L'an dernier, lorsque la fille de Luisa, qui logeait dans une maison avec un jardin en bas de l'escalier, avait été atteinte du typhus, son grand-père, toujours désireux d'épater la galerie, n'avait pas hésité à faire venir un médecin ; or celui-ci avait exigé d'être payé avant chaque visite et demandé mille cinq cents lires pour les vaccins. Au total, ce typhus avait coûté cinquante mille lires et la fillette avait fini par succomber. La famille avait bien réuni l'argent, mais la tragédie – la perte de cette somme plutôt que la mort de l'enfant – avait laissé un mauvais souvenir. Aussi, la proposition de cet homme – un bavard prétentieux… – ne suscita-t-elle aucune réponse.

La quatrième nuit, Antonio agonisait. Ses lèvres étaient exsangues et ses magnifiques yeux brun sombre, plus révulsés que jamais. Son entourage s'en aperçut dès le matin, et pourtant la journée se déroula exactement comme d'habitude : Amalia fit le ménage, on alluma la petite lampe à huile au-dessus du lit, sous l'image de la Vierge de Sorrente ; fidèle à ses habitudes, la grand-mère vint de bonne heure et s'installa auprès du lit. Les visiteurs arrivèrent consciencieusement l'un après l'autre, chacun connaissait un remède infaillible contre le typhus, et même contre l'agonie. Le soleil brillait, on crevait de chaleur et tout semblait indiquer que l'enfant ne passerait pas la nuit suivante. En effet, vers minuit, il respirait de plus en plus difficilement. Alors, comme d'habitude, ses parents se couchèrent à ses côtés, le père à droite et la mère à gauche. Ils placèrent un de leurs enfants âgé de deux ans, qui pleurait souvent la nuit, au bout du lit, aux pieds de la mère.

Peu après minuit, la mère remarqua que le malade était plus froid que brûlant et qu'on ne l'entendait pas respirer. Elle réveilla son mari et un oncle arrivé d'Aversa, qui dormait dans un coin de la pièce. Ne sachant quoi faire, ils s'agenouillèrent tous autour du lit, en tenue légère, et se mirent à prier à voix haute, chacun à son tour. La porte étant ouverte, on les entendait jusque dans la rue ; dans la chaleur poisseuse, leur mélopée ne manquait pas d'impressionner les passants. L'oncle enfila son pantalon – originaire de Calabre, il avait servi dans sa jeunesse à bord d'un sous-marin où il avait risqué la mort –, se retira dans un coin et réfléchit. Ceux qui priaient lui jetaient de temps à autre un regard en biais, car il avait la réputation d'un sage. Vers l'aube, après une longue méditation, il se leva et prit la main froide de l'enfant. Antonio vivait encore. L'oncle dit :

– Commencez une neuvaine.

Réveillées, les deux filles approuvèrent. Tous comprirent que la situation était grave et que quelque chose devait enfin se passer. D'un commun accord, on laissa la mère commencer la neuvaine le matin même, à l'église de Mergellina, où est enterré San Nazzaro. L'une des deux filles aurait préféré la chapelle des barnabites, plus près de leur domicile, mais on refusa sa proposition, jugeant l'endroit peu sûr. L'enfant râlait déjà, mais, sachant enfin ce qu'elle avait à faire, la famille était rassurée.

Le père se recoucha à côté du mourant et s'endormit.

Amalia, la mère, chercha une robe et du linge propres, car elle tenait à se présenter convenablement à la chapelle. Le jour se leva tôt, dès quatre heures et quart ; au-dessus de Salerne, derrière le Vésuve, le ciel prit une légère nuance vert pâle. Ensuite, toutes les cinq minutes, apparurent successivement des voiles de brume orange, jaunes et bleus, qui se dissipèrent lentement à mesure que la lumière, de plus en plus vigoureuse, faisait pâlir les étoiles, celle, grande et brillante, du matin s'évanouissant plus rapidement que les autres. Un silence grave, solennel, plein d'attente et de tensions, régnait alentour. Vers quatre heures et demie, les faisans commencèrent à criailler. Inquiètes, les chauves-souris tournoyaient dans le ciel avant de disparaître, comme sur un coup de baguette magique – vers cinq heures, alors que la lumière inondait déjà le paysage, mais que le soleil n'était pas encore levé –, dans les fentes des murs calcaires des immeubles. Amalia semblait apaisée. À huit heures, un gros homme en imperméable gravit les marches de la ruelle, franchit le seuil du *basso* et, muet, s'arrêta devant le lit. La famille le reconnut : c'était le médecin légiste du quartier.

Il suait à grosses gouttes et fumait. Après que tout le monde fut réveillé et levé, le docteur s'approcha du lit et se pencha sur le moribond. Il ne dit rien, sachant que toute parole était inutile. Les autres partageaient son avis et se taisaient, ensommeillés. Le légiste examina les yeux d'Antonio, tâta son pouls et, toujours sans rien dire, enveloppa le corps amaigri et refroidi dans le drap et le prit dans ses bras. Suant et haletant, le mégot entre les lèvres, il redescendit lentement la ruelle jusqu'à la voiture qui l'attendait au carrefour. Le père et l'oncle le suivirent à quelques pas de distance.

Désireuse d'être propre au moment de commencer la neuvaine, la mère se lava. Le médecin coucha l'enfant sur la banquette arrière et démarra la voiture. Du coin de la ruelle, le père et l'oncle la regardèrent s'éloigner.

– Eh ! fit l'oncle.

La famille respecta rigoureusement la neuvaine. Tous les matins, à huit heures, un de ses membres allait prier et communier à la chapelle San Nazzaro. Convaincus que la neuvaine, quand elle est bien faite, tient toujours ses promesses, ils ne doutaient pas un seul instant du résultat. Pourtant, lorsque, le neuvième jour, au bureau de l'hôpital de la Paix, via Tribunale, l'employé annonça à la mère qu'Antonio n'avait plus de fièvre et qu'il pouvait rentrer à la maison, ils en éprouvèrent une certaine fierté.

14

Mais, personne n'ayant fait de neuvaine pour lui, Pietro mourut. À moins qu'il n'y ait eu d'autres raisons. Il mourut subitement, à trois heures du matin. Concierge de la villa en face du *basso* où habitaient Antonio et sa famille, il était vieux et ne travaillait plus. Il mourut d'une furonculose généralisée qu'on n'avait pas soignée. En cette période de l'année, les abcès purulents étaient fréquents au Pausilippe. Raffilina en avait sur les mains et le cou, et le visage de Pasqualino était couvert d'acné. Expert en la matière, le pêcheur manchot les attribuait à la colère de San Giovanni, dont c'était la fête.

Incapables de lui trouver du linge propre, les gens de la maison étendirent d'abord Pietro dans ses sous-vêtements sales, puis ils lavèrent une chemise et un caleçon, le changèrent et attachèrent son menton avec de la gaze. Le coiffeur du coin le rasa gratis, par respect envers le défunt. Près du lit blanc, au milieu de la loge, on alluma la lampe électrique et on répandit sur l'édredon quelques camélias. Entourant le lit, les membres de la famille attendirent les visiteurs. Ceux-ci vinrent nombreux, dont le propriétaire de la villa, l'élégant marchand de cuir, le baron, plusieurs badauds qui, d'ordinaire, traînaient autour de l'escalier menant à Marechiaro, et l'homme qui, à l'aube et le soir, promenait son fils de seize ans, paralysé, barbu et idiot. On recouvrit le visage du mort avec un voile de mousseline ; à chaque arrivée d'un nouveau visiteur, une femme appartenant à la famille enlevait ce voile et, se tordant les mains, adressait au défunt un discours rythmé et bien rodé : « Untel est venu et tu ne peux plus le voir. » Après s'être lamenté pendant deux ou trois minutes, chacun reprenait sa place autour du lit et la conversation, un instant interrompue, allait bon train.

Naturellement, seuls les hommes étaient autorisés à accompagner le mort au cimetière. Les filles de Pietro feignirent de vouloir se jeter sur le cercueil et, tout en poussant des cris qu'elles voulaient déchirants, laissèrent les hommes les retenir avec délicatesse. Elles jouèrent pleinement leur rôle à la grande satisfaction du cortège funèbre.

Quand le cercueil quitta la loge, la veuve se tenait derrière la fenêtre grillagée de la cuisine. Elle avait vécu cinquante ans avec Pietro. Passant ses mains osseuses entre les barreaux, elle secoua les poings en direction du cercueil, tout en proférant des hurlements que l'on aurait pu prendre pour des malédictions.

L'amiral, le baron, le propriétaire de la villa et quelques autres personnes suivirent le cercueil jusqu'au coin de la rue. Seule la famille se rendit au cimetière de Poggio Reale. Lorsque le convoi déboucha sur la route conduisant au mausolée, le baron alluma une cigarette et dit :

– Dans de telles occasions, nos ancêtres latins s'employaient à chasser les esprits malins de la maison. Coutume louable, s'il en fut. Ovide en parle à propos des lémures romains. Vous en souvenez-vous, amiral ?

La tête tremblante, l'amiral répondit d'une voix aiguë et quelque peu chevrotante :

– *Manes exite paterni !*

Le baron acquiesça. Le soleil brillait. Au coin de la rue apparut le couple étranger. L'homme, d'une maigreur excessive, prit le bras de la femme. Tous deux portaient des lunettes noires et se dirigeaient lentement vers la baie.

II

1

En général, on conservait les statues des saints dans les vitrines, mais lors de la reconstruction de l'église Santa Lucia, on sortit celle d'un jeune saint de sa cage en verre et on la plaça au-dessus de l'autel. Le jour de la réouverture et de la consécration, de nombreux fidèles vinrent se prosterner devant la statue, car l'archevêque avait décrété un pardon de quinze jours.

La veille, ladite statue avait été portée en procession à travers la ville pavoisée et il y avait eu un feu d'artifice dans le port. L'archevêque avait annoncé que ceux qui prieraient pendant sept jours dans l'église se verraient pardonner tous leurs péchés. Une grande partie de la population s'empressa de profiter de l'occasion.

Les femmes se montrèrent particulièrement assidues. Pécheresses mortelles ou vénielles, les Napolitaines à la chair tendre, à la peau blanche et aux cheveux noirs affluèrent à l'église Santa Lucia pour obtenir une absolution rapide et bon marché. La nouvelle n'avait pas échappé aux pauvres, toujours prêts, en raison de leur esprit pratique, à sauter sur toutes les occasions. Quant aux dames, elles s'appelaient au téléphone dès l'aube. « Ma chère, gazouillait, à neuf heures du matin, signora Mathilda, épouse d'un avocat, via Crispi, s'adressant à donna Nina, conjointe d'un médecin établi dans le lointain quartier de Vomero, je vous appelle de bonne heure, parce que je pense qu'il serait préférable de se voir à Santa Lucia plutôt qu'à Santa Caterina. Vous avez entendu la nouvelle ? Pendant une semaine, on peut, figurez-vous, bénéficier d'une absolution complète. Écoutez, ma chère. À dix heures, j'ai rendez-vous avec mon chapelier. Prenez le funiculaire de dix heures et demie et donnons-nous rendez-vous à onze heures à Santa Lucia. Je serai devant le petit autel sur la gauche, vous savez, là où il n'y a jamais personne. Je vous y attends, soyez exacte, ma chère. » Les dames de la bonne société se rencontraient toujours dans les églises, le matin, en faisant leurs courses ou en se rendant chez leurs couturières. Pas dans une pâtisserie, non, cela n'eût pas été convenable. Chacune d'elles avait « ses » églises, dans différents quartiers, et « son » saint qu'elle allait voir le matin, pendant les courses, ou en fin d'après-midi, alors que Naples, bruyante et désespérée, était d'une tristesse angoissante. Dans les églises, on allumait les lampes devant les vitrines qui protégeaient les saints, là où les dames retrouvaient leurs amies ou leurs soupirants. Elles s'agenouillaient, chuchotaient rapidement prières et potins, traitant toujours d'un seul et même sujet, la vie, sous le regard du saint qui, la tête penchée de côté, les observait en silence. Une Napolitaine de bonne famille, ayant reçu une éducation digne de ce nom, ne donnait jamais rendez-vous à ses amies ou à ses amants ailleurs que dans une église.

L'occasion d'obtenir le pardon en quelques jours et grâce à quelques prières ne se présentait pas souvent. À Rome, l'Église ne l'offrait que tous les vingt-cinq ans. Pendant ces années dites saintes, les pèlerins accourus du monde entier faisaient monter les prix des chambres d'hôtel. Aux alentours de la basilique Saint-Pierre, des marchands occasionnels proposaient tout ce dont un pèlerin pouvait avoir besoin, depuis les clés dorées de saint Pierre jusqu'à l'eau bénite, en passant par les bretelles, les images saintes, les objets de piété et même les préservatifs. Mais cet événement ne se produisait que quatre fois par siècle. Les Napolitains, eux, n'appréciaient guère l'année sainte et cherchaient plutôt à profiter des occasions qui se présentaient dans les intervalles.

Ainsi, lorsqu'une paroisse napolitaine annonçait un pardon, les fidèles s'y précipitaient tout comme ils envahissaient les grands magasins, au milieu de l'hiver, à l'époque des soldes. Les églises étaient toujours bondées, car, sous l'influence des diverses religions qui s'étaient succédé là depuis des millénaires, chacun avait peur, peur de la pauvreté, des maladies, de la mort et aussi du surnaturel. Aussi, aux heures où la chaleur et l'emploi du temps des prêtres permettaient d'ouvrir leurs portes protégées par des rideaux poussiéreux, les églises étaient-elles remplies de Napolitains agenouillés devant les autels et les statues des saints. Certains se contentaient de rester dans la pénombre, assis sur des chaises en rotin. Il existait peu d'endroits à Naples où l'on puisse rester assis longtemps sans être dérangé ni devoir payer quelque chose. Dans les bars, il fallait se tenir debout devant le comptoir. Les cafés étaient rares et chers. C'est pourquoi, pour fuir la chaleur torride de l'été ou le froid mordant de l'hiver, les chômeurs, quand ils en avaient assez de traîner dans les rues, allaient, le plus souvent, se reposer dans les églises.

Certes, celles-ci n'étaient pas chauffées. Mais la pénombre, les murs épais, les flammes des bougies, l'absence de toute aération et, sous les voûtes, l'air confiné, tempéraient agréablement leur climat. Les pauvres le savaient. Seuls quelques braseros, destinés à réchauffer les vieux curés anémiques ou souffrant d'artériosclérose, étaient placés dans les sacristies et devant les confessionnaux. Les pauvres, à Naples, savaient aussi, depuis des millénaires, à quels saints se vouer, quelles faveurs ceux-ci pouvaient leur accorder, à quel prix et dans quelles conditions. Un tel savoir se transmettait de père en fils. Et chaque famille avait son saint domestique. D'autres saints, célèbres, voire prestigieux, étaient d'un accès plus malaisé. La ville avait son propre saint, un élu officiel, en quelque sorte. Il y avait aussi des saints provinciaux auxquels on ne s'adressait qu'en cas d'accident grave, de grosses difficultés dans les affaires ou au sein de la famille, à la façon d'un malade qui, devant l'impuissance du médecin de famille, recourt finalement au guérisseur. À Naples, les saints vivaient en harmonie avec les habitants : on ne les voyait pas seulement sous verre, entre les murs patinés des églises plongées dans l'obscurité, on retrouvait leurs portraits et leurs statues sous les porches des immeubles, dans les magasins, dans les bureaux, dans les boulangeries, voire dans les bordels où les filles recevaient leurs clients sous le regard de leurs saints favoris, trônant, entourés de fleurs, sur leurs coiffeuses. Vraisemblablement, aucun saint de la région ne se vexait de voir un Napolitain, aux prises avec les difficultés de l'existence, solliciter non pas un saint local, mais un de ses collègues de province, devenu la coqueluche de tous pour avoir accompli quelque miracle spectaculaire. Par exemple, les Napolitains, qui n'aimaient pas particulièrement San Filippo Neri, se rendaient pourtant assez souvent à Gerolimini, non loin de Pozzuoli, où il parrainait un bain de vapeur des plus appréciés en hiver, notamment par ceux qui souffraient des jambes.

Chacun, donc, avait son saint dont le portrait s'exhibait sur la commode, devant la glace. Quant à la statue ou au tableau « grandeur nature » du saint, on pouvait, bien sûr, les vénérer dans l'église qui portait son nom. À l'exception, toutefois, de sainte Rita, patronne de l'Impossible, dont la statue, enfermée dans une cage de verre, se dressait dans l'église San Fernando. Les inquiets qui, n'ayant plus confiance en leurs élus domestiques, souhaitaient quelque impossible miracle, mais ne disposaient ni du temps ni des moyens pour se rendre auprès de la Bienheureuse Vierge de Pompéi, ceux-là se contentaient de supplier sainte Rita.

2

Les Napolitains ne s'adressaient guère aux saints de Rome. Ils n'allaient pas davantage à la capitale pour consulter médecins et avocats. Non, ils voyageaient rarement, et quand ils s'y décidaient, ils choisissaient plutôt comme destination Milan, où ils pouvaient espérer trouver quelque travail. Rome avait la réputation d'une ville extrêmement bureaucratisée où tout, y compris l'accès aux saints patrons, était d'une rigidité administrative.

Au fond, ils n'avaient confiance qu'en leurs saints locaux, ceux qui partageaient leur intimité aussi bien dans les *bassi* et dans les ateliers que chez les faussaires et les aigrefins.

Sous la coupole en verre de la galleria Umberto, sur l'emplacement de l'ancien forum, trafiquants de devises et d'or, spécialistes de la traite des Blanches (et des Blancs) déambulaient du matin au soir depuis des millénaires. Beaucoup d'entre eux rappelaient Lucio Cecilio Gioconda, ce banquier véreux de Pompéi, enseveli lors de l'éruption du Vésuve, et dont le buste en bronze est exposé au musée de Naples, dans la dernière salle à gauche, à côté des statues des empereurs romains. Certains portaient la même verrue, près du nez. Bien entendu, les trafiquants de notre temps n'étaient plus païens ; ils se rendaient, entre deux transactions, à l'église Santa Brigida, s'arrêtaient devant la statue sous verre d'un saint – la plupart du temps San Gerardo – pour prier et introduire dans le tronc le billet de banque plié dont ils lui étaient redevables.

Dans cette église, on célébrait la messe en permanence. Il se trouvait toujours quelques fidèles pour y assister devant les autels qu'éclairaient des cierges fumants. L'édifice portait la marque d'une certaine distinction, possédait son éclairage et son parfum particuliers, notamment avant Pâques, lorsque la foule des fidèles, qui s'y pressaient pour chanter la litanie *Tre ore d'agonia,* exhalait une odeur âcre, difficilement supportable. La plupart du temps, cependant, l'église embaumait la fleur. Sans être fréquentée par la haute société, elle ne manquait pas d'allure ; c'était l'une des trois cents églises de la ville où tout un chacun pouvait entrer, les aristocrates aussi bien que les contrebandiers, les prostituées comme les bourgeoises. Une vraie église, différente de ces maisons de prière intégrées dans les immeubles des ruelles, et souvent habitées, avec du linge séchant devant les fenêtres de l'entresol qu'occupait le logis du sacristain, et une odeur d'huile qui flottait, parce que le curé et le sacristain y faisaient leur cuisine. Une vraie église où ecclésiastiques et civils, diacres et demi-mondaines se côtoyaient dans une promiscuité naturelle, on y baptisait et on y copulait, on s'y alitait et on y mourait, la vie d'ici se mêlant sans complexe à celle des édifices voisins. Bordels, bistrots et gargotes entouraient souvent ces églises : poussé à la fois par ses habitudes et son sentiment religieux, le Napolitain, avant d'aller au travail, passait aussi naturellement au bar boire une tasse de café brûlant et très sucré qu'à l'église pour implorer le saint dont il sollicitait les faveurs. Chaque saint avait sa spécialité et les fidèles le savaient : ainsi, quand ils avaient maille à partir avec la justice, ils ne se seraient jamais adressés à San Lorenzo, notoirement incompétent en matière de droit – mais que, en revanche, l'on consultait volontiers en cas de brouilles au sein de la famille. Ces mêmes Napolitains n'hésitaient pas, en sortant de la maison de Dieu, à faire un saut dans le bordel voisin. En rapport étroit avec la vie quotidienne, églises et saints ne jouissaient guère, comme ailleurs, du respect et des privilèges liés à l'exterritorialité ; cédant à leurs impulsions physiques ou spirituelles du moment, les fidèles allaient du même pas au bar, à l'atelier, à la cantine et au lupanar. Quoi qu'il en fût de leurs besoins, de leurs désirs et de leurs craintes spécifiques, le corps et l'âme étaient confondus chez ces fidèles ; une fois dans la rue, toujours pressés, ils ajustaient d'une main leurs cravates ou leurs cheveux gominés, malmenés par les dévotions, l'amour ou les affaires, et continuaient ensuite leur chemin, avec, dans le cœur, l'espoir que les saints pourraient leur être favorables, avançant comme des termites dans leurs nids. Ainsi vivaient les Napolitains et les saints le savaient.

3

Parmi toutes les issues possibles, c'était encore le miracle qui paraissait la plus vraisemblable. Même si le communisme comptait de nombreux adeptes, ceux-ci en usaient plutôt comme d'un instrument de chantage. Les communistes, s'ils étaient authentiquement italiens, ne pouvaient croire qu'au miracle.

L'hypothèse selon laquelle les miracles étaient accomplis par les saints rencontrait l'approbation générale. Mais les pauvres toutefois n'avaient pas une si grande confiance dans leurs saints. La pauvreté, quand elle est très ancienne, n'a confiance en rien ni personne. Et pourtant, le miracle, en tant que remède possible au désespoir généralisé, faisait partie de leur vie. Il pouvait être simple, banal ou, au contraire, complexe, noir et mystérieux. Cependant, les bons Napolitains se montraient prudents dans leurs contrats passés avec les saints.

Ces derniers étaient souvent issus de leurs rangs, et avaient partagé les trous qu'ils habitaient. Ils en avaient même connu quelques-uns personnellement. Aussi les traitaient-ils comme des parents – des parents d'une famille ayant obtenu un rôle prestigieux à la fois sur terre et dans l'au-delà. Le fait qu'un de leurs nombreux enfants pût devenir un saint était considéré comme l'aboutissement possible d'une carrière naturelle ou surnaturelle. De même qu'une mère de famille nombreuse voyait dans tel ou tel de ses enfants un futur homme d'État, un musicien ou un écrivain, de même toute mère napolitaine espérait que son Giuseppe ou son Filippino fût un jour sanctifié. Espoir rarement réalisé, mais souvent exprimé. Sans tomber dans l'exaltation, sans tenir de discours pieux, mais sans, non plus, verser dans le pathétique, on s'interrogeait sur les chances de tel ou tel enfant d'accéder à la sainteté. Certes, on n'attendait aucun miracle immédiat de la part du jeune candidat, mais on l'observait, d'un air mi-souriant mi-anxieux, et avec le plus grand sérieux. « Cet enfant ne fera jamais un saint », déclarait quelquefois, à l'intention de la mère confiante, un visiteur ou un oncle malveillant. « Viens par ici, Giuseppe », continuait l'oncle en fixant l'enfant droit dans les yeux. « Non, non, Lionella, ajoutait-il, en s'adressant à la mère. Un saint, cet enfant ? Jamais. Tout au plus, un bienheureux », concédait-il, généreux, pour atténuer quelque peu la déception maternelle.

La canonisation de Maria Goretti, en présence de sa mère, de ses frères et sœurs, ainsi que de son assassin, désormais libre et devenu moine franciscain de troisième ordre, suscita naturellement de nombreux commentaires. Maria était le symbole de la pureté et de la Résistance. Pourtant, de nombreuses mères, à Naples comme à Salerne, haussèrent les épaules. « Ma fille aussi a résisté », disaient-elles en écoutant la retransmission de la cérémonie à la radio. « Aujourd'hui, il faut avoir des relations pour obtenir quelque chose », constataient, désabusés, les hommes d'un certain âge.

Oui, ils se montraient prudents dans leurs négociations avec les saints. Et ils se gardaient bien de leur faire des promesses inconsidérées, sachant qu'il faudrait les tenir et que les saints ne plaisantaient guère en la matière : on pouvait en effet tromper n'importe qui, sauf les saints. À voir les Napolitains dans les églises obscures, devant les statues, on aurait pu croire qu'ils priaient. En réalité, ils marchandaient. Prêts à consentir quelques sacrifices en échange d'un miracle, ils voulaient avoir une idée de la qualité, de la valeur et du coût de celui-ci. Une pratique plusieurs fois millénaire – d'abord au forum, puis dans les boutiques et dans les banques, qu'ils avaient eux-mêmes créées, et dans les églises aux divinités changeantes, car ayant inventé simultanément les nouveaux dieux, les nouveaux chiffres, le crédit, les taux d'intérêt, le lombard et les lettres de change, ils mêlaient souvent le naturel au surnaturel – une expérience millénaire, donc, leur avait appris qu'on ne procédait pas avec les saints sans prudence. Chaque mot avait ici son importance. Il était notoire, par exemple, que

Gennaro, l'élu officiel de la ville, ne disait jamais non. Selon un dicton proverbial, le miracle ne se répétait jamais. Les Napolitains savaient qu'il ne suffisait pas de demander ni de promettre, ni même de tenir ses promesses. Leurs étranges tractations avec les saints, qui constituaient l'un des événements les plus intimes, quoique nullement secrets, de leur vie, exigeaient une expérience et une compétence peu communes. Païens et pauvres, et par là même méfiants, ils ne croyaient pas sans réserve aux miracles. Debout devant les cages en verre dans lesquelles les prêtres exposaient les saints, ils les regardaient fixement, avec la plus grande attention, l'œil vitreux ; le visiteur aurait pu croire qu'ils priaient ; en réalité, muets, remuant les lèvres, le regard immobile, ils se livraient à des calculs, avant de toucher brusquement la vitre qui séparait l'élu d'avec le monde extérieur et de porter un doigt sur les commissures des lèvres pour en arracher un baiser poisseux qu'ils déposaient au pied de la statue, couvrant d'empreintes visqueuses sa cage de verre. Ensuite, ils se signaient rapidement, d'une façon irrégulière, dessinant une vague croix en l'air ou se touchant le front, la bouche et la poitrine dans la région du cœur, l'œil rivé au sol, comme aimanté par le surnaturel. Parfois, il leur arrivait de se bousculer devant certains saints en vogue, car la position qu'ils occupaient par rapport à celui qu'ils imploraient était loin d'être indifférente : trop en biais, ils risquaient de passer inaperçus et, par conséquent, de ne pas voir leurs vœux exaucés. Aussi s'efforçaient-ils de se placer en face de la statue, si possible dans le prolongement de la main bénissant les fidèles, dans l'espoir de tirer quelque bénéfice individuel de ce geste général, mécanique et impersonnel.

Les prêtres le savaient. Ils connaissent certains faits et gestes des fidèles, dont ceux-ci ne parlaient pas dans les confessionnaux. L'inverse était également vrai, puisque les fidèles connaissaient parfois certains secrets des prêtres. À l'instar des sacristains napolitains qui, à l'heure de la messe, se plantaient, munis de clochettes, devant l'entrée des églises, comme pour annoncer le début d'une représentation, tous ces prêtres savaient une chose : au sein de la lumière dans laquelle baignait leur vie et qui pénétrait jusque dans la pénombre des nefs, le sentiment religieux n'était pas exactement le même que dans la grisaille de l'Europe du Nord et de l'Ouest. À Naples, le baroque surchargé, les dorures, les couleurs criardes – bleu roi, rouge cinabre, jaune canari – des rues et des marchés avaient envahi même les églises. Pour mieux attirer l'attention des fidèles, et pour mieux les impressionner, les prêtres habillaient certains saints de vêtements bariolés. Les autres, pauvrement vêtus, se perdaient dans l'obscurité environnante, aussi n'étaient-ils fréquentés que par quelques originaux. Les fidèles déposaient aux pieds de leurs saints favoris les offrandes naguère promises dans les moments critiques. Via Brigida, à gauche de l'entrée, se dressait la statue de San

Gerardo dont nul ne connaissait exactement les mérites, mais dont on savait seulement qu'il était devenu un glorieux, sans jamais avoir été prêtre, et qu'il était toujours très sollicité, notamment par les marins, les étrangers, les militaires et les fonctionnaires d'un certain âge. Maigre, pommettes saillantes, il levait au ciel un regard extatique et esquissait, de la main droite, un geste à mi-chemin entre la bénédiction et le châtiment. Vêtu d'une veste noire élimée et poussiéreuse, il était enfermé dans sa cage de verre autour de laquelle ses adorateurs avaient disposé les offrandes les plus disparates : crânes humains, éventails en soie défraîchie et à manche d'ivoire, montres-bracelets en nickel, compas de marin, antiques sabres de chevalerie, cravaches, jumelles, bagues et boucles d'oreille bon marché, colliers de coraux, médailles dans leurs étuis doublés de soie, diplômes sur parchemin entouré de rubans, stylos, dents en or... on aurait dit l'étal d'un brocanteur au marché hebdomadaire de Salerne. Les trafiquants de devises se montraient particulièrement assidus auprès de ce saint : ils lui adressaient toujours quelques prières avant ou après la conclusion d'une affaire.

4

Ils voulaient des miracles rapides et sûrs, si possible le jour même. Voilà pourquoi ils marchandaient, en murmurant, formulant leurs souhaits avec précision. Ceux-ci n'étaient certes pas toujours compatibles avec l'honnêteté, mais les saints ne pouvaient que se taire. Venant du port, contrebandiers, marchands d'esclaves, toute une populace en haillons maculés d'huile et empestant le poisson se pressait devant leurs statues, souvent en compagnie de dames parfumées de la bonne société, lesquelles exhibaient leurs jambes gainées de bas nylon. De toute évidence, la condition humaine était difficile à supporter. Les saints, eux, ne disaient rien. On ne leur demandait pas seulement la guérison d'un enfant malade, le retour de Lucia auprès de son amant, l'attribution d'une pension à un vieux père, ou l'arrivée de lettres dans lesquelles le fils, accomplissant son service militaire, exprimait sa satisfaction : c'étaient là des demandes utiles, vertueuses même et, dans tous les cas, réalisables, au sujet desquelles, en dernière analyse, il était superflu de déranger les saints. Les Napolitains, qui bénéficiaient d'une expérience millénaire, ne connaissaient, selon leur cœur, que les miracles et l'argent comptant – deux choses assez rares dans leur vie. Aussi y réfléchissaient-ils à deux fois avant de demander un miracle et de proposer, en cas de réussite, une somme d'argent au saint.

Ils savaient que les promesses pieuses du genre « je renonce à fumer pendant quinze jours », « je pratique l'abstinence sexuelle », « je demande pardon à mes ennemis », n'étaient pas de nature à émouvoir vraiment les saints. Sans être tout à fait inutiles, ces vœux n'exigeaient pas pour autant de vrais sacrifices. Le seul sacrifice authentique, viscéral en quelque sorte, consistait à payer en espèces sonnantes et trébuchantes. Et pas n'importe quelle somme. Il ne suffisait pas, en effet, d'introduire dans le tronc un quelconque billet de banque – les billets trop usés valaient, dans la pratique quotidienne, un peu moins que les autres. Non, il fallait offrir des billets propres, peu fripés, et surtout une somme correspondant à la grandeur du miracle ou, plus simplement, de l'aide sollicitée. Pour obtenir un miracle important, au fond, il fallait que l'offrande fasse immédiatement souffrir le donateur. Riches et pauvres étaient également tenus de proposer un prix douloureux. Le saint savait que les riches, naturellement pingres, en souffraient plus encore que les pauvres, sans quoi ils ne seraient pas devenus riches. De plus, ces derniers savaient que, grâce à leur argent, ils pouvaient obtenir des biens directement, sans l'intermédiaire des saints, des biens dont les pauvres n'osaient même pas rêver et qui, à leurs yeux, équivalaient à un miracle. Aussi payaient-ils plus difficilement que les pauvres pour obtenir un miracle. Toutefois, pour que le contrat passé avec le saint ne soit pas entaché de nullité, ils finissaient par lâcher l'argent.

Les prêtres vidant naturellement les troncs tous les soirs, les saints ne gardaient pas l'argent pour eux. Aussi savaient-ils rester objectifs. Dans le triangle formé par les fidèles, les saints et le miracle, le montant de la somme offerte prenait une valeur quasi mystique. Bien entendu, sur cet étrange marché noir céleste, le miracle n'avait pas de prix standard, sa valeur variait selon les besoins du solliciteur, sa situation sociale et financière et la nature du miracle. On faisait preuve, en s'adressant aux saints, d'un certain savoir-faire, dans lequel la ruse commerciale tenait souvent une place importante. En même temps, le Napolitain était bien conscient du fait que sa démarche n'avait rien de religieux – car la vraie religiosité est flamboyante, comme l'amour ou la colère, tout ensemble spontanée, sauvage, inquiète et sceptique. Bref, profondément humaine. Mais de même que les vraies passions, colère ou amour, sont assez rares dans la vie – l'homme, la plupart du temps, doit se contenter de pâles imitations, de disputes mesquines, de tous les méchants brouets propres à la cuisine amoureuse –, de même, ces moments privilégiés où l'âme invoque Dieu sans intermédiaires et sans compromis sont plutôt exceptionnels. Aussi les Napolitains imploraient-ils leurs élus, profil bas, voire honteux, leur demande étant le plus souvent modeste, indigente, misérablement humaine. Ils priaient pour la hausse du dollar canadien sur le marché noir, pour la guérison, grâce à la pénicilline, d'une maladie vénérienne contractée la veille, pour la mort soudaine, sans souffrance, par la diphtérie, d'un rival commercial ou amoureux. Ce n'étaient pas là des miracles nobles ou exaltants, mais profondément naturels et humains. Pour les obtenir, on ne sollicitait pas un saint comme on négociait avec un trafiquant de devises, un médecin spécialiste des maladies vénériennes ou un tueur à gages, au chômage, de la mafia. C'est que, chez nos troglodytes, la mafia, toujours bien vivante, couvait sous la cendre. Les autorités le savaient, les saints aussi, mais on ne pouvait en parler qu'avec ces derniers. On pouvait aussi payer le miracle à tempérament, mais il convenait alors de régler rigoureusement les échéances. De toute façon, le saint ne disait jamais rien. Aux yeux des incroyants, naturellement, tout cela apparaissait aussi compliqué qu'insensé.

On honorait les prêtres en leur baisant la main, mais on parlait d'eux en haussant les épaules. Devant les guichets du totocalcio, vicaires et fidèles se côtoyaient et échangeaient des tuyaux, tout en remplissant leurs bulletins d'un air soucieux.

Dans certaines églises aux murs lépreux, délabrées, endommagées pendant la guerre, de vieux curés, telles des araignées blotties dans le coin sombre d'une pièce, occupaient les sacristies, près de l'entrée, parmi les pierres couvertes de poussière. Ils ouvraient l'église tous les matins, comme certains marchands ouvraient leurs échoppes, dans les rues désertes, et bradaient pour quelques sous leurs articles démodés. Dans ces églises plus ou moins désaffectées, l'orgue ne retentissait jamais, les cierges étaient rares, la messe était célébrée une seule fois par jour, le matin de bonne heure, pour justifier en quelque sorte leur existence. On n'y voyait guère de pénitents en quête de confesseurs, car les pauvres eux-mêmes préféraient se marier dans des églises coquettes, plus vivantes que celles-ci. Et pourtant, tous les matins, le curé procédait à l'ouverture des portes, s'installait dans la sacristie et attendait, en exhibant sur son bureau une statue de saint Antoine, visible de l'extérieur – ce saint ayant ses adorateurs même dans les églises abandonnées. Le curé lisait son journal, se levait doucement et écartait les rideaux chaque fois qu'un visiteur franchissait le seuil de l'édifice, tout en sachant que son saint Antoine poussiéreux et loqueteux ne pouvait attirer que quelques miséreux dont les dons dépassaient rarement cinq ou dix lires. En revanche, certains étrangers, ou parfois quelques athées venus en catimini pour échapper aux regards indiscrets de leurs connaissances, imploraient en rougissant l'aide des saints et laissaient quelquefois des sommes considérables. Quelques visiteuses se contentaient d'apporter des fleurs. À midi, le prêtre vidait les troncs, car l'après-midi personne ne venait plus. Ces pauvres églises, en piteux état, incapables de concurrencer leurs glorieuses rivales du centre-ville, n'avaient rien pour attirer le chaland. À défaut de sacristain, c'était le curé lui-même qui, le soir, fermait le portail grillagé à l'aide d'un vieux cadenas rouillé et y accrochait une pancarte signalant l'adresse où l'on pouvait demander l'extrême-onction pour un mourant.

Mais, fussent-ils retranchés dans des églises solitaires, vétustes et désertées, ces saints, souvent défigurés, savaient à l'occasion se montrer puissants. Semblables à ces experts en objets d'art qui, bien décidés à dénicher des tableaux de valeur, fouillent dans le bric-à-brac de brocanteurs installés au rez-de-chaussée d'immeubles menaçant ruine où du linge sèche à toutes les fenêtres, certains originaux hantaient les églises les plus délabrées pour y honorer des saints qui avaient sombré dans l'oubli. C'est ainsi que l'on voyait parfois, devant un saint François de Sales en haillons ou un saint Jean Bosco manchot, des voyous aux cheveux gominés, vêtus de chemises à col ouvert, les mains jointes sur le cœur. Émanant de leurs yeux, une lueur raide, magnétique, se dirigeait vers une statue digne de figurer dans quelque musée Grévin, leurs lèvres remuaient, muettes. Peut-être ceux-là n'osaient-ils pas se rendre auprès de saints prestigieux, en vogue, et préféraient-ils prier, en extase, devant des élus pouilleux, enfermés dans des cages poussiéreuses, sachant que ceux-ci, bien qu'oubliés et relégués au fond de sombres ruelles, restaient de redoutables protecteurs.

Tout comme certains moines mendiants, le saint partageait les repas des familles et se mêlait à leurs disputes quotidiennes. Parfois, le bruit courait que tel saint avait signalé sa présence. C'est ainsi qu'un pêcheur, que l'on voyait tous les jours, aux alentours de midi, tirer ses filets sur la plage de Mergellina, avait rapporté de façon crédible qu'un après-midi, pendant qu'il faisait ses dévotions dans l'austère église de San Pietro de Maiella, les lampes s'étaient brusquement allumées au-dessus de la tête de saint Antoine, l'église avait été soudain inondée de lumière et les orgues avaient retenti, puissantes. Chacun savait qu'il ne s'agissait pas là d'une simple « coïncidence ». Pourtant, ces signaux étaient rarement suivis de miracles ou d'événements décisifs. Comme s'il refusait d'exaucer immédiatement les prières qui lui étaient adressées, le saint se contentait d'apparaître, d'établir un simple contact avec l'orant, lequel, sans connaître encore le salut, était autorisé à espérer. Ce n'étaient que des messages, le miracle se faisait attendre, quelquefois même il ne s'accomplissait pas, le saint ayant tout à coup changé d'avis, estimant que l'homme qui le suppliait ne le méritait pas. C'était une éventualité avec laquelle il fallait toujours compter.

Il arrivait parfois qu'après s'être mis d'accord avec le saint et s'être acquitté de la somme convenue, le fidèle, qui attendait en vain le miracle, s'en retournât le lendemain ou le surlendemain à l'église pour lui faire part de ses reproches. Certains, au lieu de payer la totalité, se bornaient à verser un acompte, d'autres encore se contentaient de promettre et, le jour où se produisait l'événement qu'ils avaient appelé de leurs vœux, ils essayaient d'obtenir un rabais. Mais chacun savait qu'en fin de compte ces fraudeurs n'échapperaient pas à leur juste châtiment.

5

Les prêtres se taisaient aussi, pas seulement les vieux ecclésiastiques qui gagnaient leur vie en mendiant, mais les dignitaires de l'Église, les évêques et les archevêques les plus illustres. Malgré ses rares allocutions solennelles, retransmises par la radio, le pape lui-même semblait garder le silence. On aurait dit que sa chair flottait autour de sa charpente, que tout son être respirait la souffrance – ceux qui le voyaient de près le trouvaient anormalement pâle.

Un jour, à midi, tout en dégustant son vermouth à la confiserie *Calfisch,* le rédacteur en chef du journal local déclara :

– Ce pape est un citoyen. Un citoyen romain.

Tous les jours, la compagnie y prenait l'apéritif. La nuit précédente, un navire avait accosté avec, à son bord, des réfugiés russes qui, pour fuir, une trentaine d'années auparavant, le bolchevisme, s'étaient établis en Chine, où, devenus négociants en fourrures, ils avaient prospéré et s'étaient cru en sécurité, avant de se voir obligés de se sauver une fois de plus devant la menace communiste. Le journaliste s'était rendu à l'aube dans le port pour s'entretenir avec les réfugiés. Il poursuivit :

– Non, ce pape ne sera jamais un saint. Il est trop intelligent pour cela. Il n'a pas la candeur des saints.

– Tous les saints ne sont pas candides, objecta le chef de la rubrique hippique.

– Mais tous les saints sont joyeux, s'exclama d'un air supérieur le marchand de gemmes. Or voilà un pape qui ne sourit pas souvent. Moi, je ne crois pas qu'il soit joyeux. C'est pourquoi il ne sera jamais un saint.

– De nos jours, les ecclésiastiques accèdent rarement à la sainteté, affirma gravement le journaliste. Quand on grimpe là-haut, à Camaldul, là où vivent les moines contemplatifs, qu'est-ce qu'on voit ? (Il avait posé cette question rhétorique en étendant le bras vers l'ouest, en direction de la colline de Camaldul.) Une vingtaine de vieux barbus, en bure blanche. J'y suis monté l'autre jour, ajouta-t-il en se frottant le menton. L'air y est frais, alpestre. Du jardin du monastère on voit jusqu'à Gaeta et jusqu'à Formia, le long de la côte tyrrhénienne. Les moines habitent dans de petits pavillons. J'en ai vu un, très vieux… appuyé sur sa canne, il s'est traîné jusqu'à l'autel avant de s'écrouler sur les genoux. Il faut, continua-t-il solennellement, une force peu commune pour garder sa vivacité d'âme dans un tel endroit, dans un tel entourage. La plupart du temps, ce genre de vie conduit à l'inertie, à des automatismes, à une espèce de folie. Il est plus facile, au fond, d'accéder à la sainteté dans une grande ville, au milieu des pécheurs et des multiples tentations. Là, on apprécie vraiment la valeur de ce à quoi il faut renoncer, alors que dans un monastère où on se tait à longueur de journée…

– Le silence institutionnel a du bon, fit le chef de la rubrique hippique.

Le soleil étincelait sur les pavés de la via Partenope et la mer semblait lancer des étoiles. Les vieilles pierres du Castel dell'Uovo, où se trouve le trésor de l'empereur Frédéric II, rutilaient dans la lumière. Dans les fiacres qui roulaient sur la large avenue, les enfants chahutaient et leur gaîté paraissait gagner les cochers et même les chevaux. Assises aux terrasses des pâtisseries, quelques Anglaises, un peu déconcertées, contemplaient la lumière. Pour se protéger du soleil, le rédacteur, le marchand de gemmes et le chef de la rubrique hippique avaient chaussé leurs lunettes noires. Ils semblaient envier les moines qui, eux, savaient se taire.

– Ils ne restent pas toujours silencieux, reprit malicieusement le rédacteur. Je les ai épiés… je les ai entendus bavarder et même rire. Ils sont un peu comme ces fakirs qui interrompent leur jeûne pour se glisser nuitamment dans le garde-manger et s'empiffrer avec tout ce qu'ils trouvent…

– L'Église se tait, pontifia quelque peu le marchand de gemmes, un ancien social-démocrate.

– Padre Lombardi a pourtant parlé, répliqua le rédacteur.

– Padre Lombardi, intervint le spécialiste des courses hippiques, a été délégué en Amérique du Sud. Il avait sans doute trop parlé.

– Cent mille personnes sont pourtant venues l'écouter, insista le marchand de gemmes.

– Plutôt deux cent mille, renchérit l'expert en courses hippiques.

– Un millier, au maximum, tempéra le rédacteur d'un air dédaigneux. J'en étais. C'est ici même qu'il a parlé, d'ailleurs, dans l'église San Francesco Paola. Ils étaient peut-être mille à l'écouter. Dix mille, à l'extrême rigueur, ajouta-t-il, magnanime. Il a parlé de la richesse et de la pauvreté.

– Tiens donc ! ironisa le marchand de gemmes.

Ils se mirent à rire nerveusement. Leurs propos, dans la lumière, évoquaient le cri des mouettes au-dessus de la mer. Ou le bourdonnement des insectes aux ailes dorées par le soleil. Le vol des papillons dans la clarté.

– Les saints sont tout aussi discrets en ce moment, poursuivit le rédacteur.

– Aujourd'hui, il n'y a plus que les politiciens qui parlent, constata le marchand de gemmes. Mais les saints, eux, ne se vexent jamais. C'est peut-être là que réside leur secret.

Le rédacteur se mit à siffloter.

Ivre de lumière, comme le sont, au printemps, tous les Napolitains, il étendit les jambes et murmura :

– Il ne faut jamais se vexer. Sinon, que deviendrions-nous ? Il faut tout accepter – et sourire à tout le monde. Sourire poliment, fièrement et accepter chaque chose avec magnanimité. On ne peut pas toujours attendre un miracle, non ?

Ils se regardèrent les uns les autres, gravement, tout en contemplant les passants avec dans les yeux une sorte d'ivresse froide, comme s'ils avaient été sous l'effet de la morphine. Ils se trouvaient dans un état d'extase lucide, avec ce léger étourdissement que provoque l'usage de la raison.

À la table voisine, les Anglaises leur jetaient de temps à autre un regard embarrassé. Un cireur s'accroupit devant leur table et se mit à faire reluire les chaussures du rédacteur. C'était un homme d'un certain âge, édenté, coiffé d'une casquette de marin américain, passablement sale, qui portait sur le dos une caisse contenant ses brosses et ses produits de nettoyage, un de ces cireurs itinérants qui errent par les rues de Naples en tapant de temps à autre sur leur caisse avec une baguette, et qui occupent, dans la hiérarchie sociale, un rang bien inférieur à leurs collègues professionnels – ceux-ci font asseoir leurs clients dans un fauteuil majestueux, une espèce de trône en cuivre, orné de motifs jaunes et noirs, héritage du temps des Espagnols. À cause de leur magnificence, de leur sombre pompe, leurs occupants peuvent se sentir pour un temps vice-rois d'Espagne.

En revanche, les cireurs errants devaient se contenter de quelques maigres prébendes : le rédacteur, après avoir patiemment attendu la fin des opérations, jeta à l'homme deux billets de dix lires et une cigarette. Mais le cireur n'était pas pressé. D'une main, il serra contre son cœur la jambe du rédacteur avec sa chaussure déjà reluisante, qu'il couvrit de son haleine, la choyant comme un objet cher et émouvant dont on ne veut pas se séparer, la réchauffant, comme un bébé abandonné qu'on aurait recueilli dans la rue, la caressant avec un chiffon de velours rouge. Puis, allumant une cigarette, il s'éloigna d'un pas lent et hésitant, se retourna pour jeter un dernier regard sur la chaussure, témoin d'une rencontre inoubliable.

– Quand on est vraiment humble, fit brusquement le spécialiste hippique, on ne se contente pas de ce que vous offre la vie. Je crois qu'il arrive aux saints authentiques de se plaindre.

– C'est possible, répondit gravement le marchand de gemmes. Il est vraisemblablement moins difficile de baiser la main d'un lépreux que celle d'une duchesse arrogante qui paie ses factures en retard.

– Le monde est un don splendide, affirma le rédacteur en s'étirant.

Il cracha son mégot et étendit orgueilleusement ses jambes. Ses chaussures rutilaient.

– Il faut l'accepter généreusement, tel qu'il est, ajouta-t-il.

La flotte américaine de la Méditerranée venait d'entrer dans le port avec, en son milieu, un porte-avion escorté de cuirassés. Les yeux papillotant derrière leurs lunettes noires, les clients gratifièrent la manœuvre d'un regard expert. Comme sous l'influence d'une association d'idées suggérée par le spectacle, le rédacteur demanda :

– Ces Anglais ou ces Polonais… ils sont encore ici ?

L'expert hippique haussa les épaules.

– Ces gens en odeur de sainteté ?

– Justement, ils ne sont pas vraiment en odeur de sainteté. On les surveille. La préfecture pense qu'ils veulent sauver le monde.

– Je ne sais pas, lâcha l'expert hippique. En général, ceux qui veulent sauver le monde ne restent pas longtemps au même endroit. La plupart du temps, on les arrête ou on les expulse. Non, je ne sais pas où ils sont, répéta-t-il, nerveux.

Sur les mâts des navires américains, des drapeaux bariolés flottaient dans la lumière bleu et or. Brusquement, la lumière s'éteignit, la mer prit des teintes grises et cracha une écume blanche et verte. Venant du Vésuve, un vent glacial dévasta la ville et les palmiers, entra soudain chez les gens ; dans les logis dont les portes fermaient mal, il fallut enchaîner les volets pour éviter que ce vent sournois ne brise les vitres. Mordus aux chevilles par cette tramontane, les passants émettaient de petits cris de douleur – les dents d'un caniche font parfois aussi mal que celles d'un chien de berger. Les Anglaises jetèrent autour d'elles un regard gêné : elles venaient de découvrir, derrière le sourire affable des Napolitains, derrière le bruit et la lumière, cette mélancolie angoissante et insidieuse qui, au bout d'un certain temps, agresse les étrangers de sa voix rauque.

On commença à avoir froid. La lumière s'était éteinte, la flotte était arrivée. Embarrassées, figées devant leurs vermouths, les Anglaises regardaient les navires. Accoudés aux parapets de la via Partenope, les marchands de cartes postales et de stylos contrefaits, les trafiquants de devises, les prostituées et les gigolos attendaient les marins. Les entremetteurs, membres d'une vieille corporation, se tenaient un peu à l'écart. Debout dans le vent tourbillonnant, dans le crépuscule gris qui s'emparait de la ville après l'extinction de la lumière, ils attendaient patiemment.

6

À l'aube, la grêle brisa la coupole en verre de la galleria Umberto. Tant mieux pour les chômeurs, mais tant pis pour les changeurs de devises et les vendeurs de cocaïne qui fricotaient dans les couloirs de l'ancien forum. Bien sûr, il se passait toujours quelque chose, mais le peuple commençait à s'impatienter. Au lendemain de la guerre, et pendant quelques années encore, le gouvernement était parvenu à apaiser cette impatience : la situation ne s'améliorerait, disait-il, que lorsqu'on aurait fini de déblayer les ruines et de liquider les vestiges du fascisme. Il y avait eu quelques progrès : l'empilement, dans le port, des briques provenant de la destruction des entrepôts, la construction de nouvelles gares et de nouveaux ponts, l'adoption par le parlement de quelques lois condamnant impartialement le passé fasciste. Vigilant, le peuple attendait et, faute de mieux, il croissait et multipliait. De temps à autre, la naissance d'un parti politique suscitait quelque vacarme éphémère. L'aide américaine permettait de soutenir la reconstruction du pays, mais le peuple aurait souhaité une assistance plus concrète, plus personnelle. Au fond, nul n'aurait été capable de définir ce que chacun attendait exactement…

Un soir, au Pausilippe, sous la tente que formaient les feuillages des eucalyptus, le baron dit à l'amiral :

– Pour sa campagne d'Égypte, Napoléon avait emporté trois livres classés sous l'étiquette « Politique » : l'Ancien Testament, le Nouveau Testament et le Coran. À votre avis, amiral, à quel parti adhérerait-il aujourd'hui, s'il était toujours parmi nous ?

Cette question les fit réfléchir.

7

En général, c'était pendant la nuit que la terre tremblait. Mais aucun séisme dévastateur ne s'était produit depuis plusieurs dizaines d'années à Naples. Lors de la dernière éruption du Vésuve, vers la fin de la guerre, le sol avait à peine bougé. Pourtant, des secousses à peine perceptibles avaient lieu en permanence. Vers trois heures du matin, le criaillement des faisans dans les fourrés et les buissons annonçait des mouvements souterrains et sous-marins. Les faisans, comme tous les oiseaux et comme certains animaux domestiques, vaches ou chiens, sont en effet dotés d'une sorte d'appareil sismologique. Plaintifs, rauques, sinistres, leurs cris retentissaient tout à coup dans la nuit. Les dormeurs – dans les *bassi* comme dans les palais des princes et des prélats – entendaient cet avertissement. Dans les ruelles, le roucoulement des pigeons signalait soudain qu'il se passait quelque chose. Mais les Napolitains, ceux des ruelles comme ceux des palais, se retournaient dans leur lit et continuaient à dormir. Nés au pied des volcans, ceux-là se savaient exposés à un danger continu. Ces petites secousses quasiment ininterrompues, surtout au printemps, détruisaient rarement des immeubles, elles se contentaient d'ébranler les lustres, qui commençaient à se balancer doucement, ou de déplacer de quelques millimètres les portes des armoires qui, de ce fait, ne fermaient plus. Une semaine plus tard, pourtant, le délicat et toujours instable équilibre de la terre ou des fonds marins se rétablissait et les portes se refermaient. En réalité, un volcan sous-marin invisible, mais aux effets parfaitement perceptibles, s'activait au beau milieu de la Méditerranée – l'Etna, le Vésuve, le Stromboli, la Solfatara et l'Epomeo, que l'on croyait définitivement éteint, n'étaient que les cheminées de ce foyer situé dans les profondeurs –, provoquant de légers tremblements, qui se propageaient par ondes successives. Des centaines de générations avaient perçu ce mouvement, elles s'y étaient adaptées et elles avaient bâti leurs maisons, leurs projets, leur vie tout entière sur ce message souterrain qu'elles continuaient d'entendre même dans leurs rêves.

Les Napolitains savaient que la politique, comme toute activité humaine, n'était qu'une émanation de cette profonde couche d'incertitudes sur laquelle reposait leur vie. Regard vitreux, bras croisés sur la poitrine, les prêtres se tenaient debout sur ce sol mouvant. Les gens du peuple leur baisaient les mains et passaient, sans attendre de miracles de leur part. Non, les prêtres ne les avaient pas déçus ; connaissant depuis deux mille ans leur nature, leurs faiblesses et l'esprit de leurs institutions, les Napolitains savaient bien que leurs curés étaient désormais incapables de faire des miracles. Et pourtant, pour modifier leur lourde destinée, cette misère congénitale baignée de soleil, qui pesait sur ce sol de lave solidifiée avec tout le poids des colonnes de marbre des temples grecs, il aurait fallu un miracle. Mais celui-ci ne pouvait venir des prêtres.

Leur esprit étincelait comme la lumière dans laquelle ils vivaient. Rayonnants d'intelligence, malheureux, désespérés, ils s'effondraient brusquement, silencieux ; leurs yeux révulsés rivés au ciel, car ils venaient de comprendre dans un éclair leur implacable destinée.

Le jour où la grêle brisa la verrière de la galleria Umberto, les chômeurs communistes organisèrent une manifestation via Roma. Une foule nombreuse y participa, offrant un tableau semblable aux processions de la Fête-Dieu, lorsque la moitié de la population défile, déguisée, sur la chaussée et que l'autre moitié assiste au cortège sur les trottoirs. Les policiers, muets, escortaient les manifestants. Un vent glacial balayait les rues, l'hiver était de retour, le froid avait brusquement envahi la ville, bêtes et humains frissonnaient, les mimosas, déjà en fleurs, se refermaient, incapables d'échapper à cette lumière glacée. Au coin d'un *vico* débouchant sur la via Roma, trois gosses en haillons improvisèrent un bûcher avec quelques copeaux de bois qu'ils avaient ramassés sur le port. Le feu éclairait leurs visages aussi rayonnants que crasseux. Leurs cheveux sales tombant sur le front, ils étendaient leurs bras au-dessus des flammes qui, comme leurs yeux, jetaient des étincelles. Ils riaient aux éclats. Le défilé s'immobilisa ; contagieux, telle une épidémie de typhus ou de grippe, le rire des enfants gagna les manifestants. Sous le ciel bleu foncé, à la lueur fauve des flammes, les gamins, cheveux au vent, riaient à gorge déployée, triomphants et malicieux, découvrant leurs dents d'une blancheur éclatante. Manifestants et policiers étaient à présent secoués par un fou rire nerveux, presque triste, dont ils ignoraient la cause. Penchés sur le feu, les enfants se tapaient sur le ventre et riaient aux larmes.

Par ces soirées froides, les Napolitains allumaient des feux devant les portes, toujours ouvertes, des *bassi*. Ils dressaient avec soin de minuscules bûchers avec des copeaux de bois blanc et ravivaient les flammes à l'aide de soufflets, notamment quand ils recevaient des invités. Mais au lieu de chauffer leurs logis, ils réservaient la chaleur à ce palais que formait le ciel sombre avec ses colonnades et ses voûtes invisibles. C'était le monde qu'ils chauffaient, le seul bien qu'ils possédaient.

8

Parfois, ils s'arrêtaient au bord du trottoir, muets, avec ce regard fixe, extrêmement attentif, si parlant, des Méridionaux. D'autres fois, un sac plein d'ordures ménagères sur le dos, ils entraient dans un bar, s'arrêtaient devant le comptoir, buvaient lentement un verre de vin et ne disaient rien. Le regard inexorable de leurs yeux bruns n'exprimait ni plaintes ni récriminations – combien il était éloquent, pourtant ! Parler était sans doute une chose agréable, mais le jeu, vraiment, n'en valait pas la chandelle, le silence représentait à leurs yeux une sorte de volupté, en même temps qu'il constituait une sorte de vengeance. Parler, c'est coopérer, c'est, de guerre lasse, consentir à un compromis. Or, celui qui se tait refuse tout compromis car il veut la vengeance et la justice.

On croisait parfois devant certains cinémas quelques femmes hirsutes et loqueteuses. Elles ne mendiaient pas, non, elles se contentaient de regarder. Pour échapper à ce regard, les bourgeois détournaient la tête, s'empressaient de quitter la rue obscure afin de se réfugier dans le hall éclairé *a giorno* du cinéma. Les riches ne donnaient rien à de telles femmes. Discrets, cultivés et distingués, ces gens-là savaient bien qu'un billet de dix ou vingt lires équivaudrait quasiment à une offense et, de toute façon, ne résoudrait pas le problème dans son ensemble. Oui, les riches, qui avaient beaucoup appris au cours de ces années-là, avaient cessé de répéter que les pauvres ne voulaient pas travailler – ils comprenaient désormais que la cause de la pauvreté était ailleurs. Ne voyant aucune autre solution, ils adhéraient à un parti politique susceptible de les protéger. Les pauvres, eux, continuaient à se taire et à regarder.

Certains prêtres faisaient de même. Tous les soirs, un jeune dominicain efflanqué, au regard sombre, s'arrêtait devant l'église de San Domenico Maggiore et, les bras croisés sur la poitrine, il contemplait, muet, la ruelle et le marché. Cette église abritait, dans une de ses chapelles, des cercueils superposés, frappés de métal, contenant les dépouilles embaumées de princes et d'autres notables napolitains des temps anciens. Les dominicains gardaient ce débarras de cadavres d'élite : conservés dans des caisses en bois, ces restes aristocratiques apparaissaient comme les reliques de quelque famille ruinée, exilées dans un pays lointain, préservées dans l'entrepôt d'un déménageur fantomatique. Quant au jeune dominicain debout devant l'église, il évoquait Charon, cet expert en transport empruntant le fleuve du Temps pour conduire ses passagers en enfer. Devant le portail de l'église, les bras toujours croisés sur la poitrine, il observait un silence sombre.

On ignorait ce qui se passait vraiment dans les monastères. Les franciscains mendiants étaient proches du peuple, donc de l'humain ; les jésuites, eux, étaient loin du peuple, comme les politiciens. En restant silencieux, les dominicains semblaient taire quelque chose.

9

Après avoir passé en revue toutes les solutions possibles, ils conclurent d'un commun accord (verbal ou tacite) que l'émigration serait la moins mauvaise. Pourtant, celle-ci n'était guère praticable, sauf pour les réfugiés qui avaient fui les nazis pour venir en Italie fasciste où ils n'avaient pas été inquiétés, et où ils avaient pu s'établir après la guerre. De nouveaux exilés, en transit, arrivaient sans cesse au port. Certains d'entre eux, esprits fins et distingués, se comportaient comme de simples touristes. D'autres, obtus et bornés, répétaient à l'envi que l'Italie avait tout à gagner à les laisser s'établir. Assailli de demandes de cartes de séjour, le préfet commençait à s'énerver.

Tous les réfugiés finirent par obtenir le document demandé, mais ils comprirent bien vite que cette carte de séjour n'était pas forcément un passeport pour la vie. Déjà, la majorité des Italiens ne disposaient même pas de cette carte, tout en étant pourtant, de par leur naissance, citoyens à part entière. Ils auraient pu, par exemple, et s'ils en avaient eu le désir, payer des impôts ou prendre un vrai passeport et s'expatrier. Les étrangers, eux, ne payaient pas d'impôts, ce qu'on trouvait naturel ; la plupart des Italiens s'en abstenant, il eût été indécent qu'un étranger se fasse remarquer par son zèle intempestif. Si les réfugiés n'avaient pas de passeport, ils disposaient néanmoins de toutes sortes de papiers munis de cachets qui permettaient à ces apatrides de circuler, comme certains oiseaux, entre les continents. Pareille désinvolture était interdite aux autochtones, certes titulaires d'un passeport, mais pourtant rejetés par la plupart des pays ou, après un bref séjour, renvoyés dans leur Italie natale. Aussi, ayant fait le tour des solutions possibles – miracle, émigration, Amérique, communisme, fascisme –, les Italiens avaient-ils le sentiment qu'il fallait trouver autre chose. Désemparés, incapables de gagner leur vie malgré leur carte de séjour en bonne et due forme, les étrangers finissaient, au bout d'un certain temps, par quitter l'Italie. Ce qui n'étonnait personne, de très nombreux natifs se trouvant eux-mêmes dans l'impossibilité de subvenir à leurs besoins.

Malgré tout, ces exilés étaient bien accueillis et traités avec courtoisie. Pas seulement les « vrais » étrangers, les touristes venus pour quelques semaines et dépensant tout leur argent à Capri, mais aussi les apatrides, privés de passeport, et qui, dès qu'ils avaient obtenu leur carte de séjour, se mettaient à rêver d'une situation. Les Italiens écoutaient leurs chimères avec une patience polie, mais détournaient vite la conversation, semblables à ces adultes expérimentés qui ne répondent même plus aux questions, aussi saugrenues qu'insistantes, de leurs enfants.

En réalité, et beaucoup en étaient convaincus : seule l'Amérique pourrait les tirer d'affaire.

On avait commencé à en discuter dans les cafés et les estaminets et, plus tard, sur les forums. On avait évoqué le cas d'anciens mafieux siciliens qui, une fois émigrés en Amérique, avaient continué d'y œuvrer avec une efficacité redoublée, des gangsters notoires – sans commune mesure avec des malfrats romantiques du type Giuliano – munis de machines à écrire, de fusils à répétition, de postes de radio et d'automobiles, et dont les exploits étaient relatés dans toutes les gazettes. D'autres émigrés, coiffeurs, commerçants, acteurs de cinéma, envoyaient régulièrement des colis à leurs familles restées dans la mère patrie. Ils se comptaient par millions, ces travailleurs italiens anonymes, courtois et courageux, dont les journaux ne parlaient guère, mais qui nourrissaient l'espoir de leurs compatriotes, dans la mesure même où ils étaient déjà capables de soulager leur misère. Les États-Unis accordaient au gouvernement italien une aide de plusieurs centaines de millions de dollars. Cette nouvelle, publiée par les journaux, fut néanmoins accueillie avec quelque scepticisme : égarée dans les dédales de la finance publique, cette somme semblait ne pas profiter directement aux individus. En revanche, les chèques ou les colis expédiés par un parent d'Amérique représentaient une aide personnelle et concrète.

Parfois, l'un de ces parents revenait à bord d'un transatlantique italien. Parti vingt-huit années plus tôt, ayant réussi à mettre quelques dollars de côté, celui-là avait décidé de vivre à nouveau en Italie. Mais tous ces rapatriés devaient vite déchanter. Après un bref séjour dans la mère patrie, ils réembarquaient aussitôt pour l'Amérique, de Naples ou de Gênes, escortés par leurs familles et leurs amis, qui, debout sur les quais, agitaient leurs mouchoirs, pleuraient et jetaient des confettis multicolores en direction du navire, cependant qu'un orchestre jouait les hymnes américain et italien. En partance pour l'Amérique, le rapatrié pleurait à chaudes larmes – parce qu'il avait été incapable de se réadapter à son pays natal. Appuyé contre la rambarde, il avait les yeux rouges ; à peine revenu en Italie, il devait la quitter une fois de plus, faute de pouvoir y rester. Chacun, l'exilé aussi bien que les membres de sa famille, savait qu'il s'agissait là d'un grand mystère, aussi bien que d'un grand fiasco. Mais qui en était responsable ? L'Italie ? L'Amérique ? Le rapatrié qui déjà regrettait sa décision ? On ne pouvait certes répondre à cette question, mais chacun comprenait au moins une chose : personne n'était plus chez lui dans un tel monde.

Tous ceux qui, venant d'outre-mer, rentraient en Italie, n'étaient pas devenus pour autant de riches capitalistes. Certains, pauvres comme Job, n'avaient pu revenir que grâce à leurs familles : celles-ci, émues par les lamentations de leurs expatriés, incapables de vivre en Amérique, en Australie ou au Brésil, avaient fini par leur payer un billet de retour à bon marché. Arrivés les mains vides avec, pour tout bagage, un baluchon, ils ne parvenaient pas à décrire avec précision ce qu'ils n'avaient pu supporter dans leurs pays d'accueil. Debout dans le port, entourés de leurs familles, tout aussi pauvres qu'avant, ils pleuraient avec elles. Mais, à peine une minute plus tard, essuyant leurs larmes du revers de la main, les expatriés et leurs familles se tapaient dans le dos et riaient…

Et pourtant, un nombre considérable d'Italiens s'obstinait à penser que, tout bien considéré, seule l'Amérique pouvait les tirer d'affaire.

10

Au début de l'été, le neveu du maçon, qui vivait aux États-Unis, rendit visite à sa famille. Celle-ci, pour fêter l'événement, décida d'organiser au *basso* un véritable banquet en l'honneur du jeune homme. Chacun prit un bain et mit une chemise propre. On lava les tomettes, on changea les draps, on les recouvrit d'un dessus de lit rouge en soie synthétique emprunté à un voisin, on alla chercher des chaises chez les locataires aisés de la villa Ricciardi. Un vase avec un gros bouquet de mimosas trônait sur la commode. On fit venir de Pozzuoli la grand-mère d'Antonio, afin qu'elle fasse la cuisine, on commanda du vin à Ischia. Chacun s'affaira d'un air grave : il s'agissait de montrer au neveu d'Amérique que la vie était toujours possible au pays et que, décidément, les Italiens n'étaient pas nés de la dernière pluie.

Antonio, désormais rétabli, vendait à nouveau des cyclamens aux amoureux et aux touristes qui se promenaient en haut de la colline. Mal logés à cause de la crise de l'immobilier, les premiers avaient choisi la nature pour abriter leurs amours et, par mesure d'économie, n'achetaient guère de fleurs. Les seconds, en majorité des Américains sur le retour, avaient déjà passé l'âge des amours. Ils portaient des cravates multicolores avec d'étranges dessins représentant la statue de la Liberté, le portrait du général Grant ou une vue aérienne de Chicago, et ils souriaient d'un air gêné, découvrant leurs dentiers d'une blancheur éclatante. Il leur arrivait parfois d'acheter des fleurs.

Ce qui ne manquait pas de raffermir la confiance des Italiens en l'Amérique. Bien sûr, ils n'avaient pas oublié la guerre ni l'occupation. Mais, au cours des trois derniers millénaires, les Italiens, qui en avaient connu de toutes sortes, savaient que les occupants se comportaient toujours de façon déconcertante. En temps de guerre, les autochtones ne s'étonnaient plus de rien. Vainqueurs du dernier conflit, les Américains avaient fourni à la population de la pénicilline, puis du chocolat, des céréales, de l'essence et de grosses sommes d'argent. Les Italiens avaient accueilli ces dons avec un sourire affable, sachant bien que d'autres occupants se montraient moins prodigues. Les Anglais, par exemple, ne se fendaient jamais du moindre cent. La Légion polonaise non plus. Tout compte fait, c'étaient les Américains les plus généreux. Quant aux Français, les Italiens en parlaient en esquissant un geste aussi nerveux que désabusé ; chacun savait en effet que les

Français, pourtant riches, préféraient recevoir que donner.

Non, les Italiens n'en voulaient pas aux Américains. La responsabilité de l'Italie, Mussolini, la question coloniale, l'émigration – à présent, tout cela était bien loin. Il y avait toujours eu des guerres dans la vie des grands peuples, et la responsabilité en incombait invariablement aux vaincus. Les peuples jeunes, qui ne comprenaient pas cela, ruminaient en permanence des idées de justice et de vengeance ; les Italiens, eux, restaient silencieux et attentifs. Embarrassés, d'une raideur presque machinale, graves et taciturnes, même quand ils riaient, à la façon des enfants qui boudent, les Américains se révélaient bien différents de tous les étrangers qui, depuis le débarquement, à Cuma, des premiers colons grecs, avaient hanté cette région. Expression combien éloquente de cette différence, leurs traits figés, leur regard un peu vide, leur conféraient une singularité qui les distinguait des Français, des Allemands, des Hongrois ou des Lituaniens, bref, de toutes les nations qui étaient passées au pied du Vésuve. Tous, à l'exception des Noirs aux yeux étincelants, tous, même les émigrés italiens de retour d'Amérique, partageaient ce regard vitreux. À vrai dire, les Napolitains les trouvaient déconcertants : ces gens-là, qui avaient pourtant de l'argent, semblaient inquiets, embarrassés, presque tristes. C'était incompréhensible.

Au bordel même, ils se montraient tout aussi gênés et mélancoliques, laissant la vieille femme, qui montait la garde à l'entrée, prendre leurs cannes, leurs parapluies et leurs objets contondants. D'une façon générale, ils se laissaient faire, toujours mal à l'aise, et payaient sans dire un mot. Les filles les traitaient comme des adolescents en vacances, des adolescents qui, ayant abandonné pour quinze jours leur pensionnat et leur discipline rigoureuse, se défoulaient, omettaient de faire leur toilette quotidienne, ne changeaient plus de chemise tous les jours, se gavaient de glaces et se rendaient quelquefois dans un hôtel de passe. Dans les musées, ils avaient le même air chagrin et intimidé : appareils de photo en bandoulière, ils contemplaient poliment les statues et les tableaux, prenaient des clichés dès qu'ils en avaient l'autorisation, et finissaient par acheter diverses pacotilles : imitations de stylos américains (dont ils auraient pu acquérir les originaux chez eux, et pour bien moins cher), fausses antiquités, cartes postales aux couleurs criardes représentant le Vésuve crachant le feu et projetant des pierres incandescentes, etc. Lorsqu'ils n'étaient pas au musée et qu'ils ne prenaient pas de photos, ils s'installaient à la terrasse d'un café via Carraciolo ou via Partenope, écrivaient nerveusement quelques cartes postales tout en buvant un jus d'orange glacé. Oui, tout cela était difficilement compréhensible. Les Napolitains s'efforçaient d'être aimables avec eux, leur vendaient un peu n'importe quoi – mais ils ne les comprenaient pas. Certains d'entre eux, même, les plaignaient.

Et pourtant, ils étaient nombreux à estimer que, réflexion faite, seuls les Américains pouvaient leur venir en aide.

11

Pour le dîner, la famille avait invité le padre Carmine, un franciscain – frère aîné d'Amalia, la mère d'Antonio –, monsieur Russo, secrétaire fédéral du parti communiste, qui, après avoir travaillé comme guide à Rome, se consacrait maintenant à la politique, et aussi Gigina, la meilleure amie de Luisa, une jolie fille de vingt ans qui, dans une pâtisserie de la via Roma, préparait des *sfogliatti* toute la journée. Ainsi, tout avait été fait pour recevoir dignement le neveu d'Amérique que la famille attendait avec une impatience solennelle. Il représentait leur dernier espoir : si l'Amérique ne les aidait pas, ils ne pourraient plus compter que sur les saints.

Le neveu, que la famille n'avait pas vu depuis son adolescence (il était parti pour l'Amérique sur l'invitation de son oncle, un jésuite du Colorado), s'était fait pousser la moustache, une moustache fine semblable à celle de certains acteurs américains que l'on pouvait voir dans les films projetés au cinéma *Torretta.* Il portait une cravate d'un jaune pâle, à pois rouges et bleus, et une chemise faite en une nouvelle matière, inventée récemment, et qu'on n'avait pas besoin de repasser. Pour le reste, il était habillé normalement, sauf, peut-être, cette petite plume verte sur son chapeau, à la façon des chasseurs. En Amérique, affirmait-il, c'était la mode.

Il parlait encore assez bien l'italien, mais s'interrompait de temps en temps pour chercher un mot que la famille s'empressait de prononcer à sa place. D'emblée, il procéda à la distribution des cadeaux. Chacun s'installa devant le lit, autour de la table recouverte d'une nappe propre. Le maçon versa du vin rouge dans les verres à pied. Ils burent. Le crépuscule tombait ; derrière les palmiers, on devinait Capri, enveloppée de brume.

Chacun défit son paquet, sauf le maçon qui, en bon maître de céans, bavardait avec les invités, tout en continuant à remplir leurs verres. Ils étaient tous émus – ce n'était pas tous les jours qu'ils recevaient des cadeaux. Ce jeune garçon revenu d'Amérique, ces colis emballés dans du papier brun et attachés avec de vraies ficelles en lin, tout cela, bien sûr, ne relevait pas encore du miracle, mais ce n'était sans doute pas loin de ce que leur imagination désignait par ce nom. Les invités – le franciscain, le secrétaire du parti communiste et la jeune fille – observaient un silence respectueux.

Cette pudeur, ce tact, ce désespoir étreignaient la gorge du visiteur. Sans oser pleurer, il allumait nerveusement cigarette sur cigarette. Ils étaient tous blêmes. C'était, enfin, un événement notable dans leur vie.

En découvrant leurs cadeaux, les femmes se mirent à pleurer discrètement, à la façon des pauvres qui comprennent soudain, à la lumière de ce qui leur arrive, qu'ils n'ont plus rien à espérer de la vie. Retirée dans un coin, le visage caché dans une chemise de nuit, Amalia pleurait doucement. Antonio, qui ne pleurait pas, lui, serrait gravement une paire de baskets sur sa poitrine.

Le visiteur se leva. Ses lèvres tremblaient, parce qu'il avait peur et parce qu'il voulait dire quelque chose. Mais, se levant à son tour, le maçon le saisit par le bras et le força à se rasseoir.

– *Favorite*, prononça-t-il, sur un ton à la fois triste et solennel.

Et il remplit, une fois de plus, les verres.

12

Modestes, les cadeaux ne correspondaient guère à l'attente de leurs bénéficiaires. À vrai dire, ceux-ci auraient été bien en peine de préciser ce qu'ils attendaient d'un visiteur venu d'Amérique. Le neveu avait apporté deux boîtes de conserve, l'une contenant de l'ananas et l'autre des pêches de Californie, ainsi qu'un étrange appareil, semblable à une guillotine miniature, destiné à trancher le bout des œufs à la coque. Les membres de la famille considérèrent cet objet avec respect, sans même oser le toucher, pour la bonne et simple raison qu'ils n'avaient encore jamais mangé un œuf à la coque. Il y avait en outre une chemise de nuit en nylon rouge sang que tous saluèrent avec des exclamations polies, mais aussi avec une certaine réserve – car, au fond, elle ne leur paraissait pas tout à fait décente –, une cravate bleu clair en soie synthétique, avec, au milieu, un dessin représentant les chutes du Niagara, et un autre objet étrange, pas plus grand que la paume d'un enfant, une sorte de pelle minuscule en caoutchouc.

– C'est quoi, ça ? demanda le maçon.

– C'est pour tante Amalia, répondit le visiteur. En Amérique, on s'en sert pour décoller les restes alimentaires dans les assiettes et dans les casseroles. Alors, si vous le permettez…, ajouta-t-il timidement.

On accueillit ce cadeau utile avec de grands remerciements et des murmures d'appréciation. Les yeux brillants, Antonio reçut une paire de baskets et une tirelire verte en forme de boîte aux lettres avec une fente pour les dollars et une autre pour les cents.

– Tâche d'y mettre le plus de dollars possible, lui lança son père.

Remarque ironique, la politesse leur interdisant naturellement de rappeler au visiteur qu'ils n'avaient ni dollars ni cents. La grand-mère eut droit à une brosse en nylon dotée d'un long manche, permettant, avec un peu d'habileté, de se frotter le dos. Ce cadeau plut à toute l'assemblée, mais l'aïeule se mit aussitôt à pleurnicher, car l'objet en question avait quelque chose d'inquiétant, voire de menaçant. De plus, elle ne prenait jamais de bain, fût-ce en été. Aussi, après que chacun l'eut admirée, tour à tour, posa-t-on la brosse sur la tablette de la commode, sous la lampe à huile.

Luisa reçut un chat en peluche avec des yeux en verre, et le maçon une canne à pêche dernier cri, avec, en guise d'appât, un hameçon en forme de poisson blanc, grand comme un doigt.

– Avec cet hameçon, on est sûr de faire bonne pêche,

commenta le neveu, presque sur un ton d'excuse. Les gros poissons l'attrapent toujours.

Admiratifs, les convives opinèrent du bonnet.

Puis, écartant tous ces objets, on attaqua le repas : soupe aux brocolis, *finocchi* et vermicelles, fritures, cuisses de chevreau, raviolis, tripes, saucisson, pâtes à l'anis, fromage de bufflonne et petits fours au poivre. Ils mangèrent lentement, discrètement, sans faire de bruit, en prenant les cuisses de chevreau avec leurs mains, pour en arracher jusqu'au dernier bout de chair. À la fin, Amalia posa sur la table une corbeille en faïence achetée à un potier de Castellamare, remplie d'oranges, de nèfles, de figues vertes et de clémentines, et servit, dans une vaste cruche en aluminium, du café brûlant, fort comme du poison.

La nuit était tombée, l'odeur douceâtre et étouffante des mimosas se répandait à travers le Pausilippe. La lune apparut au-dessus de Salerne. Gravissant la pente aux pavés arrondis, les passants s'arrêtaient devant le *basso* pour saluer la compagnie : au Pausilippe, nul n'ignorait que le maçon, au chômage, fêtait le retour d'un parent d'Amérique. Accompagné de sa femme, qui portait dans ses bras leurs deux enfants, de tout son commerce – marchandises et sachets en papier – accroché au cou et, avec sur le dos, la chaise longue dans laquelle, pour ménager son cœur, il passait la journée, le marchand de cacahuètes fit une courte halte devant le seuil et souhaita bon appétit aux convives. Les hôtes invitèrent tous les passants à venir partager leur repas, mais ces derniers refusèrent tout en les remerciant.

À dix heures, la cloche de l'église de la villa Ricciardi se mit à sonner. Bavarde, agile, mélodieuse comme l'accent méridional, elle marquait le temps, peut-être dix heures du soir, mais peut-être aussi un temps plus musical, plus désespéré. Les convives l'écoutaient en silence, le neveu avec recueillement, comme si depuis très longtemps il n'avait pas entendu sonner les cloches. Ayant fini de servir, les femmes prirent place autour de la table. Dans la pièce obscure, on ne voyait que le clair de lune, le feu mourant du brasero, la lueur rouge de la lampe à l'huile sous le chromo de la Vierge Marie et les bouts incandescents des cigarettes. Seuls les hommes fumaient.

13

– C'est comment, l'Amérique ? demanda le maçon, poliment, mais avec une certaine fermeté.

Tout le monde se pencha en avant. Le moine se racla la gorge. Ému, le secrétaire du parti communiste toussa. Les femmes observaient un silence oppressant. Les yeux d'Antonio brillaient.

– Je ne sais pas, murmura le jeune homme.

Ils inclinèrent la tête en signe d'approbation. C'était la réponse qu'ils attendaient.

Inconfortablement assis sur leurs chaises en rotin tressé autour de la table ronde, recouverte d'une nappe marquée par des taches de vin et d'huile, ils avaient l'impression d'être là depuis très longtemps, à poursuivre une conversation engagée trois mille ans auparavant par les Grecs. C'est également ici, sur cette côte, que s'était embarqué un jour un Italien, natif de Gênes. Interrogé, à son retour, sur l'Amérique, il avait montré des perruches, quelques objets en or et des esclaves à la peau rouge. Les convives y pensaient vaguement.

– Est-ce que tout le monde a une voiture ? interrogea Antonio.

La question semblait naïve. Le moine haussa les épaules. Le communiste allait protester mais, s'empressant de répondre, le visiteur le devança :

– Il y a beaucoup de voitures, mais tout le monde n'en a pas.

– Tout le monde possède un réfrigérateur électrique, intervint Luisa d'un air sérieux. C'est un marin qui me l'a dit.

– Il y a beaucoup de réfrigérateurs, c'est vrai. Et des postes de radio, plusieurs dans un même appartement. Des horloges électriques dans les cuisines. Il y a aussi des rasoirs et des sèche-cheveux électriques. Mais je ne sais pas comment est l'Amérique, ajouta sans détour le visiteur.

Les têtes se rapprochèrent, on écouta attentivement, l'œil ardent. À la satisfaction de tous, le visiteur parlait franchement, et contrairement à beaucoup de ses compatriotes de retour d'Amérique, sans vantardise, d'une façon plutôt timorée, presque en sourdine.

– Il y a la liberté, non ? fit le maçon.

– Bien sûr, répondit rapidement le neveu en avalant sa salive. Mais moi, je ne sais pas comment est l'Amérique.

– Il y a huit ascenseurs dans chaque gratte-ciel. Ils montent et ils descendent très rapidement, s'exclama Antonio.

Ses yeux brillaient d'impatience.

Tout à coup, le visiteur devint loquace. Il parlait doucement, sans regarder personne, d'une voix un peu traînante, comme s'il craignait d'être espionné. Quand il riait, ses lèvres tremblaient nerveusement. Attentifs et muets, ses auditeurs avaient la vague impression que l'homme redoutait quelque chose.

– Les gratte-ciel ne sont pas nombreux. Il y en a, bien sûr, mais pas tant que ça. La plupart des maisons sont basses, ou n'ont qu'un seul étage. L'Amérique est vide, hasarda-t-il en souriant timidement. On voit peu de gens dans les villages. Les chiens sont rares. Les vaches et les bœufs, aussi. Mais parfois, on rencontre des troupeaux qui comptent plusieurs centaines de milliers de têtes. Après, pendant des heures, on ne croise pas âme qui vive, rien que des forêts, des côtes et, de temps en temps, des champs de blé, grands comme l'Italie tout entière. On voit beaucoup de machines, et même une grande route qui va d'un océan à l'autre. Ou qui relie trois océans. Non, je ne sais pas comment est l'Amérique, conclut-il en élevant quelque peu la voix. Un jour, j'ai vu une baleine, ajouta-t-il en souriant tristement

– Où ça ? demanda le communiste, méfiant.

– Dans le Maine, répondit le visiteur. C'est un État. Là-bas, la mer est froide. C'est là, dans une baie, que j'ai vu la baleine.

Les autres réfléchissaient, silencieux. La nouvelle

était certes intéressante, mais ils attendaient bien autre chose. Le maçon demanda poliment, à voix basse :

– Tu gagnes combien ?

– Actuellement, quarante-sept dollars.

– Ça fait combien ? s'enquit la grand-mère, près du feu.

Un silence profond s'établit dans le *basso.* Antonio calculait à mi-voix, le maçon en silence, le moine à voix haute.

– Vingt-huit mille, dit-il.

– Eh ! s'écria, un peu nerveux, le secrétaire du parti communiste. Officiellement, vingt-huit mille. Mais trente mille au marché libre.

– Que vaut le dollar ? demanda la grand-mère.

– Six cent vingt-quatre, dans les banques, fit Antonio, de sa voix muée d'adolescent.

– Hier, il était à six cent cinquante, objecta le moine.

– Six cent soixante, rectifia le communiste.

– Ce matin, au port, on donnait six cent cinquante-cinq lires pour un dollar, affirma gravement le maçon. Mais nous sommes mercredi. En fin de semaine, le dollar baisse.

– Tu gagnes vingt-huit mille par mois ? interrogea la grand-mère.

– Non, par semaine, répondit le visiteur. Mais il faut déduire l'impôt.

– Parce que tu paies un impôt ? poursuivit l'aïeule sur le ton brusque et méfiant des vieillards.

– Oui. L'impôt est retenu à la source. L'assurance maladie aussi. Cela fait huit dollars toutes les semaines.

Luisa, qui n'avait encore rien dit, demanda d'une voix rauque :

– Ça fait combien ?

– Cinq mille, répondit rapidement le franciscain.

– Au cours officiel, précisa le secrétaire du parti communiste. En réalité, cela fait cinq mille quatre cents. Tu laisses ça toutes les semaines au fisc ?

– En ce moment, oui. Mais ce n'est que l'impôt fédéral. En avril, il faudra payer en plus l'impôt d'État.

– Voilà un bien mauvais système, résuma gravement le maçon.

Chacun approuva d'un air sérieux. Aucun d'eux ne payant l'impôt, ils se mirent à calculer, le visage assombri. Ils avaient compris au ton de sa voix que le visiteur ne mentait pas et pourtant, il y avait quelque chose d'incroyable dans ce qu'il disait. Ils ne détenaient aucune devise étrangère, mais connaissaient tous, y compris le moine, le cours du dollar, du franc suisse et même de la livre égyptienne. Ce matin-là, avant de se rendre au port pour accueillir son neveu, le maçon avait regardé dans le journal le cours du dollar au marché libre. Des dollars, il n'en avait jamais eu, mais il y pensait avec un respect quasi dévot, avec ce frisson que suscite l'idée de la volupté, de la vengeance et du miracle.

– Pas si mauvais que ça, rétorqua le moine, puisqu'il

te permet tout de même de gagner trente mille par semaine.

– Un très mauvais système, objecta le secrétaire du parti communiste. En Amérique, tout est plus cher. Alors, en fin de compte, tu gagnes moins là-bas qu'en Italie.

– C'est à voir, dit le maçon d'un air sombre. Trente mille par semaine, cela fait quand même cent vingt mille par mois. Moins vingt mille pour l'impôt, il reste donc cent mille. (Il posa son verre et croisa les bras sur sa poitrine.) Moi, j'ai travaillé la semaine dernière. Et tu sais combien j'ai gagné ? Mille lires pour toute la journée.

– Parce que le système est mauvais. En Union soviétique…

– C'est faux ! s'écrièrent les autres, sans se donner la peine d'argumenter.

Le communiste esquissa un sourire gêné. Il leur semblait inutile de recommencer une discussion sans fin : ils savaient bien que tout, dans leur vie, était nécessairement, fondamentalement mauvais et que le système soviétique n'y pourrait jamais rien. Mais, à présent, c'était de l'Amérique qu'il s'agissait : ils auraient aimé savoir si l'Amérique pouvait apporter une solution à leurs problèmes. Accroupie près du feu, le soufflet à la main, la grand-mère demanda :

– Combien coûte un litre d'huile, là-bas ?

Avant même que le visiteur ait eu le temps de répondre, le maçon déclara :

– Quand je travaille, je gagne en une semaine douze litres d'huile. Toi, soixante litres. Payer l'impôt n'est jamais agréable, ajouta-t-il, taciturne. Mais quand on gagne l'équivalent de soixante litres d'huile, on ne le sent pas passer.

– Là-bas, on achète tout à tempérament, reprit calmement le visiteur. Mais il faut faire attention, car le crédit coûte cher... Si tu travailles, tu peux tout acheter dans les grands magasins : des vêtements, des grille-pains électriques, des gramophones. À crédit.

– Où travailles-tu en ce moment ? questionna le moine.

– Dans une usine de radios.

– Tu t'y connais en radio ? interrogea le maçon, méfiant.

– Non, dit simplement le visiteur. En Amérique, on ne comprend pas toujours ce qu'on fait. On te montre comment il faut t'y prendre et, si l'usine a besoin d'ouvriers, tu peux travailler.

– Ils aiment travailler ? demanda le moine.

– Non, ils n'aiment pas travailler, répondit le visiteur.

– L'Amérique est le pays des cadences infernales, lança Antonio d'une voix chantante, comme s'il récitait une leçon. Je l'ai lu dans les journaux.

– Ils ne travaillent pas à une cadence infernale, corrigea le visiteur en détachant les syllabes. Ils travaillent plutôt lentement. En fait, les ouvriers n'aiment pas ceux qui font du zèle.

– En Russie, remarqua le communiste, tout le monde aime travailler. Certains stakhanovistes travaillent déjà pour l'année 1970. Ils accomplissent leur plan par anticipation, oui, jusqu'en 1970. Ils aiment travailler, parce que c'est pour le peuple qu'ils travaillent.

Un sourire indulgent accueillit cette déclaration.

Seuls dans le *basso*, face à la mer et à Capri, ils se sentaient protégés par la voûte céleste, cette tenture noire piquée d'étoiles d'or. Ils se taisaient, souriants, jambes étendues. Dans un coin obscur, d'un mouvement aussi rapide que pudique, Luisa dégrafa son soutien-gorge, puis revint s'asseoir à la table, parce que ce soir-là elle voulait être parfaitement à l'aise. Le maçon versa à boire et, après avoir vidé la bouteille pansue, fit signe à Antonio d'aller chercher le tonneau d'Ischia sous le lit. Semblable à une courge oblongue, le tonneau contenait en principe quatorze litres et demi de vin ; en principe, car, selon une très vieille coutume, plus ou moins frauduleuse, mais sur laquelle les acheteurs, magnanimes, fermaient les yeux, toute vérification était impossible. On savait que sur cette côte la fraude était une tradition millénaire. Soulevant le tonneau, le maçon fit alors couler dans les verres les filets dorés d'un vin doux et huileux.

– Y a-t-il du vin en Amérique ? interrogea la grand-mère.

– Oui, répondit le visiteur. Mais il est cher. On trouve même du vin italien, mais il n'a plus de sève. Il y a aussi du vin français. C'est le plus cher. Un dollar le litre. Même pas un litre, rectifia-t-il, en élevant nerveusement la voix, seulement sept décilitres et demi. Un dollar !

Les autres hochèrent la tête.

– Ce vin-là, dit le maçon en levant son verre à pied pour le présenter devant la lueur du feu, vaut soixante lires le litre. *Favorite !* ajouta-t-il, avant de vider son verre.

Ils burent tous, y compris la grand-mère. En éloignant le verre de sa bouche, elle demanda d'une voix tremblante :

– Qu'est-ce qu'on boit en Amérique ?

– De la gnôle, répondit le visiteur. Même en plein jour. Ils boivent vite, sans plaisir. On dirait que c'est une corvée pour eux. Un jour, j'ai même vu une vieille femme se boucher le nez en buvant, comme si elle avait avalé une pilule amère dont elle n'aurait pas supporté l'odeur.

– Ils ne savent pas encore boire, fit le maçon avec indulgence. Pour qu'un peuple apprenne à boire, il lui faut du temps et beaucoup de vin. Toi, *nonna,* tu ne te bouches jamais le nez quand tu bois, ajouta-t-il en s'adressant à la grand-mère.

– Non, jamais, répondit-elle d'un air sérieux.

Et elle but une gorgée.

Le visiteur jeta un regard autour de lui et dit à voix basse, sur un ton confidentiel :

– Ils boivent comme s'ils voulaient oublier.

– Oublier quoi ? s'étonna Antonio.

– Leur conscience, affirma gravement le franciscain. Elle leur fait mal.

– La joie coûte cher en Amérique, continua le visiteur en jetant derechef un regard circulaire, comme s'il craignait les oreilles indiscrètes.

– Quelle joie ? demanda Luisa, curieuse.

Le visiteur haussa les épaules.

– Toute espèce de joie. Tout ce qui fait plaisir. Le vin, par exemple. N'importe quoi.

– Qu'est-ce qui ne coûte pas cher, alors ? demanda la grand-mère.

Le visiteur réfléchit. Absorbés, les yeux ardents, le buste penché vers l'avant, les autres attendaient une réponse qui tardait à venir.

– Je crois, fit enfin le visiteur avec une lenteur scrupuleuse, je crois que les ampoules électriques sont bon marché. Et les chemises aussi.

Il parlait lentement, pesant chaque mot, sachant qu'il était en train d'informer sa tribu sur les chances que lui offrait le monde. Les autres l'écoutaient gravement, conscients de la portée de ses paroles. Personne ne dit plus rien. L'aïeule soupira, prit le soufflet et essaya de ranimer le feu.

14

– Tu verras, un jour, ils finiront par se convertir, affirma le franciscain.

– C'est déjà fait, répondit le visiteur, presque effrayé. Il y a beaucoup d'églises en Amérique et elles sont toujours pleines.

– Ce sont des confessions différentes, reprit le moine avec supériorité, tout en se mouchant. Confession et religion sont deux choses bien distinctes. Mais un jour, je te le dis, toutes ces confessions rentreront au bercail. Ce jour-là, les Américains seront inquiets et heureux. Pour être heureux, il faut se convertir.

– Comment ça ? demanda le maçon, curieux. Tous les Américains se convertiront au catholicisme ?

– Non ! s'écria le communiste. Sans le vouloir, *padre,* vous venez de dire la vérité. Tous les Américains se convertiront un jour à la justice sociale. Ils deviendront tous communistes.

– Ils ne seront jamais communistes, rétorqua calmement le moine. Pas plus que vous, qui vous dites communiste. Vous ne l'avez jamais été et vous ne le serez jamais. Le communisme n'est plus qu'une menace et ne saurait en aucun cas apporter une véritable solution. Pour tout dire, le communisme est dépassé.

Il parlait lentement, en fermant les yeux de temps à autre.

– Quand tu retourneras en Amérique, dit-il solennellement au visiteur, ouvre bien les oreilles. Je ne sais pas si les Américains se convertiront au catholicisme. Ce n'est pas sûr. Mais, un jour, l'inquiétude les gagnera tous, quelle que soit leur confession. Ce jour-là, ils comprendront qu'il leur manque quelque chose. Ils auront tous des appareils électriques, mais ils souffriront d'un sentiment de manque.

– Qu'est-ce qui leur manquera ? questionna le maçon.

– Dieu, répondit le moine, tranquillement, sans élever la voix.

15

– À quoi ça ressemble, un dollar ? demanda tout à coup Amalia d'une voix aiguë.

La question lui brûlait la gorge, comme si elle avait avalé de la braise. Chacun tressaillit, les hommes s'éclaircirent la voix. Ils auraient tous voulu poser la même question, mais ils n'étaient pas sûrs que ce fût encore le moment propice. Amalia ayant parlé à leur place, ils respirèrent, soulagés.

Le visiteur prit son mince portefeuille dans la poche intérieure de sa veste, y plongea prudemment deux doigts et en retira un billet de banque. Les autres suivaient son manège, les yeux étincelants. Le visiteur présenta alors le billet à la lumière de la lampe.

– Voilà, fit-il doucement.

– J'en avais déjà vu un, murmura respectueusement Antonio. Il n'était pas tout à fait comme celui-là.

– Tu dis des bêtises, s'exclama le maçon, la gorge sèche, étranglée par l'émotion. Ce que tu as vu, c'était un dollar de guerre, imprimé en Italie, parce que nous avons perdu la guerre.

– Nous n'avons pas perdu la guerre, corrigea vivement Luisa. Mon fiancé, qui a fait son service en Albanie, m'a dit que nous avions été obligés de déposer les armes, parce que Badoglio avait signé l'armistice trop tôt.

Chacun sourit avec indulgence. Tous ces fiancés, disparus quelque part en Albanie ou à Tripoli, laissant des enfants dans les *bassi* et dans les ruelles de Naples, n'étaient pas, concernant la guerre, des témoins vraiment fiables. Pénétrant dans le *basso*, la lumière froide de la lune enveloppait les visages d'une couche argentée. Soucieux, les yeux rivés au sol, les convives évoquaient les personnages des crèches de Noël. Le dollar était là, sur la table, au milieu des verres. Personne n'osait le toucher. Les femmes s'approchèrent et le contemplèrent par-dessus les épaules des hommes qui, graves et majestueux, les bras croisés sur la poitrine, entouraient la table.

Le maçon se pencha sur le billet.

– C'est le portrait de qui ? interrogea-t-il.

Rapprochant leurs chaises, les convives examinèrent le billet avec le sérieux propre aux experts.

– De Washington, répondit le visiteur.

– Il est sur tous les billets ? demanda Antonio, ému, à voix basse.

– Non, fit Luisa. C'est un billet d'un dollar. Sur celui de cinq dollars, il y a un autre portrait.

– Comment le sais-tu ? s'étonna brusquement Amalia.

Et elle gifla aussitôt Luisa. La petite Gigina poussa un cri aigu. Les hommes détournèrent le regard. Le visage en feu, les bras croisés sur la poitrine, insensible à la gifle, Luisa fixait le dollar d'un regard dément. Le moine baissa la tête.

Amalia éclata en sanglots. Elle pleurait bruyamment, en respirant fort. Puis, le visage tourné contre le mur, elle poussa pudiquement des cris plaintifs. Tout cela s'était passé sans transition, avec la rapidité du soleil levant qui se montre un instant dans la baie, puis disparaît d'un coup, avec la soudaineté des séismes qui secouent la terre en pleine nuit, à la lueur des étoiles. Dans la vie, tout arrive toujours rapidement et sans transition. Éclairé par la lune, le dollar gisait sur la table, à la portée de chacun. Amalia venait de gifler Luisa, parce que celle-ci avait déjà vu d'autres dollars que ceux frappés du portrait de Washington : tous, même les enfants, avaient immédiatement saisi le rapport entre ces billets et l'amour vénal. Elle ne pleurait pas : sans protester, elle se contenta de lever un bras et d'esquisser un geste large, comme pour engager un combat désespéré contre le monde environnant. Trente-huit ans, le visage avenant, charnu, mais déjà un peu fané, Luisa avait le même profil que les matrones de certaines vieilles médailles récemment déterrées en Campanie par les archéologues et les paysans. L'enfant que le fiancé lui avait laissé en souvenir jouait, tel un petit chien, avec les os que les convives avaient laissé tomber sous la table. La gifle d'Amalia fit soudain comprendre à tous que le dollar ne pouvait leur être d'aucun secours. D'un geste d'impuissance, Luisa se frappa violemment la joue.

– Ça suffit, s'écria le maçon d'une voix rauque.

Dans leur sagesse, les femmes comprirent qu'elles devaient quitter les lieux. Entourant d'un bras les épaules de Luisa, Amalia sortit avec elle dans le jardin pour aller s'asseoir sous un laurier-rose en fleurs. Ombre noire, la grand-mère leur emboîta le pas : elle prit place sur une pierre éclairée par la lune. Antonio s'assit sur le seuil et, prudent, n'alla pas plus loin. Les hommes se taisaient longuement.

– Voilà, tu as tout vu, dit enfin le maçon au visiteur. Range-moi donc ça ! continua-t-il sur un ton haineux en désignant le dollar.

Effaré, le neveu remit rapidement le billet dans son portefeuille. Les mains tremblantes, le franciscain alluma une cigarette. Le communiste resta assis, les bras croisés sur la poitrine, sans rien dire. De temps en temps, il toussait.

Montant la ruelle en pente raide, les ombres de deux silhouettes apparurent au pied du laurier-rose. Le maçon et Antonio les saluèrent à voix haute. Surpris, le moine se leva et s'écria en français :

– *Mon ami !*

Les deux ombres s'immobilisèrent.

– Oui, mon père, fit l'homme.

Et sur un ton d'excuse, il ajouta :

– C'est toujours nous. À demain !...

La femme prononça quelques mots dans une langue étrangère. Les deux silhouettes demeurèrent un instant dans la lumière avant de descendre, fantomatiques, la ruelle en pente raide.

S'avançant jusqu'au seuil, le franciscain les suivit du regard. Il était blême.

– Vous les connaissez, *padre* ? demanda le maçon.

– Oui, répondit le moine. (Il s'adressait à la nuit.) Mais je croyais qu'ils étaient partis.

Il se rassit.

– Qui sont-ils ? interrogea timidement le visiteur.

Le moine resta silencieux.

– Des Anglais qui veulent sauver le monde, répondit calmement le maçon. Pas vrai, *padre* ?

– Ce ne sont pas des Anglais, intervint le moine. Tu dis des bêtises.

– Des Américains, fit Antonio.

– C'est la même chose, reprit le maçon avec une supériorité toute paternelle. Tous les Américains sont anglais. Enfin... disons qu'ils ne sont pas comme nous. Ce sont des étrangers. Vous les connaissez bien, *padre,* n'est-ce pas ? Comment veulent-ils s'y prendre pour sauver le monde ?

– Tu continues avec tes inepties, répliqua sévèrement le moine. Cet étranger est un savant. En ce moment, c'est un apatride, voilà tout. Qu'est-ce qui te fait croire qu'il veut sauver le monde ?

Le maçon haussa les épaules.

– C'est ce qu'on dit. Ce genre de choses finit par se savoir. Est-ce qu'ils vont à l'église ? Vous devez le savoir, *padre,* ajouta-t-il, méfiant.

Le moine ne répondit pas.

– À notre époque, objecta le secrétaire du parti, ceux qui veulent sauver le monde ne vont pas à l'église.

Le maçon esquissa un geste de mépris.

– Y a-t-il en Amérique, demanda-t-il au visiteur, des gens qui veulent sauver le monde ?

Le buste penché vers l'avant, les invités guettaient la réponse. Le visiteur réfléchit. Son visage juvénile, et pourtant triste, exprimait le défi.

– Je ne le crois pas, répondit-il. Les Américains ont l'esprit pratique. Au lieu de sauver le monde, ils veulent produire, ils veulent vendre.

La lune scintilla brusquement. Remplissant la pièce d'une lumière froide et argentée, elle éclairait les convives figés dans une attitude hiératique.

Les images qui défilaient devant leurs yeux relevaient à la fois du rêve et de la réalité. Ils virent, dans un éclair, Mussolini, le menton saillant, exaltant du haut d'un balcon l'obéissance et la vie dangereuse. Puis le même Mussolini, pendu par les pieds sur un marché de Milan. Ils virent, dévalant les pentes enneigées des Alpes, des Normands et des Goths aux cheveux blonds, ivres de bière. Ils virent Palerme et, dans l'ombre d'un citronnier, un maître arabe de la mosaïque disposer des pierres multicolores dans le châssis d'une fenêtre. Ils virent, dans la baie de Naples, la mer sombre et écumante. Le pape sur son trône, tout de blanc vêtu, son visage blême couvert de petits boutons. Ils virent leurs morts, avec leurs os et leurs dents dans les niches du cimetière de Poggio Reale. Ils virent des corps de femmes blancs, bruns et dorés, et, entremêlés dans une étreinte, des cuisses, des bras, des cous et des ventres. Ils virent, sur les murs poussiéreux d'obscures églises, des saints qui les regardaient, immobiles et impassibles.

Les invités quittèrent le *basso.* Arrivée en bas de la ruelle, Gigina, qui n'avait pas dit un mot de toute la soirée, se mit brusquement à chanter. Incapable de s'exprimer, elle s'était tue pendant le repas, mais au moment des adieux elle chantait avec impudeur. Sa voix parvint jusqu'au jardin du *basso.* Se tenant par les épaules, la tête penchée de côté, les femmes l'écoutaient.

Peu de temps après, les hôtes rangèrent soigneusement les cadeaux sur la commode, sous la lampe à huile, et commencèrent à se déshabiller. Le maçon, en chemise, contempla, pensif, l'appât artificiel, le petit poisson en fer blanc, qui brillait au clair de lune. Antonio rejoignit son père et, le menton appuyé sur sa main, considéra longuement l'objet.

– Je ne pense pas, chuchota-t-il tristement, non, je ne pense pas qu'on puisse attraper des poissons avec ça.

Le maçon ne répondit pas. Ils éteignirent le feu et se couchèrent, tous les trois dans le même lit. Étendus, les yeux ouverts, ils n'osaient ni parler ni bouger. Un grand effroi habitait leur cœur, comme s'ils avaient soudain compris que personne ne pourrait les aider.

16

Arrivé à quatre heures de l'après-midi, le vent susurrant courait vers la côte, tel un pirate armé d'une hache. Il venait d'Afrique, il venait des grottes de l'Atlas. Comme autant de demoiselles maniérées, coiffées à la garçonne, les pins parasols se contorsionnaient sous son emprise ; effarés, les palmiers secouaient leurs têtes ébouriffées. S'élançant sur la mer, le vent soulevait des embruns gris, semblables à la poussière des pistes dans le désert.

Sournois, ce vent empruntait d'ordinaire le passage entre Capri et Ischia, ou arrivait de Salerne avant de balayer la côte au pied du Vésuve. Il portait certes des noms différents, mais il était toujours le même, tantôt frais et odorant, tantôt empestant l'air de son haleine brûlante. Révolutionnaire exaltée, prête à tout bousculer pour instaurer un ordre nouveau, la tramontane pénétrait dans les chambres, gesticulant comme une démente, arrachant les rideaux, saccageant les lits. Le sirocco, lui, était visqueux, ses mains poisseuses souillaient tout ce qu'il touchait. En ville, le vent se comportait avec une familiarité de mauvais aloi : garnement vicieux, il tripotait le linge accroché aux fenêtres, gonflait les jupons, les draps moites et les caleçons usés jusqu'à la corde. S'engouffrant dans les rues étroites, il poussait devant lui déchets, poussières, odeurs, fruits pourris, excréments, coquillages et poissons crevés, pour mieux les cracher au visage des passants, tout en poursuivant sa course hurlante et folle vers le port.

En arrivant au Pausilippe, il saisissait sa lyre, en pinçait les cordes d'acier et chantait d'une voix flûtée, à la fois indolente et nerveuse. Les Napolitains connaissaient bien ce son sifflant, cet ululement aigu qui, à quatre heures de l'après-midi, les tirait en pleine rue du sommeil estival dans lequel ils étaient plongés depuis la mi-mai, semblables à ces animaux hibernants qui, pour se protéger, réduisent au minimum leurs fonctions vitales et adoptent une attitude de mort apparente. Parfois, le vent apportait d'étranges odeurs d'Afrique et des îles lointaines, et une invisible poussière blanche, celle des sables fins du désert, qui piquent les yeux et couvrent la peau d'urticaire. Quoi qu'il en fût, tous ceux qu'effleurait ce vent devaient réagir. La mer lui répondait différemment selon la saison. Paresseusement étalée lors de sa sieste, tel un animal préhistorique exhibant son ventre argenté, se tournant et se retournant avec cette lourdeur propre aux corps volumineux, elle se réveillait à quatre heures au contact des rafales et des vagues perfides venues de la baie de Tunis qui se propageaient en de larges ondes concentriques avant d'aller mourir sur les rochers de la côte. Des gerbes jaillissaient alors dans les eaux vert foncé de Marechiaro.

Témoin de ce spectacle à la fois terrifiant et familier – et donc, en quelque sorte, rassurant –, chacun avait conscience, tout en vivant sa propre existence individuelle, d'appartenir à une grande destinée commune, à quelque fatalité portée par les tempêtes africaines et les éruptions volcaniques. À l'arrivée du vent, les jardiniers travaillant sur les pentes du Pausilippe scrutaient le ciel chargé de promesses et de menaces imminentes. Car le vent pouvait aussi bien apporter d'abondantes pluies qu'inaugurer une longue période de sécheresse. On le humait, on le goûtait du bout de la langue, on le malaxait dans sa bouche. Puissants, savoureux, épicés, énervants et torrides, ces vents étaient pleins des odeurs du Sahara, des vapeurs du Congo, des lourdes émanations issues de la décomposition qui s'accomplissait au fond des jungles. Les jardiniers du Pausilippe restaient toujours sur leurs gardes. Le vent dévalait au pas de danse les escaliers que formaient les jardins potagers. Appuyés sur leurs bêches, les maraîchers de Campanie flairaient l'air. Le vent allait-il apporter – et à temps ! – une pluie chaude et apaisante ou bien des trombes d'eau allaient-elles crever un ciel brusquement assombri pour arracher en quelques instants les fenouils des sols cultivés, abattre les fruits verts des grenadiers et des figuiers, noyer dans la boue citronniers et orangers ? Sombre et brutale, tel un Sarrazin en furie, la pluie arrivait sans crier gare. Non seulement elle emportait les produits de la terre, mais elle arrachait la couche fertile elle-même de son fondement calcaire formé par les coquillages, transformant cette grasse couche noire de lave en une vase liquide dégoulinant vers la mer. Mais, d'autres fois, le vent n'apportait qu'une poussière saharienne, âcre et amère, et une sécheresse qui se prolongeait pendant des mois. La végétation des jardins suspendus ne survivait que grâce aux embruns, aux précipitations salées, à cet engrais humide que vaporisait, entre quatre et cinq heures du matin, une mer généreuse. Si elle ne permettait pas vraiment de vivre, cette manne empêchait néanmoins de mourir. Alors, les maraîchers se rendaient à Sorrente et défilaient en procession sous des bannières multicolores. Ce qui parfois donnait des résultats.

Et pourtant, malgré ces difficultés souvent insurmontables, on continuait, depuis trois mille ans, à cultiver des parcelles tous les jours et en toute saison. Les jardiniers travaillaient avec la minutie de ces orfèvres qui, assis dans les devantures des magasins de la via Partenope, la visière fixée au front, sculptaient des scènes de bataille ou des femmes aux seins nus dans de minuscules carapaces de tortues, avec la pointe de leurs aiguilles ou des ciseaux en acier, minces comme des cure-dents. Ils labouraient, ensemençaient le moindre sillon, le plus petit lopin, caressant la cendre laissée par la lave, creusant avec leurs ongles des trous pour y planter des petits pois, se penchant, avec la passion et la concentration réservées d'ordinaire aux artistes, sur une terre qui la plupart du temps ne leur appartenait même pas. Non, cette terre, ils ne la « cultivaient » pas, ils la choyaient, la réchauffaient de leur haleine, pour cueillir ensuite, de leurs doigts aussi boueux qu'experts, tous ses fruits : fleurs, plantes ou mauvaises herbes. Seuls les artistes sont capables d'aimer d'un tel amour leur matériau – marbre, toile, sons ou idées. Et ces minuscules jardins rectangulaires répondaient à leur appel ardent, à leur haleine brûlante, à leurs caresses insistantes, comme répond, frissonnant, récalcitrant et frémissant, le corps d'une maîtresse s'offrant à la fécondation, sous les caresses d'un amant dont elle est à la fois la proie et l'offrande. Oui, le jardin finissait par livrer au jardinier son corps noir dont jaillissaient, en toute saison et en tous mois, de nouvelles fleurs aux couleurs vives, de nouveaux fruits d'une douceur presque excessive, de nouveaux légumes tendres et laiteux. Peut-être était-ce cela, au fond, le miracle que chacun attendait. Sur cette côte pauvre et surpeuplée, tantôt frappée par la sécheresse, tantôt battue par la pluie, la terre continuait à produire de jour comme de nuit, avec une abondance grasse et crasseuse. Les jardiniers, qui n'avaient pas les moyens d'acheter de l'engrais, utilisaient leurs propres excréments. Et la terre, de son côté, offrait le fruit de ses entrailles, la lave brûlante, cet infernal fumier, béni ou maudit, tantôt invisible, tantôt sous la forme d'une suie noire et collante qui planait depuis des millions d'années au-dessus de ce paysage. Oui, c'était peut-être cela, le miracle.

Mais pouvait-on vraiment en vivre ?

17

Peut-être la mer permettait-elle de vivre. Ainsi, les riverains, las de végéter sur un sol à la fois magnanime et mystérieusement avare, prenaient-ils quelquefois la mer avec leurs barques, leurs filets, leurs harpons et leurs grenades à main, emmenant avec eux des Anglaises et des Américaines en quête d'aubes et de crépuscules magiques, de mandolines et de chants doucereux. Mais les Anglaises, mal loties en devises, marchandaient avant d'embarquer et ne pouvaient guère rémunérer certains services que leur proposaient en pleine mer les bateliers. Les Américaines, elles, mieux pourvues et plus dépensières, séduites par les charmes de l'aurore et du couchant, et satisfaites des prestations des bateliers, étaient toujours prêtes, sans même qu'on le leur demandât, à payer un supplément.

La mer savait tout. Et ceux qui étaient nés ici connaissaient ces eaux nourricières que l'on sillonnait à bord de vieilles embarcations, lentes, chuchotantes et sournoises comme les voleurs qui s'avancent, en catimini, à travers les jardins avant de s'introduire dans les maisons. La mer offrait des coins d'ombre dont la fraîcheur incitait à la sieste, elle recelait de petits cratères brûlants, sources, tel le feu qui couve sous la cendre, de brusques bouffées de chaleur. La casquette ramenée sur les yeux, ramant avec la plus extrême vigilance, le navigateur scrutait les mystérieuses voies sous-marines, les sentiers, les ruelles, les lieux-dits, les cachettes où s'accrochaient pics et harpons, d'invisibles rochers couverts de mousse dont les replis permettaient de dissimuler le butin à faire grossir : joyaux, armes ou corbeilles remplies de crustacés. Parfois, la mer se montrait vieille, grincheuse, lasse et acharnée, mais capable, en l'espace d'une nuit, de rajeunir, de dévoiler sa face triomphante, écumante et fougueuse, sa face infinie et sans cesse renouvelée. On ne craignait pas la mer. Bien sûr, elle était toujours dangereuse, même quand, huileuse et inanimée, elle semblait s'assoupir sous les draps gris sale que formaient les couches d'air brûlantes. C'était peut-être en ces moments-là qu'elle était la plus menaçante : en se réveillant soudain, hurlant et secouant les poings, elle inspirait la terreur. Mais en réalité on ne la craignait pas : elle incarnait une fatalité familière qu'il fallait accepter. Tout ensemble salle de bains et territoire d'aventures, temple et maison de passe, elle charriait mille objets insolites, préservatifs, excréments humains, oranges, bandages herniaires ; elle était utérus et fosse d'aisances, tombeau et scène où se jouait en permanence un opéra aussi sauvage que sentimental. Voilà pourquoi on l'aimait, même lorsqu'elle se montrait cruelle et capricieuse. Tout comme ses riverains, la Méditerranée était tantôt silencieuse, tantôt bavarde, tantôt courtoise et langoureuse, tantôt féroce, capable de trancher la tête des hommes, comme, dans le feu de la bagarre, ceux-ci sectionnent d'un coup de dent le nez de leurs adversaires. En vérité, elle n'avait pas encore dit son dernier mot, ce qui ne laissait pas d'inquiéter. Depuis des millions d'années, elle mordait à chaque seconde quelques millimètres sur la terre. Dans la baie de Marechiaro, théâtre de perpétuelles transformations, les nageurs évoluaient au-dessus des fondements et des colonnades des maisons construites à l'époque de la Rome antique. En deux mille ans, le niveau de la mer s'était élevé de deux mètres. À la fois létale et nourricière, elle incarnait le risque, l'impondérable, l'ouverture au monde.

On la respectait, oui, mais on ne la craignait pas. On la traitait familièrement, on lui adressait d'antiques prières païennes, déguisées plus tard en suppliques catholiques, car on redoutait aussi bien Poséidon, sa vieille divinité, que les saints de la nouvelle religion, susceptibles de se mettre en colère devant ces pratiques impies. On la priait, puis on allait cracher et uriner dans ses eaux. Au fond, la mer représentait bien plus que la simple promesse d'une pêche abondante ou le risque d'une noyade mortelle. Toutes les nuits, des pêcheurs braconniers y jetaient leurs grenades, les eaux furieuses murmuraient alors avant de beugler et d'arracher quelquefois la main d'un pêcheur maladroit. Les manchots étaient nombreux sur la côte, mais ils estimaient avoir payé leur tribut à la mer et ils n'hésitaient pas à recommencer. On disait que la mer leur pardonnait et qu'elle assurait une bonne pêche à ceux qui emmenaient un accidenté dans leurs barques. Près de la côte, des sources iodiques, sulfureuses ou ferrugineuses jaillissaient du fond des eaux et les pêcheurs quittaient leurs barques pour s'y immerger, car leur chair leur rappelait qu'ils en étaient issus, que c'était là leur seconde patrie, et qu'ils y retourneraient un jour, tout comme, dans son rêve, l'homme adulte retrouve mystérieusement le liquide amniotique protecteur de sa génitrice. Limitée seulement par ses côtes, la mer offrait d'infinies possibilités : le contrebandier pouvait, en une seule nuit, à bord d'une barque à voile et poussé par le vent d'ouest, gagner la baie de Tunis et, de là, à travers l'océan Atlantique, des continents lointains qui lui assureraient de nouvelles chances et de nouveaux refuges : amours, trafic de drogues, déforestation, Légion étrangère… Oui, la mer promettait tout cela. Elle transportait les paquebots de croisière, que les touristes, munis de leurs chéquiers, délaissaient pendant les escales, permettant à quelques petits malins de leur vendre avec un sourire affable pacotilles et colifichets, des paysages dont les natifs ne voulaient plus, des filles et des garçons qu'ils aimaient gratuitement et, à bon prix, des mets et des boissons agréablement présentés mais de piètre qualité. Le soir, la mer échangeait alors avec les riverains un clin d'œil complice.

Oui, ils connaissaient la mer et ne la craignaient pas. Pourtant, cette année-là, en apprenant, un jour de juin, à quatre heures de l'après-midi, qu'une tornade venant d'Afrique, une *tromba marina*, se rapprochait par bonds successifs de Marechiaro, ils poussèrent des cris de lamentation. Une chaleur de plomb régnait depuis le début de la matinée, l'air sentait le séisme, la fumée âcre, la lave et la charogne. Même les mimosas empestaient. Venus sur le Pausilippe avec leurs camions dotés d'échelles pour réparer des câbles détériorés, les employés d'une entreprise de téléphone s'étaient mis à crier à deux heures de l'après-midi, puis, se jetant sur le sol, ils s'étaient endormis, à moitié évanouis. Tapis dans la pénombre de la cave aux parois calcaires, au milieu des tonneaux en bois de châtaignier, en bras de chemise et coiffés de leurs casquettes à visière, le marchand de vin et le pêcheur épiaient le silence. Tous les natifs de la côte pressentaient, par leurs nerfs et par leurs viscères, que ce jour-là il se produirait quelque chose d'extraordinaire : un tremblement de terre, l'éruption du Vésuve, ou l'annonce par la radio de l'invention d'une nouvelle bombe ou de la mort du pape. Dans le silence torride, âcre et oppressant, l'Événement guettait, toutes griffes rentrées, comme sur la côte d'en face, au fond des jungles d'Afrique, le lion ou le léopard. Voilà, on attendait la venue du lion, on attendait l'Événement, une sorte de miracle – qui pouvait aussi bien prendre la forme d'un porte-monnaie perdu par des amoureux, et retrouvé par les autochtones sous les pins parasols du Pausilippe, que celle d'un décret utile et judicieux concocté par les autorités. Mais on n'y croyait guère… Autant imaginer que, derrière leurs vitrines, tous ces saints de foire se mettent à agiter brusquement leurs mains de bois, à perdre leur sang – et que, d'un seul coup, tout se transforme, que les hommes retrouvent enfin leur dignité et le monde son harmonie… Oui, chacun attendait quelque chose de plus – une chance supérieure à celle qu'offraient les Américains, les saints, les courses hippiques, le totocalcio ou le communisme. Ce jour-là, à quatre heures de l'après-midi, devant les colonnes d'air gris sale de la *tromba marina,* les cris de lamentation saluèrent la fin d'une période d'impuissance avachie : quelque chose allait – enfin ! – se produire dans leur vie.

Tout aussi inquiétante était la lumière. Dès le matin, le ciel s'était couvert de nuages crasseux, gris et bruns. Vers midi, ceux-ci virèrent au noir, dissimulant un soleil invisible et oppressant. S'alignant sur la *terrazza,* le peuple des *bassi* écoutait, muet, les lamentos qui montaient de la plage. Le marchand de vin baissa, à toutes fins utiles, le rideau de fer de sa cave. Le baron et l'amiral coururent vers le café. On vit d'abord plusieurs colonnes de vapeur jaillir de la mer, mais, dans ce silence redoutable et sinistre, on n'entendait plus souffler le vent, qui, sans le moindre bruit, semblait maintenant se déchaîner sous les eaux. Les colonnes avançaient à grande vitesse vers les cabines sur pilotis de Marechiaro, qui rappelaient les huttes indigènes des îles Fidji. Tout à coup, le raz-de-marée se rua sur les cabines et anéantit tous les pilotis. Alors, les badauds sur la plage éclatèrent en sanglots. Communiquant avec les nuages par un tuyau en forme d'entonnoir, une colonne de vapeur semblait en tirer, comme d'un biberon, l'énergie qui alimentait sa rage. Une autre colonne heurta les rochers de la côte et se brisa en mille éclats de cristal. Titubant, dansant, décrivant des cercles, deux autres colonnes balayèrent la mer et se dirigèrent vers Salerne.

Tous étaient blêmes – à cause, aussi, de cet éclairage diabolique. L'amiral entra dans le jardin du café *L'Alouette* et, les mains tremblantes, alluma une cigarette. Debout sur le seuil, le vieux patron, la main en visière, surveillait la mer. Tous se taisaient, en experts. Et dans ce silence retentit soudain, venant des profondeurs de la plage, des masures de Marechiaro, des ruines des villas de Lucullus et de Virgile, le chœur des lamentations. À vrai dire, ce n'était plus ni chant, ni plainte, on aurait dit la voix du vent invisible et impalpable, la voix du vent sous la terre et sous la mer. Le chant lointain, à la fois attirant et plaintif, couinant et balbutiant, des sirènes parmi les rochers des îles Galli, près d'Amalfi. La voix d'un peuple qui avait supporté son sort en silence pendant des millénaires et qui se décidait tout à coup à prendre la parole. Toujours scandées, ces psalmodies rappelaient les vociférations, avant l'extase, de certaines peuplades en transe, exécutant leur rite païen, à l'instant où le naturel bascule dans le surnaturel, le quotidien dans la fatalité. Ces lamentos, ces chœurs gémissants retentissaient sur la côte et comme la mer était silencieuse – immobile, presque évanouie, elle faisait le gros dos cependant que s'agitaient ces monstres priapiques –, le chant semblait à la fois obscène et mystique, comme toujours en ces moments où l'émotion humaine rencontre la cruelle, la funeste indifférence de la nature.

– Un tremblement de terre, lâcha l'amiral.

Les narines dilatées, il humait l'air, tout en feignant l'assurance, cillant, papillotant, comme s'il se trouvait sur le pont d'un navire de guerre. Après tout, il était expert en la matière : n'était-il pas amiral ? N'était-ce pas sur la mer que se produisait cette chose extraordinaire ? Et pourtant, nul ne lui prêtait attention.

– Ce n'est pas un tremblement de terre, répondit le baron. C'est sous la mer qu'il se passe quelque chose. L'éruption d'un volcan sous-marin, rien d'autre, précisa-t-il comme en passant. Pline l'ancien a déjà décrit ce phénomène.

Mais il était blême.

Sans se lancer véritablement dans une discussion, chacun exprima son opinion. Ils ne savaient pas vraiment ce qui se passait mais, d'une certaine façon, ils le comprenaient. Torturée par une immense crampe, la mer se mettait à plat ventre, laissant le sombre entonnoir se précipiter vers Salerne. Sur la côte, les lamentations avaient pris le rythme d'un chant liturgique. Quelques-uns s'en allèrent trouver le pêcheur manchot et le supplièrent de faire un miracle : il était de notoriété publique que cet homme-là savait apaiser la mer démontée, car il connaissait les paroles capables de réduire la *tromba marina* à l'impuissance. Ramenant sa casquette sur le front, l'homme, d'un geste napoléonien, glissa son moignon entre sa veste et sa chemise. L'instant était dramatique. Entouré de femmes avec leurs enfants sur les bras, du marchand de vin et des fleuristes clandestins du sommet de la colline, le pêcheur ne disait ni oui ni non, il se taisait s'un air grave, semblable aux saints à qui l'on demande l'impossible.

Dans le silence de la mer, dans cet air qu'aucune brise ne venait plus agiter, les lamentos se répercutaient avec une force saisissante. Villa Ricciardi, les cloches de l'église sonnaient à toute volée, confusément, en désordre. Dans un immeuble, on sonna à la porte d'un appartement.

Tête nue, ses cheveux teints auburn collés à son front, l'étrangère se tenait debout sur le seuil. Soulevée par un brusque courant d'air, son écharpe flottait sur ses épaules. Chaussée de mules, elle avait les yeux gris bleu.

– Excusez-moi, fit-elle.

Elle entra.

– Je suis venue chez vous parce que vous êtes étrangers, tout comme moi.

Elle prit place et alluma une cigarette. Un éclair embrasa le ciel et lui conféra un aspect insolite.

– J'avais très peur, dit-elle. (La cigarette tremblait dans ses mains.) Pas à cause de la tempête. Lui… il est parti ce matin.

Elle parlait d'une voix rauque. On sonna de nouveau à la porte. C'était le fonctionnaire chargé des réfugiés, un jeune homme à la peau blanche et aux cheveux roux.

– Mauvaise nouvelle, *signora,* souffla-t-il, embarrassé, tournant et retournant son chapeau dans ses mains.

Il baissa les yeux comme s'il avait honte de devoir jouer les oiseaux de malheur.

– *Brutta figura,* ajouta-t-il à voix basse.

L'étrangère se leva. Tous deux tournèrent leur regard vers la mer, désormais apaisée.

III

1

– Non, non, je ne peux pas envoyer ce rapport à Rome, lança le vice-questeur.

Il prit le dossier entre deux doigts et le rejeta, méprisant, sur le bureau, devant le jeune fonctionnaire aux cheveux roux.

– C'est pourtant la vérité, *commandatore,* objecta ce dernier.

– Mon ami, reprit le vice-questeur, vous êtes encore bien jeune. Apprenez que la vérité est une chose versatile.

Originaire de Caserta, le vice-questeur était un gros homme au nez charnu, aux yeux pétillants de malice, d'ironie et de bonne humeur.

– À Rome, expliqua-t-il patiemment, les gens ne sont pas stupides et notre ministère de l'Intérieur est le plus efficace de toute l'Europe. Nous sommes toujours polis et nous savons tout, n'est-ce pas ? Non, décidément, conclut-il d'une voix ferme, je ne peux pas envoyer ça à Rome.

Il remit le dossier au jeune homme qui se leva et, embarrassé, s'essuya le front.

– Que puis-je faire alors, *commandatore* ?...

La fenêtre donnait sur une place qui portait désormais le nom de Matteotti, cet homme politique assassiné par les sbires de Mussolini. Sur le mur, au-dessus de la tête du vice-questeur, un crucifix, sur le rebord de la fenêtre quelques pots de géranium. Sur la place devant l'orgueilleux édifice de la poste principale, construite à grands frais par les fascistes, la foule déferlait dans la lumière vive, dans un étincellement qui évoquait les vagues écumantes de la mer toute proche. Le vice-questeur contempla cette effervescence, secoua la tête d'un air désapprobateur, haussa les épaules, prit dans sa poche un paquet de cigarettes et en offrit une au jeune homme.

– Assieds-toi donc, lui dit-il calmement.

Ils s'assirent tous les deux.

– Et maintenant, dit le vice-questeur, raconte-moi tout. Tu comprends ? Tout.

2

– Je ne pense pas, commença le jeune fonctionnaire, non, je ne pense pas que nous puissions découvrir toute la vérité dans cette affaire. Il se peut que l'homme se soit suicidé, ou qu'il ait été assassiné. Peut-être était-il fou.

Il leva la main droite.

– À moins que ce ne fût un fasciste obligé de se planquer.

Pliant, de sa main gauche, l'index droit vers la paume, il poursuivit :

– Ou un communiste déçu, contraint à l'exil.

Il plia le majeur de la main droite.

– Ou encore un agent des rouges qui se faisait passer pour un réfugié.

Il plia l'annulaire.

– Ou un vrai réfugié qui avait peur de quitter l'Europe. À moins que…

Le jeune homme s'interrompit. Prenant son auriculaire dressé en l'air entre deux doigts de sa main droite, il répéta, désemparé :

– À moins que…

Le vice-questeur le regarda, souriant, puis haussant les épaules, rejetant la fumée de sa cigarette, il lâcha d'une voix rauque, sur le ton d'un adulte s'adressant à un enfant :

– À moins que ce ne fût un homme.

Ils rirent.

3

– La balustrade présentait une fêlure, commença le jeune homme. Le vent soufflait à une vitesse de quatre-vingts kilomètres à l'heure. Le belvédère surplombe un abîme de cent vingt mètres. Nous avons effectué toutes les mesures nécessaires. L'an dernier déjà, la municipalité avait recommandé la réparation de la balustrade. Cet endroit du Parco della Rimembrenza est particulièrement fréquenté, les guides y conduisent les touristes étrangers qui, tous, s'appuient sur le garde-fou. Mais à cette heure, par temps venteux, l'endroit est à peu près désert. L'an dernier, nous en avons chassé les mendiants, qui habitent au fond des grottes creusées dans les rochers. Cette année, pourtant, ils sont revenus. Ils affirment n'avoir rien vu. La tempête a déboulé brusquement, et ils se sont planqués dans leurs grottes, comme des mulots. Plus tard, ils ont vu qu'une partie de la balustrade s'était détachée. En bas, sur la plage, l'homme gisait, les bras en croix. L'un de ces vagabonds, celui qui vend des fleurs, a couru au bar le plus proche pour téléphoner. Avec le brigadier, nous nous sommes rendus tout de suite sur les lieux. Nous avons interrogé les témoins. J'ai dû avertir la *signora.* Ce n'était pas une chose agréable à faire, ajouta-t-il, à voix basse.

– Sa femme ? demanda le vice-questeur.

– Non, ce n'était pas sa femme. Ils étaient arrivés ensemble et ils logeaient dans le même appartement. Mais ce n'était pas sa femme. Elle avait un visa pour les États-Unis, et lui un pour l'Australie. Ils allaient se séparer. Le bateau de l'homme devait partir le lendemain. La femme doit s'embarquer la semaine prochaine. Ils avaient donné congé à leur logeur. Nous avons fait l'inventaire. Ils habitaient un appartement de quatre pièces en bas de Marechiaro, non loin de l'église. Ils payaient le loyer ponctuellement. Mais ils n'avaient plus beaucoup d'argent. Dans la pièce qu'habitait l'homme, nous avons trouvé au fond d'un des tiroirs du bureau, à côté du billet pour le bateau et des papiers d'identité, un portefeuille avec trois cent soixante dollars. Le brigadier a pris cet argent en dépôt. Que devons-nous en faire, *commandatore* ?

Le vice-questeur haussa les épaules.

– Remettez-le à la femme. Mais en douce, sous le manteau, précisa-t-il calmement. Sous le manteau, comprends-tu ? Pas la peine d'en parler. Si on entame une procédure de succession, elle ne touchera jamais cet argent.

Il réfléchit quelques secondes.

– Oui, donnez-le à cette femme, répéta-t-il nerveusement.

– D'accord, acquiesça le fonctionnaire, nous avions pensé la même chose.

– Demande-lui un reçu, ajouta le vice-questeur.

Il se pencha en avant et questionna le jeune homme, sur un ton confidentiel :

– Comment est-elle, cette femme ?

– Elle n'est plus toute jeune, répondit le fonctionnaire. Mais c'est encore une femme…

– Je comprends, opina le vice-questeur.

Les deux hommes échangèrent un regard entendu.

– Qu'avez-vous trouvé dans l'appartement ?

– Il avait trois complets un peu usés, mais d'une coupe parfaite, et d'un bon tissu. Un loden comme on n'en porte pas chez nous, sauf les Tyroliens dans le Nord, à Bolzano. C'est tout. Une raquette de tennis fabriquée en Angleterre et un appareil de photo allemand. Et pourtant, il ne jouait pas au tennis et il ne prenait pas de photos non plus. Il avait aussi une machine à écrire avec les caractères de son pays. Ces gens-là sont curieux, savez-vous. Ils tiennent aux accents.

Le vice-questeur tiqua.

– Je ne comprends pas. De quels accents parles-tu ?

Le jeune homme haussa les épaules.

– Des accents, en général. Ces gens-là, qui viennent de derrière le rideau de fer, ils tiennent aux accents. À

Bagnoli, là où on fait leurs papiers, ils les réclament à cor et à cri. Sans doute, dans leur pays, les accents sont-ils importants. Leurs noms portent en effet des accents et d'autres signes, d'ailleurs, sur les voyelles et même sur les consonnes. D'autres signes qui ressemblent à des accents… Les Hongrois ont les leurs, les Roumains, les Tchèques et les Polonais aussi. Et ils y tiennent. Un jour à Bagnoli, j'ai vu un avocat tchèque qui serrait les poings de rage : il avait reçu son visa d'entrée pour les États-Unis, mais il voulait retourner au consulat pour y faire mettre les accents sur son nom. Il y attachait une grande importance. Un jour, lorsqu'ils n'ont plus rien sur cette terre, ces réfugiés s'aperçoivent qu'ils sont même privés de leurs accents, qu'ils ne sont plus tout à fait ce qu'ils étaient avant. C'est pourquoi ils trimbalent à travers les continents leurs vieilles machines à écrire délabrées, avec leurs caractères à accents.

– C'est bien possible, marmonna le vice-questeur. L'accent fait partie de leur personnalité et s'ils le perdent, c'est un peu comme s'ils se reniaient. Avait-il des livres ?

– Très peu. Surtout des dictionnaires – italien-français, anglais-allemand, français-espagnol. Ces gens-là apprennent le monde en potassant les langues. Comme ils n'ont plus ni accents ni langue maternelle, ils parlent et lisent dans toutes sortes de langues. Celui-là était un savant, ajouta-t-il sur un ton indifférent.

Le vice-questeur hocha la tête.

– Je sais bien, répondit-il. Il était d'ailleurs membre de plusieurs sociétés savantes. Rome nous avait ordonné de le protéger. Ce qui lui est arrivé nous met dans une situation embarrassante. Il avait encore un nom dans le monde, comprends-tu ? Avec ou sans accents, il était encore quelqu'un. Quels autres livres possédait-il ?

– Une Bible, dans sa langue maternelle. En italien, il n'avait que deux livres.

– Voilà qui est intéressant, s'exclama le vice-questeur. (Un éclair apparut dans ses yeux.) Quels sont ces deux livres ?

Le jeune homme tira de sa poche un carnet aux pages écornées, le feuilleta et lut en détachant les syllabes :

– Pico della Mirandola.

Il leva les yeux.

– C'est le nom d'un des auteurs, ajouta-t-il.

– Eh !.. fit le vice-questeur.

– *De hominis dignitate,* épela le fonctionnaire.

– Je comprends, répondit le vice-questeur. Pas mal, comme titre, précisa-t-il en riant.

– L'autre livre est un recueil de poèmes, reprit le fonctionnaire. Un petit format, imprimé à Florence. *Rime ey lettere,* énonça-t-il en déchiffrant. De Michelangelo Buonarotti.

Les yeux papillotants, il esquissa un sourire embarrassé et remit le carnet dans sa poche.

– *Commandatore,* s'étonna-t-il, j'ignorais que Michel-Ange avait écrit des poèmes.

– Des poèmes brefs, commenta négligemment le vice-questeur. Mais ils sont plutôt bons. Ce sont ces deux livres qu'il aurait emmenés en Australie ?

– Apparemment, répliqua le fonctionnaire, d'un air soucieux. Et les dictionnaires. Que dois-je en penser, *commandatore* ?

Le vice-questeur frotta son menton mal rasé.

– Il ne faut jamais penser. Contente-toi d'observer. Qu'avait-il encore ?

– Comme effets personnels ? demanda vivement le fonctionnaire. Peu de choses. Un sablier, non, pas une vénérable antiquité, un sablier tout à fait moderne dans le genre de ceux qu'on utilise à la poste pour mesurer la durée des conversations téléphoniques. Un truc à deux sous. Il l'avait déjà mis dans ses bagages. Ensuite, une boussole. Un couteau suisse avec un tire-bouchon. Un objet rectangulaire en céramique, qu'on peut accrocher au mur. La *signora* m'a dit qu'il l'avait acheté à Assise. Mais ça n'a pas beaucoup de valeur. L'image représente saint François s'adressant au loup et au feu. *O beata solitudo,* dit le texte qui l'entoure.

– *O sola beatitudo,* fredonna le vice-questeur.

Les deux hommes échangèrent un regard.

– Il avait un fume-cigarette muni d'un filtre, ajouta l'agent à voix basse. Et un vieux calendrier en une langue étrangère, dont toutes les pages précédant celle de la journée du 11 avril 1948 avaient été arrachées. Puis, dans une enveloppe, un ticket de tramway poinçonné, utilisé sans doute dans une ville derrière le rideau de fer. Et quelques cravates, pas aussi belles que celles, en soie colorée, que l'on vend chez nous. Et aussi vingt grammes de morphine.

Le vice-questeur dressa l'oreille.

– Il était morphinomane ?

L'agent secoua la tête.

– D'après la *signora,* il n'avait jamais pris de morphine. Lors de l'autopsie, on n'a trouvé aucune trace de piqûre sur sa peau.

– Même pas sur le cuir chevelu ?

– On lui a rasé le crâne : pas une seule trace de piqûre sur la tête. Ni sous les aisselles, ni ailleurs. Il n'était pas morphinomane. La *signora* dit qu'il gardait la morphine en prévision…

– En prévision de quoi ? demanda calmement le vice-questeur.

L'agent baissa la tête. Les yeux rivés sur le bout de ses chaussures, il répondit, tout aussi calmement :

– C'est bien là le hic, *commandatore.* Si j'avais su répondre à cette question, j'aurais rédigé un tout autre rapport.

Il soupira.

– La morphine était périmée, ajouta-t-il rapidement, sur le ton d'un expert compétent. Je l'ai fait analyser : elle avait trois ans. Il l'avait apportée de son pays. Il avait aussi une seringue. La vieille morphine n'agit pas forcément…

– Je sais, dit le vice-questeur, toujours aussi impassible. Elle provoque des vomissements. Qu'est-ce que la femme t'a encore dit à propos de la morphine ?

– Elle n'a rien voulu dire de plus. De toute façon, *commandatore,* dans le cas présent, la morphine ne prouve strictement rien. S'il avait voulu se suicider, il aurait été plus simple et plus confortable de le faire avec de la morphine qu'en se jetant du haut d'une falaise de cent vingt mètres et de s'écraser sur la plage. Même de la morphine périmée aurait fait l'affaire. Il lui aurait suffi de louer une chambre quelque part à Salerne ou à Sorrente, et de s'administrer la morphine avant d'aller se coucher. Il aurait été sûr de mourir avant le lendemain matin, même si la morphine l'avait fait vomir. On a eu un cas semblable, l'an dernier, vous en souvenez-vous, *commandatore* ? Ce Juif polonais qui n'avait pas voulu émigrer en Israël. Un cas intéressant, murmura-t-il, comme pour lui-même. Cinquante-trois ans, rescapé des camps, titulaire d'un visa d'émigration… et il s'est suicidé avec de la vieille morphine dans la semaine qui précédait le départ de son bateau. C'était un soldat allemand, figurez-vous, qui lui avait donné la morphine à Auschwitz. Eh bien, il avait attendu cinq ans avant de se l'injecter dans une veine de son bras droit. Juste avant le départ, comme celui-là. Vous vous en souvenez, *commandatore ?*

– Bien sûr, acquiesça le vice-questeur.

– Mais pourquoi ? demanda tout à coup l'agent sur

un ton puéril. Un homme, un rescapé d'Auschwitz, qui aurait pu se rendre en Israël – pourquoi se suicide-t-il ?

Le vice-questeur réfléchit.

– Peut-être, répondit-il avec lenteur, peut-être parce qu'il avait survécu à Auschwitz, justement.

Chacun alluma une cigarette. Ils parlaient doucement.

– Peut-être, soupira l'agent, soucieux. Ni l'un ni l'autre n'ont laissé de lettre. La veille, celui-là et la *signora* étaient allés à l'Opéra. Ils avaient pris les places les moins chères, au poulailler. On jouait *La Tosca*, avec Tebaldi. Ensuite, ils ont soupé à *La Finestrella.* Dans l'après-midi, il s'était rendu en ville. Il cherchait le *padre,* mais il ne l'a pas trouvé.

– Le franciscain ? interrogea le vice-questeur en pointant, du bout de son fume-cigarette, le rapport sur le bureau.

– Padre Carmini, répondit l'agent. Déjà, l'an dernier, j'avais signalé qu'ils se connaissaient, ces deux-là.

– L'as-tu interrogé ? demanda le vice-questeur.

– *Commandatore*, répliqua l'agent d'une voix rauque, moi, je ne touche pas aux prêtres. Mais j'ai consulté son dossier. Venu de Milan, il vit ici depuis six ans. Il travaille en bibliothèque. Il a fait la connaissance de ce réfugié il y a plusieurs années, avant même de venir à Naples, lors d'un congrès qui s'est tenu à Rome. C'est tout ce que le *padre* m'a dit. Moi, je ne touche pas aux prêtres, répéta-t-il avec fermeté, en secouant la tête.

Le vice-questeur rit.

– Tu as donc peur des prêtres ? Déjà, sur cette terre ?

– Je ne sais pas, répondit l'agent.

Son regard sombre exprimait une sorte de défi enfantin.

– En tout cas, je ne les touche pas. Hier, sur le Pausilippe, j'ai fait nettoyer deux pans de mur, ajouta-t-il brusquement.

Le vice-questeur haussa les épaules.

– Notre peuple est anticlérical, fit-il, pédagogue, mais ce n'est pas une raison pour avoir peur. Qu'y avait-il sur ces murs ?

– Le slogan habituel, vous savez. *Evviva la religione. I preti in prigione.* Le *padre* était venu à la préfecture et nous avait demandé de l'effacer.

Les bras croisés sur la poitrine, les deux hommes se regardaient.

4

Le jeune fonctionnaire haussa les épaules.

– En réalité, tout ce qu'on touche ici est obscur. Les prêtres se taisent, les communistes aussi. Chacun est au courant des faits et gestes de ses voisins, mais chacun se tait. Les étrangers qui circulent aujourd'hui en Italie ne sont plus comme ceux d'autrefois. Il y a toujours eu des originaux, des Anglais, des Américains surexcités, des Hongrois, des Allemands qui, venus en touristes, ont fini par rester. C'étaient la plupart du temps des fous, ou des savants ou des écrivains. Quelques peintres aussi. Avec ces gens-là, tout était plus facile. Pendant la guerre, des Juifs sont arrivés d'Autriche et de Yougoslavie. Nous les avons sauvés. Bien sûr, on les engueulait, bien sûr, on les mettait dans des camps, mais c'était pour éviter que les Allemands s'en mêlent. Oui, nous les avons sauvés. Mais à présent, ils s'énervent, ils veulent aller ailleurs. Au camp de Bagnoli, il y a deux sortes de réfugiés, les vrais et ceux qui un jour ont décidé de l'être. Nos vieux exilés, ceux qui vivent ici depuis des années, sont inquiets. Ils disent qu'ils ne sont pas de simples étrangers autorisés à séjourner en Italie, mais des réfugiés. Et ils partent, sans savoir où aller... Ils s'inscrivent d'abord pour un départ vers le Brésil, puis ils changent d'avis la nuit suivante, se rendent le lendemain au consulat du Chili, avant de se décider finalement pour l'Australie... Il fut une époque où j'allais tous les jours au camp, parce que le brigadier me demandait de consulter certains dossiers... Ah ! ces dossiers, *commandatore* ! Comment savoir la vérité sur les gens ! Il y a trop de pays lilliputiens en Europe et trop de réfugiés ! Pas étonnant si certains consuls d'Amérique ou d'Australie se méfient. Est-ce que je sais, moi, ce qui s'est passé au Paraguay au cours des dix dernières années ?

– Mon enfant, dit patiemment le vice-questeur, nous ne savons même pas ce qui s'est passé en Italie au cours des dix dernières années. Continue !

– Au Chili, il s'est certainement passé quelque chose, répondit l'agent, inquiet. Le consul a refusé son visa à un acteur lituanien. Pour émigrer au Chili, il faut mesurer au moins un mètre soixante-dix.

Le vice-questeur inclina la tête en signe d'assentiment.

– Comme Frédéric le Grand, précisa-t-il. Qu'est-il devenu, ce comédien lituanien ?

– Il s'est inscrit pour le Canada, mais là aussi sa demande a été refusée. L'examen médical a révélé qu'il avait le foie trop dur. On ne peut pas émigrer au Chili quand on ne mesure pas un mètre soixante-dix. On ne peut pas aller au Canada quand on a le foie trop dur. Un Russe n'a pas pu obtenir son visa d'entrée aux États-Unis, parce qu'il est né à Saint-Pétersbourg. Il n'avait pourtant que deux ans lorsqu'il a quitté cette ville avec ses parents… Devant la commission, il a protesté. Leningrad, ce n'est tout de même pas la même chose que Saint-Pétersbourg ! a-t-il crié. On a inscrit sa protestation dans le procès-verbal. Mais ce genre de vérification prend du temps et il peut se passer beaucoup de choses en attendant…

– Je comprends, acquiesça le vice-questeur, sur le même ton paisible. (Il expira la fumée de sa cigarette et suivit du regard les volutes.) Qu'as-tu vu d'autre dans ce camp ?

– Dans un premier temps, les réfugiés se comportent comme s'ils savaient ce qu'ils voulaient. Ils se croient encore maîtres de leur sort.

L'air grave, les bras croisés sur la poitrine, l'agent se renversa dans son fauteuil.

– Ils se présentent devant différentes commissions, poursuivit-il, ils déclinent leurs noms, leurs qualités, leurs professions. Puis ils passent l'examen médical, avec prise de sang et analyse d'urines. Cela les perturbe un peu. Il y a parmi eux des professeurs d'université et des prêtres qui ne comprennent pas vraiment pourquoi, quand on cherche une nouvelle patrie, il faut commencer par uriner.

– C'est là une réaction nerveuse, expliqua patiemment le vice-questeur. Les grandes puissances veulent savoir ce que ces gens ont dans les tripes, dans les reins et dans le sang.

– La Norvège, objecta l'agent avec empressement, la Norvège accepte même les vieux, même les poitrinaires.

– La Norvège, fit remarquer le vice-questeur, d'une voix douce, toujours pédagogue, la Norvège peut se permettre de se montrer généreuse, parce que c'est un petit pays, pauvre de surcroît. Nous non plus, nous ne demandions pas – et nous ne demandons toujours pas, d'ailleurs – les analyses de sang et d'urine ou les radioscopies des réfugiés… parce que l'Italie peut se le permettre. Mais les grandes puissances ne sont pas logées à la même enseigne. Elles sont obligées de veiller à tout cela, car elles ont quelque chose à perdre.

– Possible, soupira l'agent. C'est possible, *commandatore.* Mais ces gens-là, eux, n'ont plus rien à perdre, sauf leur personnalité. Je ne sais pas si je m'exprime bien. Ils ont déjà perdu leur foyer, leur famille, leur pays et leur langue maternelle, et maintenant, depuis qu'ils vivent à l'étranger, ils commencent à se dépouiller de leur personnalité. Une étrange inquiétude les envahit peu à peu. Un jour, ils comprennent qu'avec ou sans accents ils n'ont même plus de noms à eux, oui, que leurs noms ne comptent plus, qu'ils sont réduits à une empreinte digitale ou à un numéro de dossier. C'est là une chose pénible. J'ai observé, *commandatore,* que ces étrangers deviennent terriblement nerveux lorsqu'ils se rendent compte que leur nom et leur personnalité ne signifient plus rien pour le monde. Beaucoup d'entre eux s'en formalisent. Certains ne comprennent pas pourquoi on prend leurs empreintes digitales, comme s'ils étaient des criminels, alors qu'ils ne sont que des réfugiés – des réfugiés qui ont quitté leur pays pour obéir à leur conscience.

– Peut-être l'humanité tout entière est-elle criminelle, commenta le vice-questeur, l'air grave. Tu comprends ? Tout le monde ! Et si toute l'humanité est criminelle, il faut prendre toutes les empreintes digitales. Ce qui n'est pas une chose impossible, déclara-t-il avec un sourire satisfait.

– L'orchestre aussi est criminel, alors ? demanda l'agent, sur un ton distrait et naïf.

– Quel orchestre ? s'étonna le vice-questeur, un peu surpris.

– L'orchestre tchèque. Ces quatorze musiciens qui ont traversé ensemble la frontière, de nuit, avec leurs instruments, la contrebasse, les flûtes et tout le toutim… Au camp, ils restaient toujours ensemble, les mains serrées sur leurs instruments. Au moment de la prise de sang, ils se tenaient encore tranquilles. Quand il a fallu uriner, certains ont commencé à rouspéter. Mais dès qu'il s'est agi de prendre leurs empreintes digitales, ils se sont tous révoltés. Nous sommes des musiciens, pas des malfaiteurs, ont-ils crié. Il a fallu appeler la police, qui les a emmenés. Ils n'ont toujours pas de visas, parce qu'ils sont considérés comme suspects. Maintenant, cela fait bien huit mois qu'ils moisissent au camp. Tous les jours, ils répètent. Ils jouent des airs de *La Fiancée vendue* de Smetana.

Le vice-questeur hocha la tête d'un air désapprobateur.

– Pourquoi pas Verdi ou Cimarosa ? Rappelle-leur donc qu'ils sont en Italie.

– Il n'est pas sûr que ces gens-là veuillent regagner leur pays, continua brusquement l'agent, assombri. Les réfugiés d'autrefois voulaient se faire rapatrier. Pour se venger, certes, mais quand même… Les nouveaux réfugiés ne pensent qu'à reprendre la route pour aller le plus loin possible. Certains potassent même toute la journée la carte de la Nouvelle-Zélande. Un peintre bulgare, par exemple, a lu tout ce qu'on peut trouver sur ce pays. Il veut y aller, parce que, dit-il, c'est le bout du monde. D'autres vont en Australie aux frais du Haut-Commissariat aux réfugiés. Pendant la traversée, ils dorment sur le pont. Au bout de six mois, ils reviennent en Europe. Pas moyen de les expulser, aucun État ne veut plus les laisser entrer…

Le vice-questeur acquiesça.

– Il faut faire très attention à ceux-là. Ceux qui reviennent en Europe sont des récidivistes. Il faut les interner à Frascati. Combien sont-ils au camp de Bagnoli, déjà ?

– Quatre mille trois cents, répondit l'agent avec une précision toute militaire.

– Et, à ton avis, combien d'entre eux sont des réfugiés politiques ?

– Officiellement, ils le sont tous. Dans la réalité, très peu d'entre eux ont émigré pour être en paix avec leur conscience. Certains l'ont fait parce qu'ils avaient peur, tout simplement. Nombre de réfugiés considèrent l'émigration comme une aventure excitante. Mais d'autres, d'anciens nazis ou fascistes, craignent les représailles. D'autres encore ont perdu leurs terres ou leurs patentes, ou n'ont pas accepté le nazisme, ou le bolchevisme. Ils sont arrivés avec un passeport ou clandestinement, bravant les mines et les barbelés, alors qu'ils auraient pu rester chez eux. Mais ils jugeaient la situation incompatible avec leurs exigences morales…

– Quel pourcentage représentent-ils au juste, ceux-là ? questionna le vice-questeur, intrigué.

– Impossible de le savoir, répondit l'agent à voix basse. Il y en a, bien sûr, mais on ne peut pas évaluer leur pourcentage.

– Naturellement, opina le vice-questeur. Et celui-là, demanda-t-il en désignant le dossier, comment était-il ?

Silencieux, l'agent regarda par la fenêtre. Les deux hommes échangèrent un sourire.

– C'était un cas très particulier, rien à voir avec les pourcentages. Vous l'avez dit vous-même, *commandatore*.

5

– Quand je suis entré, reprit l'agent, il était assis au milieu du living, face à la porte-fenêtre ouverte qui donnait sur la terrasse. Il tenait un livre à la main. J'avais été introduit par sa femme de ménage. Ils n'avaient pas été prévenus de ma visite. Sans faire de bruit, je me suis arrêté sur le seuil. Il m'est difficile d'exprimer ce que je ressentais à ce moment-là – et d'ailleurs je n'en ai fait aucune mention dans mon rapport, car on m'aurait pris pour un fou et j'aurais certainement été viré sur-le-champ. À présent, je peux vous le confier : cet homme-là, disait-on, savait quelque chose. Les gens parlent souvent à tort et à travers : mais cette fois-là, ils croyaient vraiment que l'homme pouvait les aider. Ce genre d'information se répand rapidement. Sans aller jusqu'à prétendre qu'il pouvait faire des miracles, on disait qu'il n'était pas comme tout le monde, qu'il pouvait être utile. Bien sûr, ces racontars sont toujours dangereux. Je dois préciser aussi que l'homme, paradoxalement, ne jouissait pas d'une grande réputation. Notre peuple est extraordinairement méfiant, vous savez, sa crédulité n'est qu'un masque. Mais il est malheureux, superstitieux, il s'accroche à tous ceux qu'il croit capables de le secourir. Les imposteurs sont nombreux, naturellement, et nous les surveillons. À présent, je peux tout vous dire, *commandatore,* fit-il d'une voix rauque, en avalant sa salive. Ce dernier après-midi, je suis entré dans son appartement, je me suis arrêté sur le seuil de la grande pièce – et là, oui, j'ai compris que cet homme n'était pas un imposteur.

Ils parlaient tous deux avec douceur et d'une voix un peu âpre.

– Raconte ! lança le vice-questeur.

– Ce n'était pas un imposteur, voilà tout ce que je peux vous dire. D'abord, il ne promettait jamais rien. Ensuite, il ne demandait rien et n'acceptait ni argent ni cadeaux. Quand on fricote avec l'argent, on est toujours suspect, même si on en fait don aux pauvres ou aux hôpitaux. Mais celui-là n'a jamais demandé ni accepté le moindre argent. J'ai interrogé tous ceux qui lui avaient parlé un jour ou l'autre. Bien sûr, il recevait tout le monde, mais, contrairement à Padre Pio, il ne donnait jamais de conseils, il se contentait d'écouter et de sourire béatement. Et tous ceux qui venaient le voir repartaient rassurés, avec le sentiment que cet homme-là savait effectivement quelque chose. Eh bien, moi aussi, j'ai eu ce sentiment. Le jour où je suis allé le trouver, il avait un livre à la main, mais il ne lisait pas. À travers la fenêtre ouverte, on pouvait voir la mer, Pozzuoli et Ischia. L'appartement, vingt mille lires par mois, était pauvrement meublé – ni crucifix, ni images pieuses. L'homme avait fait ses bagages, son bateau partait le lendemain. Les valises étaient devant le lit, un vulgaire lit pliant en fer. Il portait un complet bleu marine, il était grave et solennel, sans doute parce qu'il allait partir pour l'Australie… ou se suicider. Voir cet étranger seul dans une pièce, prêt au départ, vêtu de son dernier costume convenable – c'était une chose mystérieuse. J'étais debout sur le seuil, je ne bougeais pas, lui non plus. Tout à coup, le policier s'est réveillé en moi. Je ne sais pas si je me fais bien comprendre. Notre métier est plutôt monotone, *commandatore.*

– Oui, répondit le vice-questeur d'une voix sourde. Le crime est toujours monotone. Seule la bonté est intéressante. Je suis content que tu l'aies compris. Continue.

– Toujours la même chose, reprit rapidement le jeune homme, reconnaissant. Le constat, les témoins, le mobile… Que je sois dans mon bureau à étudier les dossiers ou sur les lieux, j'ai toujours l'impression d'enquêter sur le même crime. Seuls, les noms varient…

– Et la qualité de l'enquête ! C'est là-dessus que tu dois porter toute ton attention, affirma gravement le vice-questeur.

– Je fais de mon mieux, admit l'agent, docilement. En effet, là-bas, sur le seuil, j'ai dressé l'oreille. Dans cette pièce il se passait indubitablement quelque chose.

D'abord, l'ordre y était parfait. Rien ne laissait supposer que l'homme qui habitait là s'apprêtait à partir pour l'Australie. Une vraie cellule monacale, avec juste quelques objets d'usage courant : un verre, une chaise. Ce dénuement, à vrai dire, constituait le premier signe suspect. Pas seulement parce que les bagages étaient bouclés… Le lendemain, après le suicide, nous avons défait les deux valises. Leur pauvre contenu n'y changeait rien : l'homme s'était débarrassé de tout superflu. Mais sa solitude était aussi émouvante qu'inquiétante. J'avais l'impression de me trouver devant la victime d'un vol avec effraction, pillée, dépouillée de tous ses biens.

– Des pays tout entiers ont été pillés, remarqua avec la même gravité le vice-questeur. Ne l'oublie jamais. Le pays de cet homme-là a d'abord été dévasté par les nazis, ensuite par les bolcheviques. Tu ne t'attendais tout de même pas à ce qu'il s'exile avec son piano.

– Non, bien sûr, répondit l'agent. N'empêche que, malgré le pillage généralisé, la plupart des réfugiés sont arrivés au camp avec des objets surprenants. Parmi tous ces bagages, j'ai vu une machine à coudre, elle appartenait à une Tchèque qui avait franchi la frontière nuitamment. Pas un de ces engins perfectionnés qui coûtent si cher, mais un truc à pédales, vieux et délabré comme on en vend aux marché aux puces. Elle a dû avoir beaucoup de mal à le trimbaler à travers les barbelés de la frontière allemande. Un Lituanien venu d'Allemagne est même arrivé avec un carillon. D'ailleurs, il l'a emporté en Nouvelle-Zélande où il a fini par s'établir. Certains sont venus avec des patins, d'autres avec un gramophone. D'étranges objets, sans grande valeur, qu'ils avaient pris avec eux au dernier moment et qu'ils gardaient anxieusement, comme si cette machine à coudre ou ce carillon représentait tout ce à quoi ils tenaient encore. Ils sont bien étranges, ces réfugiés, conclut-il, rêveur, d'une voix incertaine.

– Mais l'homme que tu es allé voir cet après-midi-là n'était pas arrivé avec une machine à coudre.

– Non, il n'avait que des objets d'usage courant et les quelques livres que nous avons trouvés par la suite. *Commandatore,* je suis bon catholique, ajouta-t-il, gêné, les yeux baissés. Mais je dois vous dire que je ne crois pas aux miracles, ni aux cérémonies qui les accompagnent, les quêtes, le sang de San Gennaro, etc. Bref, je ne crois pas à tout ça. Mais, en entrant dans cette pièce, j'ai compris qu'il s'y passait quelque chose d'extraordinaire. Pas un miracle… Je ne sais pas ce qu'est un miracle. Mais, tout à coup, comment dire… j'ai eu chaud. Comprenez-moi bien, *commandatore*, j'ai été envahi par une bouffée de chaleur, comme si je courais après ma respiration. L'homme aux cheveux grisonnants était d'une maigreur excessive. Assis au milieu de la pièce, face à la porte-fenêtre ouverte et à la mer, il ressemblait à un saint dans sa cage de verre. Le regard fixe, immobile, vous savez, comme nos saints à quatre sous, habillés par nos prêtres et qui regardent les fidèles avec leurs yeux de verre. Des figurines qui vous regardent ! Je ne crois pas aux miracles, répéta-t-il, passablement excité, mais pour la première fois j'ai compris qu'il se passait quelque chose dans cette pièce. Me comprenez-vous, *commandatore ?* demanda-t-il à voix basse, sur un ton presque humble.

– Peut-être, observa le vice-questeur d'une voix tout aussi confidentielle. Continue.

– Il ne bougeait pas, poursuivit l'agent. La femme était sur la terrasse, étendue sur sa chaise longue. Deux figures de cire. Officiellement, ils n'étaient plus là. L'homme, assis au milieu de la pièce, avait déjà, dans son esprit, quitté l'Europe. Les réfugiés portent ce sentiment sur leur visage. Ils ont l'air de s'être débarrassés de tout ce qui leur appartenait. Au Pausilippe et à Marechiaro, certains étrangers ne sont pas seulement des étrangers, mais des réfugiés sur le point de tout quitter. En haut de la colline habite un Autrichien. Un psychanalyste, dit-on. De quoi s'agit-il, *commandatore ?* questionna-t-il, curieux.

– Cela n'a pas d'importance, répondit le vice-questeur, magnanime. Ne t'en occupe pas. L'Italie est un vieux pays plein de sagesse qui pardonne tout.

– Je comprends, fit l'agent. Je vous en parle parce que, le lendemain, au moment de la tempête, c'est chez lui qu'elle a sonné. Et c'est là que je lui ai annoncé la mauvaise nouvelle. Mais, la veille, elle était encore sur la terrasse, dans sa chaise longue, indifférente à cet homme dont elle semblait très éloignée. Comme si elle n'était déjà plus là. L'homme s'est alors aperçu de ma présence, et il s'est retourné sur sa chaise. Il est resté silencieux, il ne m'avait encore jamais vu. Il se contentait de me regarder. C'est alors qu'il s'est passé quelque chose…

6

Très embarrassé, l'agent se frotta les paumes, puis se gratta le front.

– J'ai peut-être tort de vous en parler, commença-t-il doucement. Mais, vous comprenez, ça me travaille. Donc, il m'a regardé, sans se lever pour autant. Je me suis assis sur une chaise, en face de lui. J'étais tout simplement un policier chargé de contrôler un étranger. Je devais m'informer, avec la plus grande politesse, de la date exacte de son départ et lui retirer sa carte de séjour. C'est le règlement. Il faut veiller à ce que l'étranger ne puisse ni rester ni revenir un jour. Mais avec une grande politesse. Or, cette fois-ci, rien de tout cela… Je n'ai posé aucune question, je ne lui ai même pas demandé ses papiers. L'homme était dans cette pièce à moitié vide, la *signora,* immobile, comme si elle dormait dans sa chaise longue sur la terrasse. Et moi, tout à coup, je me suis mis à parler. Je lui ai tout raconté.

– Comment ça, « tout » ? interrogea le vice-questeur.

L'agent haussa les épaules.

– Tout. Je lui ai dit que j'habitais avec ma mère à Amalfi, que je voulais émigrer, mais pas en Amérique du Sud, qu'on ne me donnait pas de visa pour l'Amérique du Nord, parce que j'avais été fasciste. Mon père aussi. Mon frère cadet aussi. Nous n'avons jamais fait de mal à personne, bien sûr, mais nous avons été fascistes.

– Qu'a-t-il répondu ? demanda le vice-questeur, curieux.

– Rien. Assis au milieu de la pièce, un livre à la main, il se taisait. Les saints ne répondent jamais, *commandatore*, déclara l'agent en essuyant son front couvert de sueur.

– Tu crois vraiment que c'était un saint ? questionna encore le vice-questeur, calme et sérieux.

Dans le silence du bureau, on entendait les voitures qui passaient via Roma.

– Je ne le crois pas, répliqua l'agent. En fait, je ne crois pas aux saints, poursuivit-il, agressif.

Une lueur apparut dans ses yeux.

– Pourquoi lui as-tu parlé alors – si d'après toi ce n'était pas un saint ? continua logiquement le vice-questeur.

– Parce que c'était quelqu'un à qui il fallait parler. Des gens comme ça, ça existe. Il ne m'a pas répondu, mais il m'a écouté.

– Que lui as-tu raconté d'autre ?

L'agent baissa les yeux et regarda le bout de ses chaussures.

– Tout, vous dis-je. Je lui ai confié des choses que je n'avais encore jamais dites à personne. Je lui ai dit que… Mais je ne peux pas en parler ici, *commandatore.*

Il était blême et grave.

– Dans ce cas, tais-toi, fit le vice-questeur, grave.

Ils jetèrent un regard circulaire dans le bureau vide.

7

– À un moment, poursuivit l'agent sur un ton plus officiel, je me suis dit qu'il avait été assassiné. Par la femme. Ou par les communistes… Cet après-midi-là, comment dire… ni lui, ni son entourage ne correspondaient à l'idée qu'on se fait généralement de quelqu'un sur le point de partir, dans tous les sens du terme… Je veux dire par là qu'il ne donnait pas l'impression de vouloir quitter le lendemain non seulement l'Italie, mais tout… L'homme, son environnement, toute cette situation avait quelque chose d'étrange. Quant à elle… J'avais beau parler doucement, elle entendait tout. Et pourtant, je n'étais pas du tout gêné d'être entendu par une tierce personne : il me semblait qu'elle et lui formaient un seul et même individu. Elle était là, sur la terrasse, étendue sur sa chaise longue, et elle ne bougeait pas. Elle m'avait entendu entrer et parler, mais elle ne s'était pas levée pour me saluer ou pour fermer la porte-fenêtre afin que je reste seul avec lui. De temps en temps, le vent soulevait sa jupe autour de ses genoux et ébouriffait ses cheveux, sans qu'elle fît pourtant le moindre geste pour se recoiffer. Elle ne tournait pas non plus la tête vers moi lorsque je parlais. Ni plus tard, quand les autres sont arrivés.

– Quels autres ? s'enquit le vice-questeur à mi-voix.

– Bien plus tard, la nuit tombait déjà... Je ne sais pas combien de temps j'ai parlé. Nous avons en nous beaucoup de choses dont nous ne soupçonnons même pas l'existence. Lorsque les Américains ont débarqué, j'étais à Salerne. Je crois, fit-il brusquement, d'une voix rêveuse, le regard vague, semblable à l'enfant qui découvre tout à coup une vérité et la confie dans l'obscurité... je crois que tuer, c'est une chose assez simple...

Le vice-questeur posa les coudes sur la table, pencha sa tête chauve de côté et joignit les mains, comme s'il priait.

– Crois-tu ? demanda-t-il, sur un ton aussi mélancolique que confidentiel.

À son tour, le jeune fonctionnaire pencha la tête de côté. Il était blême et semblait exténué. Les deux hommes se regardèrent longtemps.

– À quoi penses-tu ? continua le vice-questeur à voix basse.

– En lui parlant, reprit l'agent, j'ai compris... Je m'adressais à un homme qui savait que le meurtre est une chose des plus simples. Ces intellectuels sont toujours dangereux, affirma-t-il brièvement, en élevant la voix, presque furieux. Plus dangereux même que les criminels patentés. On m'a envoyé en Calabre et en Sicile... mais vous connaissez mes antécédents, *commandatore.* Je crois que j'ai bien travaillé. Peut-être trop bien, ai-je pensé plus tard. Beaucoup de gens ont inauguré leur période de résistance en arrêtant les fascistes, puis en confisquant leurs livres. Ensuite, ils ont compris qu'il n'y avait pas seulement, en Italie, des fascistes et des livres fascistes, mais aussi des chandeliers en argent fascistes et des tapis de Perse fascistes... Alors, ces résistants-là se sont emparés des chandeliers et des tapis. Tout cela, je l'ai compris trop tard. Le gouvernement aussi. Les résistants avaient eu le temps de sévir, d'arrêter, de déporter...

– Tais-toi, trancha le vice-questeur, laconique. (Une lueur sombre apparut dans ses yeux.) Ne fais pas de politique. Contente-toi de parler.

– À votre service, répondit l'agent. Vous savez, j'en ai dit beaucoup à cet homme. Il arrive un moment dans la vie où il faut tout dire, lâcha-t-il d'une voix traînante, chantante, presque enfantine. Alors, j'ai tout dit.

– Les autres sont arrivés ? insista le vice-questeur.

– Vous savez, le major qui a cet enfant malade, précisa rapidement l'agent. J'ai tout dit... mais l'homme se taisait toujours. Et la *signora,* sur la terrasse, dans sa chaise longue, se taisait aussi. Leur silence avait quelque chose de définitif. Comme s'il n'y avait plus rien à faire, puisque tout était accompli. Ils se taisaient, comme s'ils n'attendaient plus de réponse. C'est alors qu'est arrivé le major. Tout le monde le connaît au Pausilippe. Il promène son fils tous les jours, le matin et en fin d'après-midi. L'enfant a seize ans et il est complètement idiot. Il l'est depuis sa naissance, mais quand il était petit, cela ne frappait pas autant. À présent, la barbe lui pousse et, pendant la promenade, il s'accroche aux bras de son père et profère des cris inarticulés. Chacun voit bien qu'il est idiot. Le père a fait la Seconde Guerre mondiale, il est maintenant à la retraite. Je les vois tous les jours et, croyez-moi, *commandatore,* c'est un spectacle désolant. Je ne sais pas si les saints existent, mais cet homme maigre, qui visiblement ne mange pas à sa faim et promène tous les jours ce garçon imbécile et barbu, qui a l'air de rigoler en lui-même, et se touche quelquefois comme une bête dans la rue, car il est à l'âge où une certaine inquiétude tourmente même les esprits les plus obtus… cet homme qui, sans dire un mot, traîne après lui ce garçon, jour après jour, depuis dix ans… Non, je ne sais pas si les saints existent, mais cet homme-là mériterait d'être canonisé. C'est donc lui qui est apparu dans la pièce, après que j'ai eu fini de parler.

– Il n'a rien dit aux étrangers ?

– Rien. Mais ce n'était pas nécessaire. Qu'aurait-il pu leur dire ? Le major traîne depuis des années ce fils abruti dans tous les coins du Pausilippe. De temps en temps, ils font une halte et ils s'assoient sur le rebord d'une balustrade. Le père fume, le fils rigole tout seul – comme l'idiot qu'il est. À moins qu'il se mette à crier.

Ou que, brusquement, comme s'il venait de comprendre quelque chose, il se penche, au milieu de la rue, sur l'épaule de son père. On dirait alors qu'il en a assez de cette vie, assez de sa condition d'imbécile. Le père, au vu de tous, caresse alors d'une main son visage mal rasé. Personne ne les regarde. Il se peut que le meurtre n'ait guère d'importance, *commandatore...* Mais moi, en regardant ce père et ce fils, je comprends que vivre est une chose très importante. Car cet homme ne tuerait jamais son fils, qui est idiot et le restera, même après qu'il l'aura confié à une institution parce qu'il sera trop turbulent et qu'il ne pourra plus rester à la maison. Ce père, voyez-vous, a survécu à la Seconde Guerre mondiale, il est allé à Benghazi et en Albanie, puis il est revenu auprès de ce fils stupide pour le promener tous les matins et tous les soirs. Les voilà tous les deux chez cet étranger. Toute parole est superflue. Au Pausilippe, tout le monde se connaît et cet homme a sûrement entendu parler de ces deux exilés. Le père de ce garçon est une personne cultivée. Il est amaigri par la douleur, mais il ne se plaint jamais. Ceux qui souffrent trop ne se plaignent jamais. Ils souffrent en silence.

– Bien sûr, acquiesça le vice-questeur. Les seuls qui se lamentent sont ceux qui, pour une raison ou pour une autre, s'estiment lésés. A-t-il au moins demandé quelque chose ?

– Un verre d'eau. Le *professore* s'est levé, il est allé dans la cuisine et il a apporté un verre d'eau pour le garçon. La femme, elle, n'a pas bougé. Étendue sur sa chaise longue, elle semblait ne plus vouloir bouger. À vrai dire, elle semblait au-delà de tout. Elle allait partir pour l'Amérique, elle avait compris que tout geste était inutile. Mais le *professore*, lui, a apporté un verre d'eau au garçon. Ils s'y sont mis à deux pour le faire boire, le père et le *professore.* Le garçon tremblait, la bouche écumante. Le *professore* maintenait sa tête par-derrière, d'une main. Le père a regardé son fils, puis le *professore.* Il ne lui a pas demandé de l'aider. Il était simplement entré là, dans la pièce. Mais j'ai compris qu'il était venu parce qu'il n'en pouvait plus. Peut-être avait-il entendu dire que le *professore* partirait le lendemain. Peut-être espérait-il qu'au dernier moment, avant son départ, cet étranger parviendrait à faire quelque chose pour son idiot de fils. Jésus a bien aidé les simples d'esprit. Jésus…

Il dut s'interrompre.

– Les simples d'esprit, déclara le vice-questeur avec un calme presque solennel, les simples d'esprit sont à placer dans une institution. Ce n'est pas à eux que Jésus pensait…

– Je ne sais pas à quoi il pensait, observa rapidement l'agent. Mais ce père, en entrant dans cette pièce avec son idiot de fils, il croyait peut-être à un miracle.

Les deux hommes se regardèrent. Le vice-questeur renvoya la fumée refroidie de sa cigarette, puis, se servant de son fume-cigarette comme d'une minuscule longue vue, il le dirigea vers la clarté de la fenêtre. Alors, fermant un œil et regardant dans le lointain, il demanda, comme en passant, d'un air quelque peu supérieur :

– Le miracle existerait-il ?

8

– Le fils s'est assis sur les genoux du père, reprit l'agent sans transition. Il a serré son visage contre le sien, et il a fini par se calmer. Ni l'un ni l'autre ne s'étaient rasés. Blotti comme cela contre son père, l'adolescent barbu ressemblait à un petit garçon. Nous nous sommes rassis à notre tour, le *professore* et moi. Malgré l'heure tardive, une lumière aveuglante inondait la pièce, une lumière qui nous auréolait tous : nous étions en juin... et c'était le jour le plus long de l'année. Le *professore,* les coudes sur les genoux, contemplait les tomettes et la lumière qui s'y répandait comme si elle provenait d'une fontaine lumineuse. Il avait la tête baissée et ses cheveux étincelaient dans le demi-jour. J'en ai vu des choses, *commandatore*. Et notre métier n'est jamais amusant. Hier encore, par exemple, je suis resté jusqu'à trois heures du matin avec ce type d'Aversa qui s'était tranché trois doigts pour toucher la prime prévue par l'assurance en cas d'accident du travail. Mais il ne l'a pas obtenue, parce qu'il a fini par avouer qu'il avait agi intentionnellement… Il a cinq enfants, rien que des filles. Non, notre métier n'est pas amusant, parce que le désespoir des gens est immense, plus grand encore que leurs crimes. Cependant, cet après-midi-là, ce n'était pas seulement l'idiot sur les genoux de son père qui s'était calmé… Moi aussi, j'étais transformé… À cause de cet homme-là, oui. Il y avait quelque chose en lui, ajouta-t-il fermement.

– Tout de même, il a bien dit un mot ou deux, s'étonna brusquement le vice-questeur. Tu n'as pas été le seul à parler tout ce temps, ce n'est pas possible. Essaie de te souvenir.

– Oui, répondit docilement l'agent. Au bout d'un certain temps, nous nous sommes levés pour partir. Le jeune idiot aussi. Mais jusque-là, aucune parole n'avait été échangée, j'avais été le seul à parler. Le père et le fils n'avaient rien dit. Et la *signora* n'avait toujours pas bougé. Non, elle n'est pas venue nous voir… Elle était habituée sans doute à ces visites d'inconnus qui espéraient quelque chose… et elle savait que leur espoir était vain, parce qu'on ne pouvait rien pour eux. Nous nous sommes levés parce que nous sentions que nous n'avions plus rien à faire dans cet appartement. Et pourtant, nous étions rassurés, tous, y compris l'idiot, comme si nous avions reçu quelque chose. Nous nous sommes dirigés vers la porte. Alors, je lui ai demandé sa carte de séjour et il a parlé.

Il m'a dit : « Non, je ne vous la donne pas. » Et il est resté immobile comme ça, debout sur le seuil.

Le vice-questeur hocha la tête.

– Tu veux dire qu'il a refusé de restituer sa carte de séjour ? Il n'en avait pas le droit, remarqua-t-il gravement.

– Non, il n'en avait pas le droit, acquiesça l'agent. Mais le lendemain, il était mort. Il a été enterré ici même, à Bagnoli. Il pensait sans doute que les morts avaient le droit de séjourner n'importe où… Les morts ont une carte de séjour illimitée, ajouta-t-il en se rongeant nerveusement les ongles.

– Oui, opina le vice-questeur. *Indeterminato.*

Les bras croisés sur la poitrine, il se renversa dans son fauteuil. Au-dessus de sa tête se dressait le crucifix.

– Je crois comprendre, murmura-t-il, sérieux.

Il prit délicatement le dossier entre deux doigts et ajouta avec douceur :

– Mais je ne peux pas envoyer ce rapport à Rome. Je voudrais voir le dossier du *padre* et celui de la femme. Convoque-les dans mon bureau. Le *padre* pour onze heures du matin et la femme pour deux heures de l'après-midi. Merci, dit-il sans tendre la main, penché sur les documents.

Puis, il remit les coudes sur la table et se frotta le front avec l'index de sa main droite.

9

– Je tâcherai de vous répondre le mieux possible, commença le *padre*. D'abord les faits. Nous nous étions rencontrés deux fois, lors de deux congrès successifs. Au fond, nous exercions le même métier. Maintenant que l'Italie est un passage obligé pour les réfugiés, nous recevons souvent, dans notre maison, la visite de certaines connaissances qui nous demandent de l'aide ou un conseil. Mais cet homme-là n'a rien demandé, il est venu tout simplement me voir dès le jour de son arrivée dans notre ville. Il n'a sollicité ni conseil ni réconfort spirituel, ni aucune recommandation auprès des autorités. Je crois qu'il avait un peu d'argent. Je vous raconte les faits tels que je les ai connus et tels que je les ai interprétés par la suite… car je ne les ai pas vraiment compris sur le moment… Il avait un nom prestigieux dans son pays et il était également apprécié par les spécialistes étrangers. Je sais, de source sûre, qu'on ne l'avait pas contraint à l'émigration. D'ailleurs, il n'a jamais rien dit qui aurait pu le laisser supposer. Vous savez, il était l'un de ces spécialistes dont la présence est tolérée, voire souhaitée, par les régimes totalitaires. On ne demande même pas à ceux-là d'adhérer au parti au pouvoir. De tels régimes sont plutôt satisfaits de voir que ces spécialistes de renom, connus également à l'étranger, choisissent de demeurer dans leur pays et continuent à travailler dans leurs domaines respectifs, à condition, bien sûr, que ceux-ci restent politiquement neutres. Notre homme appartenait à cette catégorie. En vérité, un régime totalitaire se réjouit de pouvoir garder un savant, un artiste ou un écrivain à l'intérieur de ses frontières. Dans la mesure où ces derniers s'abstiennent de toute activité politique, ils ne courent aucun risque. Plutôt qu'un martyr célèbre qu'ils seraient obligés de persécuter et de faire taire, ces régimes préfèrent les artistes, les écrivains et les experts qui restent au pays, travaillent dans une liberté apparente et permettent au pouvoir de tirer profit de leur activité. Ils persécutent l'homme politique qui n'adhère pas à leur programme. Ils persécutent le modeste chercheur qui leur résiste sur son lieu de travail – celui-là, ils ne l'aiment pas, mais ils peuvent le remplacer ou le sacrifier pour donner l'exemple... Tandis qu'un spécialiste renommé, qui excelle dans sa profession, et qui vit retiré dans son propre pays, même s'il maugrée de temps à autre contre le régime, revêt une plus grande importance aux yeux des nazis et des communistes qu'un martyr ou un exilé. Notre homme était un spécialiste de cette espèce. Il n'avait jamais été inquiété par les nazis. Ceux-ci ne lui avaient accordé aucune faveur particulière, mais ne ils l'avaient pas maltraité. Après les changements politiques survenus dans son pays, les communistes l'avaient, eux aussi, laissé tranquille. Ils l'avaient simplement écarté de leur chemin, tout en respectant son silence. Nous avons connu cela, en Italie, n'est-ce pas, *commandatore* ? Le fascisme a épargné certaines célébrités établies à Naples. Croce, par exemple... Et beaucoup d'autres, moins connus... Les régimes autoritaires ont beaucoup appris ces derniers temps. Ils savent désormais qu'ils ont besoin d'écrivains et de scientifiques, même si ceux-ci s'opposent à eux. Leur présence dans la patrie est indispensable. Il existe, voyez-vous, un rapport mystérieux entre l'écriture, le savoir et le pouvoir... Tout régime autoritaire, fondé sur la violence, est impuissant sans le consentement, voire l'approbation des intellectuels. Pour gagner la confiance des masses, ce régime a besoin de s'appuyer sur l'étrange prestige païen – celui du chaman ou du magicien – dont jouissent certains écrivains et savants. En Italie, nous avons été nous-mêmes les témoins de la mansuétude des fascistes envers les intellectuels et les artistes. On leur a tout passé, jusqu'à un certain point. Eh bien, les bolcheviques agissent de même. Officiellement, ils fustigent les opposants qui professent des opinions ou développent des actions contraires à la ligne du parti, mais en réalité ils les laissent en paix, dès lors que ces hommes éminents restent dans leur pays… même s'ils gardent le silence… Vous ne me croyez pas, *commandatore* ? Vous voulez savoir d'où je tiens ces renseignements ?... Je vous ai dit que nous avions reçu de nombreuses visites dernièrement – et je ne fais que répéter ce que j'ai entendu de la bouche de nos visiteurs. Par les temps qui courent, les régimes totalitaires font tout pour obtenir la bénédiction des intellectuels créateurs. Celle-ci leur importe plus encore que la terreur qu'ils exercent sur les masses, les manifestations manipulées et les élections truquées. Ils veulent l'adhésion des prêtres, des savants, des artistes qu'ils cherchent d'abord à séduire, mais qu'ils n'hésitent pas ensuite à menacer. Le prestige religieux des ecclésiastiques leur est tout aussi précieux que celui, magique, des scientifiques et des écrivains. Mais, chose étrange, ils ont également compris que le prêtre, l'écrivain et le savant qu'ils avaient réussi à débaucher, soit par la séduction soit par la menace, ne leur servaient plus à rien… car l'auréole qui les entourait s'était précisément dissipée au moment même où ils avaient pris fait et cause pour le régime. Alors, le prêtre a beau prêcher le discours du pouvoir, les fidèles ne le croient plus. L'écrivain ou le savant qui, pour satisfaire sa vanité ou pour apaiser sa peur, accepte de travailler pour le régime en place, perd du même coup son crédit auprès de son public… Aussi, les régimes fondés sur la violence apprécient-ils le savant et l'écrivain qui, tout en restant au pays et en se soumettant à sa législation, refusent d'adhérer au parti unique ou de proclamer leur allégeance au fascisme ou au communisme, adoptent même une attitude de résistance passive, quoique inoffensive, mais continuent à travailler dans leur domaine, permettant ainsi au pouvoir de proclamer à ses masses et au monde : « Vous voyez bien que nous ne sommes pas des barbares. Voici un homme qui ne pense pas comme nous, mais que nous tolérons, oui, nous le laissons gagner sa vie, sans l'obliger à faire des déclarations contraires à ses convictions. » Croce haïssait et méprisait profondément le fascisme, vous le savez bien, *commandatore,* vous le savez mieux que quiconque, puisque, excusez-moi de vous le rappeler, vous occupiez ce même bureau lors de ces années-là, et pourtant ce même Croce, qui habitait à deux pas d'ici, via Trinità Maggiore, a pu, pendant vingt-cinq ans, publier ses livres et sa revue *La Critica*, sans que Mussolini ait songé un seul instant à le persécuter et encore moins à l'expulser. Toutes proportions gardées, notre homme a connu un sort semblable dès l'installation, dans son pays, des régimes dictatoriaux. Bien sûr, tous les intellectuels créateurs n'ont pas été traités avec autant de circonspection rusée. La plupart d'entre eux ont été obligés de donner des gages, d'exalter le pouvoir en place. Mais ces plumitifs, parfois fortement rétribués, n'ont jamais été bien considérés. Les dictateurs avaient compris la nécessité d'une opposition intellectuelle, une sorte de feuille de vigne, voyez-vous, semblable à ces quelque deux pour cent d'inscrits qui, lors des élections truquées, votent, prétendument, contre le pouvoir en place. Que dites-vous, *commandatore* ? Vous vous demandez pourquoi cet homme a quitté son pays, s'il n'y était pas persécuté ? Question difficile. Peut-être pour cette raison, justement. Peut-être a-t-il compris un jour qu'avec son statut d'opposant inoffensif, il était encore plus utile aux communistes que s'il avait adhéré à leur parti. Il n'a sans doute plus supporté l'idée d'être une potiche que les communistes présentaient avec un respect ironique à la population et au monde. Oui, c'est peut-être pour cela qu'il est parti, répéta le moine tout en tirant de la poche de sa bure un bout de lin rêche pour se moucher discrètement.

10

Il plia soigneusement le mouchoir et le remit dans la poche de sa robe brune. Il croisa ses pieds chaussés de sandales et alluma la cigarette que le vice-questeur venait de lui offrir. Les deux hommes fumèrent en silence. La tête penchée de côté, le regard rivé sur le bout incandescent de sa cigarette, le moine reprit sur un ton calme et monocorde :

– Lorsqu'on écoute les gens venus de derrière le rideau de fer, on peut distinguer deux types de discours. Le premier est accusateur. C'était insupportable, clament-ils. Et lorqu'on les interroge sur ce qu'ils ne pouvaient plus supporter, ils donnent des réponses tantôt simples, tantôt compliquées. Ils ne pouvaient plus supporter d'avoir été dépossédés de leurs terres, de leurs biens, de leur rôle professionnel. Ou ils ne pouvaient plus supporter les conditions de vie quasi primitives que le régime imposait à ceux qui n'appartenaient pas à la caste des privilégiés. Ou l'état de crainte permanente, l'atmosphère de suspicion générale. La peur, la nuit, chez eux, et le jour, à leur lieu de travail. La méfiance, la délation, l'appréhension qu'ils éprouvaient devant le responsable de l'immeuble. Plus grave, le soupçon entre les époux, entre le père et le fils. Insupportables encore, le changement, la disparition de leur environnement, la transformation, dans la vie privée et publique, de l'ordre auquel ils étaient habitués. Ils dénonçaient pêle-mêle la monotonie de la propagande officielle, la vacuité des librairies, des cinémas, des théâtres, les slogans que serinaient les postes de radio. L'obligation de croire à toutes ces absurdités, aux mensonges de la propagande officielle. Les défilés, les meetings, l'enthousiasme de commande, les rançons, les impôts, les chantages de toutes sortes, etc. De toutes ces plaintes individuelles, voyez-vous, se dégage une conclusion générale : les réfugiés venus de derrière le rideau de fer et les centaines de millions de personnes qui vivent encore là-bas ont été privés de toute humanité… en vérité, on leur a imposé une réalité quotidienne à visage inhumain. C'est le prix, leur a-t-on dit, le prix à payer pour la réalisation, dans un avenir vague et lointain, de la société sans classes, de la société communiste. Telle est la promesse faite par le régime aux populations. Mais tous ces peuples n'ont pas le droit de vivre, aujourd'hui même, dans le présent, une vie digne d'un être humain, et comme les promesses des nazis ou des communistes sont toujours à très longue échéance, ils finissent par abandonner tout espoir d'une vie meilleure. Il existe, savez-vous, un sentiment d'aridité pire encore que celui qu'instille la prison. Les populations ne le comprennent pas tout de suite. Pendant quelque temps, elles se bercent d'illusions, elles estiment que ce qu'elles sont en train de vivre ne représente que le début d'un processus qui, dans un avenir très lointain, conduira finalement au bonheur. Nous recevons de nombreuses visites dans notre maison, *commandatore*. Peut-être même plus que vous, à la Préfecture. Et ceux qui viennent nous voir le font de leur plein gré. Certains d'entre eux mentent, d'autres, à moitié inconscients, parlent à tort et à travers, mais il arrive toujours un moment où ils disent la vérité. Et cette vérité, d'une désespérante monotonie, est celle de la réalité quotidienne de centaines de millions de personnes. L'imagination des compagnons de route, des déçus ou des naïfs est incroyablement primitive… Chez nous, ça se passera autrement, voilà ce qu'affirment, avec un clignement de paupière complice, les sympathisants italiens, américains ou français. Chez nous, le communisme aura, dès le début, un visage humain, alors que là-bas, derrière le rideau de fer, dans ces sociétés primitives, il est nécessairement dur, injuste, inexorable. Seulement, tous ceux-là oublient une chose, une seule chose : au-delà du rideau de fer, les peuples baltiques, les Polonais, les Tchèques, les Allemands, les Hongrois sont tout, oui, tout sauf des primitifs. Beaucoup d'entre eux ont cru, au moment de la prise de pouvoir par les communistes que, chez eux, l'enfer serait différent, plus supportable que dans les steppes de la lointaine Russie barbare, chez les Zyrianes ou les Kirghiz… Les gens sont crédules, ils mettent toujours un certain temps avant de se dégriser. Leur histoire, je me répète, est d'une invraisemblable monotonie. Je l'ai entendue des centaines de fois, dans notre maison, dans les camps où vivent les exilés et, plus tard, à la Faculté, dans la bouche d'étudiants italiens bien trop pauvres pour pouvoir s'acheter des manuels, des chaussures et des cahiers. Pour moi, la litanie des communistes est tout aussi assommante et fastidieuse que peut l'être celle des vêpres pour un incroyant. Mais moi, homme d'Église, je crois à ma religion – et la litanie des vêpres ne saurait m'ennuyer. Les croyants ont l'ouïe fine et je sais déceler, dans leurs prières, la foi, le désir, le chant du cœur. En revanche, je me demande souvent si je ne suis pas définitivement sourd à la litanie des vêpres communistes. Ce n'est qu'un début, affirment-ils, reprenant l'antienne des premiers chrétiens, conscients de devoir d'abord détruire le monde hostile, inique et barbare de l'Antiquité, afin d'en créer un autre, plus légitime et plus humain. Le communisme est une religion, une religion païenne et immanente, certes, mais porteuse d'une énergie spirituelle, prétendent ses adeptes… et leur discours, même celui des observateurs qui ne sont encore ni membres du parti ni compagnons de route, est tout aussi insipide que les éditoriaux des journaux ou la litanie des vêpres. Tout le monde dit la même chose, voyez-vous, à tous les coins de rue, dans toutes les revues, à la radio, dans les salons, au café, dans les brasseries. Les déçus du communisme parlent exactement comme les compagnons de route ou comme certains écrivains étrangers qu'il m'arrive de lire. Et que disent-ils ? Que la masse absorbe l'individu, et que le régime utilise les masses comme un matériau à travailler. Ils ajoutent parfois que tel régime promet la sécurité de l'emploi, mais restreint la liberté des citoyens, tandis que tel autre garantit la liberté individuelle, mais pas le travail pour tous. Mais, qu'ils soient indignés ou indifférents, tous ceux-là croient que l'individu n'est plus une fin, mais un moyen. Mon sacristain tient le même discours que le communiste qui vient de se confesser, parce qu'il a peur de la mort… Mais notre homme, lui… il disait tout autre chose. Il se demandait si on pouvait sauver le monde.

11

– Naturellement, je me méfiais, poursuivit calmement le moine. Ces gens-là se déguisent souvent et, dans notre maison, on est peut-être encore plus soupçonneux que chez vous, à la Préfecture. Se déguiser en rédempteur de l'humanité est chose facile, banale même – autant revêtir l'habit d'un clown. C'est simuler la folie pour mieux se protéger. Mais les professionnels de la conspiration communiste ne recourent pas à de tels expédients. Ce sont des experts en la matière – au lieu de s'interroger vraiment sur la possibilité de sauver le monde, ils sont à la recherche de médecins avorteurs sensibles à leur chantage ou de militaires susceptibles de les renseigner sur l'emplacement de certains dépôts d'armes secrets. Ceux-là sont précis et consciencieux, ils compulsent des fichiers, ils œuvrent pour la révolution huit heures par jour, pas plus, consacrent huit heures encore à leurs loisirs et huit autres au sommeil, sans la moindre intention, naturellement, d'apporter le salut au monde, en quête seulement, de victimes à circonvenir, à utiliser et, éventuellement, à liquider... Vous me demandez si notre monastère fait partie de leurs cibles ? Bien sûr. À Naples, comme dans toute l'Italie, nous formons une communauté resserrée, nous sommes trop près de nos fidèles, nous entretenons avec eux des rapports trop intimes : les fidèles connaissent notre vie comme nous connaissons la leur, ce qui n'est pas forcément une bonne chose, d'ailleurs... peut-être vaudrait-il mieux que l'ecclésiastique se tienne à l'écart, que ses ouailles ne le voient que revêtu de ses habits sacerdotaux au moment de l'élévation... Nous autres franciscains, nous mendions à longueur de journée. Comment voulez-vous que nous ayons le moindre secret pour nos fidèles ? Regardez-moi, *commandatore,* ai-je l'air de dissimuler des secrets ? Je suis franciscain, moine mendiant. Et mes frères pratiquent également la mendicité. En ce moment, on formule de nombreuses exigences vis-à-vis de l'Église et mes confrères, les prêtres, sont en proie aux mêmes inquiétudes et aux mêmes troubles que ceux qui vivent dans le siècle. On demande à l'Église d'être pauvre et modeste, de se dépouiller de ses biens, de renoncer à son pouvoir séculier, d'aller, en quelque sorte, pieds nus, comme nous autres franciscains. On dit aussi que Satan hante la terre et que, pour rehausser son prestige en déclin, l'Église aurait grand besoin d'un nouveau saint François prêchant la pauvreté. Car c'est bien sur cette terre, n'est-ce pas ? que l'Église devrait réaliser la justice dont parlent les Évangiles, en luttant pour l'égalité entre les hommes, au lieu de leur promettre des compensations dans l'au-delà. Les gens souffrent du froid, de la faim, du chômage, ils veulent une justice immanente. Moi, je les côtoie tous les jours, je les entends parler et je pense quelquefois qu'ils ont raison de revendiquer le bonheur sur cette terre. Tout comme mes frères franciscains, je ne peux m'empêcher d'y penser sans cesse. D'autres disent que Satan est parmi nous, qu'il a revêtu l'habit du Prince du Chaos et qu'il promet la Rédemption par le bolchevisme. D'autres encore estiment qu'en cette période de souffrances cruelles, il vaudrait mieux prêter une oreille attentive aux propos de Satan. Naturellement, l'inquiétude générale a gagné notre maison. Selon une opinion assez répandue, les hommes doivent prendre leur sort entre leurs mains, imposer la justice sociale par leurs propres moyens, car il n'appartient certes pas à l'Église de militer pour la journée de travail de huit heures, l'augmentation des salaires ou de l'assurance maladie. L'Église peut approuver ces luttes revendicatives et même souhaiter leur succès, mais ce n'est pas à elle de réguler les rapports entre les patrons et les ouvriers, entre le capital et le travail… Qu'elle retourne enfin à l'orthodoxie, qu'elle confie aux seuls hommes le soin de réaliser la justice sociale sur la terre, qu'elle s'occupe uniquement du salut éternel et des valeurs morales ! Mais un tel discours, disent quelques-uns, est encore inspiré par le Prince du Chaos, car en agissant ainsi, l'Église abandonnerait son rôle militant... En proclamant que son royaume n'est pas de ce monde, elle rend indubitablement service aux puissants qui, eux, ne demandent justement qu'à instaurer leur royaume dans ce monde... Nous sommes très attentifs à ce que disent les gens, *commandatore,* et pas seulement dans les confessionnaux. Le processus qui s'est enclenché aujourd'hui est d'une portée inouïe – parfois, on ne distingue même plus les camps en présence, on confond leurs réquisitoires mutuels, on ne voit plus qu'une seule chose, l'épouvantable malheur qui s'est abattu sur nous tous. Pardonnez ma franchise, mais je voudrais vous dire exactement ce que je ressens. Je vois que vous m'écoutez attentivement, comme moi, je vous écoute, *commandatore.* Vous n'avez pas entièrement confiance en moi, moi qui ne suis qu'un moine mendiant, et je ne peux me fier entièrement au policier de haut rang que vous êtes. Car, de même que vous vous demandez à juste titre si nous, ecclésiastiques, nous ne nous méfions pas les uns des autres, je puis, moi aussi, me demander, et à juste titre, si vous ne vous méfiez pas de vos propres collaborateurs... Non ? Pourquoi riez-vous ?.. Je veux tout vous dire – et je vous remercie de m'écouter. Je pense comme vous que le cas de l'homme dont nous parlons n'est pas banal. Peut-être le fait en lui-même l'est, c'est une tragédie comme il s'en produit des centaines de milliers. Mais la personne et le phénomène restent extraordinaires. C'est pourquoi j'ai écouté avec la plus grande attention cet homme qui est venu me trouver un jour – cet homme qui m'a demandé si je croyais que le monde pouvait être sauvé.

12

– Il me l'a demandé calmement, sur un ton objectif. Je l'ai écouté avec attention et j'ai eu le sentiment – je l'ai toujours – qu'il n'était pas fou. Non, celui-là ne jouait pas la comédie. Nous étions à Sorrente, dans le parc de notre monastère. Je le vois encore, assis sur un banc de pierre sous l'olivier, près de la vieille fontaine, tournant le dos à la mer et à Capri. Maigre, les cheveux gris, la peau hâlée par le soleil, il portait des lunettes noires et parlait doucement, en français, avec un bon accent. Ses questions précises étaient le fruit d'une longue réflexion. S'il s'était montré un seul instant mélodramatique, si j'avais décelé la moindre fausse note dans son discours, je l'aurais aussitôt renvoyé en lui répondant par quelques banalités. Je les connais bien, moi, ces fausses notes, je les entends tous les jours au confessionnal. Le pénitent a sans doute l'intention de parler franchement, mais son caractère ou une idée fixe l'en empêchent, et ses paroles finissent par sonner faux. Mais ce n'était pas le cas de cet homme. Arrivé en début d'après-midi, il est parti au crépuscule. Il n'était pas venu pour se confesser. Je crois qu'il n'était pas croyant. Il professait, comme beaucoup de nos écrivains contemporains, une sorte de catholicisme réservé – un peu comme George Santayana, ce philosophe espagnol, mort à Rome, qui écrivait en anglais et qui, sans être vraiment catholique, se montrait sensible aux aspects poétiques de notre religion. Beaucoup d'écrivains, aujourd'hui, considèrent le catholicisme avec une sympathie polie. Et nous leur accordons toute l'attention nécessaire. Cet homme-là en était un. Il avait rencontré Santayana et Croce, il était allé leur rendre visite. Il existe dans ce monde, savez-vous, une sorte de confrérie secrète, plus forte que l'Internationale communiste, une sorte de fédération mondiale des philosophes et des poètes, un groupement quelque peu anarchique, certes – chacun y professe des croyances différentes – mais, malgré tout, cohérent. Notre homme arrivait de Rome par le train de Naples, il venait de rendre visite à Santayana qui agonisait dans un monastère. Il m'a rapporté à quel point cette agonie avait été digne d'un poète ou d'un philosophe… Au lieu de mourir avec la résignation d'un sage stoïque, Santayana était déçu, presque furieux… Profondément philosophe, il savait que cela ne valait pas la peine de mourir. Oui, voilà ce qu'il m'a dit. Dans son compartiment de troisième classe, il voyait devant lui le visage de Santayana mourant – il avait un cancer – lorsque le train s'est arrêté à Formia, là où la Méditerranée surgit entre Rome et Naples. Comme son cœur faisait un bond chaque fois qu'il l'apercevait, il s'est levé pour la contempler du couloir. C'est qu'il aimait la mer, cet homme, d'ailleurs il est mort en s'écrasant, bras écartés, sur une plage, après s'être jeté du haut d'une colline. Eh bien, c'est en regardant la mer qu'il a eu, pour la première fois de sa vie, l'idée qu'il fallait sauver le monde. Un moment très particulier, m'a-t-il confié, car auparavant il n'avait jamais pensé sérieusement que le monde devait ou pouvait être sauvé. Jusque-là, il l'avait accepté tel qu'il était, bon ou mauvais, sans se dire qu'il devait être racheté. Du reste, que signifie exactement cette expression : sauver le monde ?... Est-ce instaurer un nouvel ordre social ? Les hommes seront-ils meilleurs dans un monde racheté ? Est-ce le royaume de Dieu sur la terre ? Chaque chose restera-t-elle inchangée – mais les hommes auront alors le sentiment que leur âme s'est renouvelée ? En pensant, à hauteur de Formia, que le monde devait être racheté, quatre questions le préoccupaient. Le monde peut-il être sauvé ? Comment s'y prendre pour le sauver ? Que signifie concrètement cette rédemption ? Et, pour finir, il m'a demandé calmement, gravement, mais avec la plus grande fermeté si, à mon avis, un homme comme lui serait apte à sauver le monde. Je vous le répète, pendant cette conversation, je n'ai jamais écarté l'hypothèse selon laquelle je parlais à un fou ou à un psychopathe. Et je n'ai jamais oublié non plus que mon interlocuteur venait de derrière le rideau de fer, qu'il avait abandonné sa patrie parce qu'il ne voulait pas vivre sous le joug des bolcheviques. Après avoir voyagé en Europe, cet homme s'est aperçu un jour qu'il n'avait plus d'attaches nulle part. Tout lui rappelait qu'il n'était plus un citoyen, un membre d'une communauté, mais un exilé. Les exilés volontaires gardent longtemps l'illusion d'avoir encore une patrie et de bénéficier autour d'eux, à l'étranger, d'une certaine solidarité. Mais un jour, ils se réveillent et ils doivent admettre qu'ils sont complètement seuls. Cette prise de conscience est particulièrement dangereuse. La patrie qu'ils ont quittée de leur plein gré, cette patrie a cessé d'en être une pour eux, parce qu'en franchissant la frontière, c'est une sorte de communauté sentimentale qu'ils ont volontairement abandonnée. Et le monde dans lequel ils sont entrés ne les acceptera jamais, qu'il s'agisse des autorités ou de leurs logeurs. Ils seront toujours suspects parce qu'ils viennent de « là-bas », parce qu'ils ont été les témoins oculaires de certains événements, parce que, lorsqu'on vient d'un territoire où sévit une épidémie, on est censé être porteur de bacilles, notre corps ou notre âme sont le siège d'une infection contagieuse dont nous ignorons nous-même l'existence… Chose étrange, il me parlait de la rédemption sur un ton quasi professionnel, comme s'il s'adressait à un confrère, comme un médecin étranger interrogeant un collègue sur quelque nouvelle thérapie ou sur un médicament qui vient d'être mis sur le marché. Il m'a affirmé qu'il ne voyait pas d'autre solution, pas d'autre refuge pour l'humanité, qu'une nouvelle Rédemption.

13

Du revers de la main, le moine s'essuya le front. Il ne disait rien, mais ses lèvres remuaient, il cherchait ses mots et fouillait dans ses souvenirs.

– Moi aussi, reprit-il, je lui parlais sur un ton professionnel… D'emblée, ce ton a dominé notre conversation. Peut-être – c'est du moins ce qu'il m'a dit – cette idée de rédemption était-elle née du désespoir ambiant, d'une blessure due à la nostalgie. Dans cet état d'âme, nombreux sont ceux qui perçoivent le salut comme un ultime refuge – un refuge nébuleux. Mais ce n'était pas le cas de cet homme. Pour lui, la rédemption n'était pas une quelconque et vague aspiration, mais une dernière tentative d'envergure, et si d'aventure elle échouait, le monde et l'univers des hommes seraient voués immanquablement à la destruction. Nous vivons, a-t-il souligné, une époque extrêmement dangereuse. Sans perdre une seconde, une seule, il faut tenter l'impossible. Je lui ai demandé pourquoi, à son avis, notre époque était fatalement dangereuse. Parce que Dieu est mort pour les hommes, m'a-t-il répondu avec patience. Pas en lui-même, naturellement, car Dieu est éternel. Mais parce que toutes les religions et toutes les philosophies ont élaboré le concept de Dieu à l'intention de la conscience individuelle et que, de nos jours, cette conscience se noie dans la masse… la masse qui a dévoré l'individu, qui ignore Dieu et qui ne connaît que des systèmes. Notre homme a vécu dans ce monde des grands systèmes athées, lesquels, tout en portant des noms différents, nourrissent toujours les mêmes intentions. Il sait que ces systèmes écrasent tout, inexorablement – non seulement le goût et les opinions, mais aussi les consciences individuelles. Or, une humanité privée de conscience individuelle est inévitablement amenée à se détruire elle-même et à anéantir le monde, car elle ne connaît plus aucun interdit qui puisse l'arrêter sur ce chemin. Voilà pourquoi il faut tenter l'impossible. Lorsque les nazis ont quitté son pays et que les bolcheviques l'ont envahi, cet homme, comme bien d'autres écrivains et savants, a décidé de rester et d'adopter une attitude objective et vigilante. On avait beaucoup menti au cours des années précédentes, pensait-il, et nombreux étaient, chez nous comme dans le monde entier, ceux qui partageaient cet avis : les capitalistes et les fascistes avaient menti sur le communisme et à l'heure où le bolchevisme apparaissait enfin dans sa réalité, grandeur nature, au cœur même de son pays, il avait décidé, oui, d'observer les choses avec une rigueur toute scientifique. Il aurait voulu savoir si la « rédemption », au sens social et économique du terme, était possible sur cette terre, s'il était possible de créer, avec les seuls moyens terrestres, socio-économiques, des conditions de vie plus supportables sur la plupart des continents. En effet, la grande majorité des hommes ne vivait pas dans des conditions décentes, et les bolcheviques avaient promis, une fois les difficultés initiales surmontées, d'améliorer leur sort partout où l'on adopterait leur système. Aussi avait-il décidé d'observer objectivement si une rédemption terrestre, pragmatique et sociale, était possible. Ce qu'il a vu l'a d'abord rendu perplexe, puis amer et déçu, et il a fini par protester, par se révolter et quitter volontairement son pays où des agents experts travaillaient à la réalisation de cette tromperie à l'échelle mondiale qu'on appelle bolchevisme… Nous en avons discuté longuement et en détail, non seulement cet après-midi-là, mais aussi plus tard. Cet homme-là n'était ni communiste, bien sûr, ni même sympathisant, mais il haïssait l'injustice et la violence, et les terribles expériences qu'il avait vécues pendant l'occupation nazie l'avaient incité à aborder le bolchevisme avec une objectivité consciencieuse. Comment imaginer qu'un régime que les nazis avaient agressé puisse être aussi injuste et aussi maléfique que celui de ses agresseurs ? Plus tard, lorsqu'il a pris conscience des méfaits du bolchevisme et qu'il est arrivé dans notre pays où règne la liberté, n'est-ce pas, *commandatore* ? rien ne l'a autant consterné que tous ces sympathisants, incapables de condamner le communisme, incapables d'éprouver à son égard le même sentiment d'horreur que celui qui les avait incités à s'opposer au nazisme. Je comprenais son désespoir, et aussi celui d'autres interlocuteurs. En effet, partout dans le monde, les écrivains et les savants, dans leur grande majorité, se sont opposés au nazisme et au fascisme. En Italie, ils les ont récusés, n'est-ce pas, *commandatore* ? Seuls les médiocres et les insignifiants ont adhéré à ces doctrines... Ceux qui, en Occident, avaient quelque poids dans leur domaine professionnel, n'ont vu dans le fascisme qu'une tentative criminelle et insensée, même si celui-ci prétendait constituer un rempart contre le bolchevisme. Dans les pays occidentaux, rares sont les intellectuels qui ont approuvé le fascisme, les meilleurs esprits l'ont condamné, car ils savaient qu'on ne peut – qu'on ne doit pas – combattre un régime violent en instaurant un autre régime tout aussi violent. C'était également l'opinion de notre homme. Dans son pays, les meilleurs esprits, artistes ou scientifiques, avaient pris position contre le nazisme. Lorsque les démocraties et l'armée rouge ont enfin terrassé le nazisme, ce régime inique et barbare, et que, dans les pays naguère sous le joug allemand, après quelques années de pseudo-démocratie, la dictature bolchevique s'est installée, notre homme a été consterné de voir que les mêmes intellectuels qui, la veille, avaient condamné – avec un courage parfois héroïque – tel ou tel régime dictatorial criminel, telle ou telle variante du fascisme, n'étaient guère disposés à fustiger avec la même intrépidité radicale cette autre dictature criminelle qu'était le bolchevisme. Alors, notre homme a débarqué en Occident libre… Au bout d'un certain temps, après avoir compris, déchiffré et interprété les signes et les phénomènes, et après une première période d'indignation, il a éprouvé un profond sentiment de dégoût et de mépris – pire que ce qu'il avait jamais ressenti derrière le rideau de fer. Là-bas, au moins, les intellectuels qui ne s'opposaient pas radicalement au communisme avaient toujours une excuse – une excuse triste, certes, mais, dans certains cas, recevable : en effet, ces hommes n'étaient pas des êtres libres, car l'État policier contrôlait jusqu'à leur respiration, ils n'avaient pas la moindre possibilité de protester publiquement contre la dictature. Ce qui était vrai. Mais, lorsqu'il est arrivé chez nous, dans un pays où les intellectuels pouvaient s'exprimer librement, où il était fort peu vraisemblable que l'expression d'une opinion différente de celle du gouvernement ou d'un parti au pouvoir entraîne une arrestation et une détention dans les caves de la police secrète, notre homme a perçu toute l'étendue de cette conspiration invisible, sans signe distinctif, sans programme, mais caractérisée par le refus des meilleurs esprits de l'Occident de condamner le communisme aussi fermement qu'ils avaient fustigé le nazisme. Eh bien, lorsqu'il a constaté cet état de fait, notre homme a pris peur. Pendant longtemps, il a refusé de croire ce qu'il voyait. Puis, désemparé, il est devenu vigilant… et, oui, il a pris peur… Et, un jour, il est venu me trouver… il m'a demandé si moi, homme de Dieu, je croyais que le monde pouvait être sauvé…

14

– Que pouvais-je lui répondre ? Que j'étais moine et que, selon ma foi, le monde était d'ores et déjà racheté... qu'il ne nous restait plus qu'à appliquer les commandements divins dans le monde des hommes. C'est cela, la rédemption. Nous arpentions le parc sous les orangers qui ne fleurissaient plus. Il m'a répété alors qu'il observait le monde avec la plus grande attention. Lorsqu'il était encore dans son pays, il avait rencontré certains hommes qui sympathisaient sincèrement, en leur âme et conscience, avec le bolchevisme. Ce genre de personnes est assez difficile à définir sur le plan sociologique – on les appelle parfois « petits prolos », cette dénomination englobant aussi bien le paysan inculte, le « croquant », que l'ouvrier peu qualifié, à la moralité douteuse, pour qui le communisme représente une forme d'ascension sociale, l'occasion de se venger, de donner libre cours à ses instincts malfaisants, de se lancer dans une aventure aussi sauvage qu'irresponsable. Ce type d'hommes soutient toujours sincèrement un régime violent. Le sbire aux mains ensanglantées sous le nazisme devient aujourd'hui, sous le communisme, nervi et espion dans les usines ou les immeubles. Ceux-là ne sont pas aussi rares qu'on le croit, mais ils ne constituent pas non plus la majorité – ni en deçà ni au-delà du rideau de fer. Les dirigeants nazis ou communistes méprisent naturellement le petit prolo, mais ils l'utilisent volontiers pour le « sale boulot ». Et puis, continua-t-il, il existe une autre couche sociale, tout aussi difficilement définissable, celle des individus qui se prétendent intellectuels. Après une brève période d'hésitation, ils finissent par adhérer au nazisme ou au communisme, dans l'espoir de tirer profit de cette démarche, d'obtenir à la fois une protection et l'autorisation de se venger. De quoi, au juste ? Toujours de la même chose. Parce qu'ils n'ont pas pu faire carrière. Parce que le nazisme ou le communisme leur a infligé une grande souffrance… et qu'ils ont subi plusieurs blessures d'amour-propre. Parce qu'ils ont été incapables de combler par des actes efficaces les lacunes de leur talent ou de leur caractère. Ce type d'hommes, assez répandu, est plutôt pitoyable, voyez-vous. Il s'empresse toujours d'adhérer au parti majoritaire, quel qu'il soit, parce que celui-ci lui promet une carrière, une protection… Tel écrivain, même s'il n'est pas dépourvu d'un certain don, ne se sent pas suffisamment talentueux pour créer une œuvre digne de ce nom, une œuvre qui ne se contente pas simplement de décrire ce qui arrive aux gens, chose que n'importe quel scribouillard est capable de faire, mais qui traite et analyse ce qui se passe vraiment en eux pendant qu'ils agissent… Cet écrivain-là souffre de voir que, malgré ses quelques succès, ce qu'il écrit reste faible, insatisfaisant… et, pour apaiser son inquiétude et sa conscience, il finit par adhérer au parti, dans l'espoir – précisément – d'alléger sa responsabilité individuelle, en parlant au nom même du parti… Tel médecin médiocre, abandonné par ses malades, va pouvoir devenir, grâce au parti majoritaire, chef de service dans un hôpital et professeur d'université… Tel baryton ivrogne, qui a perdu sa voix, espère pourtant obtenir le rôle de Lohengrin en chantant *L'Internationale*… En fin de compte, ces gens-là ne sont guère intéressants. D'autres restent sourds aux critiques formulées par leur raison, ils inventent toutes sortes de mensonges compliqués à seule fin d'accepter dans un premier temps la solution proposée par le communisme pour régler les problèmes de leur vie privée et de la société toute entière. Ceux-là participent quelquefois à la conspiration communiste, ne serait-ce que prudemment, du bout des lèvres, en intellectuels romantiques… et ils constatent un jour avec effroi que le peuple oppose un silence redoutable à leurs sournoises tentatives d'approche. Alors, ils se réveillent, ils désertent d'une façon ou d'une autre et deviennent des ex-communistes professionnels… ils se comportent en kremlinologues experts et diplômés, s'établissent dans le monde libre et expliquent, d'une voix nasale, et non sans une certaine morgue, à ceux qui n'ont jamais été communistes, les inconvénients du communisme… Remarquez, *commandatore,* que peu d'entre eux vont jusqu'à renier vraiment le communisme… Non, ils se contentent de dénoncer, devant leurs auditoires, certaines méthodes inadaptées, d'imputer les fautes à la jeunesse et à l'inexpérience des dirigeants… En vérité, rares sont ceux qui, au lieu d'incriminer lesdites méthodes, admettent que l'idée même du communisme et sa pratique sont inhumaines et viciées dans leurs fondements. Notre homme, savez-vous, a comparé un jour les ex-communistes et leurs compagnons de route à des pyromanes… terrifiés par l'incendie qu'ils ont contribué à provoquer, ils sont prêts à se faire embaucher par une compagnie d'assurance en qualité d'experts chargés d'évaluer les dégâts. Il détestait tout particulièrement, cela va sans dire, cette engeance… Il m'en a parlé plus d'une fois… Car il avait souvent eu l'occasion, dans son pays, d'observer ces pyromanes de l'esprit qui, bégayant, les yeux baissés, font le jeu du Néant. Qui sont-ils ? Des infirmes intellectuels… Voyez ce fils de banquier qui se transforme en philosophe communiste… Celui-là, bien sûr, n'a jamais eu une seule pensée originale de sa vie, mais il peut obtenir, grâce au parti, une chaire de philosophie à la Faculté… et y professer sa propre inutilité puisque, dans la société communiste, la conscience de classe rend toute philosophie caduque… Au fond, ce type d'infirme se châtre avec volupté pour tenir son rôle au sérail, là où on lui permettra de chanter faux dans le chœur des idéologues. Un jour, pourtant, ces grabataires de l'intellect se réveillent, et ils prennent leurs distances. Certains d'entre eux restent au pays, expriment quelques réserves, reconsidèrent leur position, tout en demeurant éternellement nostalgiques. D'autres quittent leur patrie, errent dans un monde qui n'est pas encore ou n'est plus communiste, arborent un sourire dolent et méprisent tous ceux qui ne connaissent pas aussi bien la leçon qu'eux – les seuls vrais communistes. S'ils restent au pays, ils glissent à la dérobée dans l'oreille des contempteurs du collectivisme qu'ils ne sont sympathisants qu'à seule fin, bien sûr, d'aider le peuple, qu'ils n'ont revêtu ce masque que pour sauvegarder la nation… Mais la réalité est bien différente. Chacun sait parfaitement que ces infirmes intellectuels, en acceptant une chaire universitaire ou les aumônes – le pain ou la brioche quotidiens – du parti, loin de servir leur nation, tiennent avant tout à sauvegarder leur appartement, à assurer à leurs épouses la possibilité d'avoir une domestique dans une société où tous, sauf les privilégiés, vivent comme des valets… Ils tiennent à leurs missions à l'étranger, aux indemnités exceptionnelles, bref, à leurs privilèges. Et surtout, toujours sous prétexte de servir la nation, à leur Rôle, à l'illusion qu'ils ne sont pas n'importe qui – non pas grâce à leur mérite, naturellement, mais avec l'aide narquoise et cynique du parti… Pourtant, un beau jour, ces âmes délicates abandonnent en douceur le monde totalitaire qu'ils ont contribué à mettre en place et, arrivés dans un pays où le bolchevisme ne s'est pas encore implanté, ils répètent avec nostalgie qu'au fond, le communisme pourrait être une bien belle chose, si ses adeptes n'empêchaient pas les âmes d'élite, ces ex-communistes et ces compagnons de route si fins, si cultivés, de le réaliser à leur guise. Pourtant, ajoutait notre homme, ils se trompent s'ils croient un seul instant que le bolchevisme peut exercer son pouvoir autrement que par les méthodes de Staline… Staline et ses partisans, insistait-il, sont au fond d'excellents bolcheviques, car ils possédent toute la violence, toute la cruauté nécessaires pour priver les gens, au nom d'utopies aussi nébuleuses qu'inhumaines, d'abord de leurs biens, ensuite de leur liberté d'entreprendre et de leur droit à exprimer pleinement leurs croyances et leurs opinions politiques… Par ailleurs, continuait-il, Staline avait eu raison de ne pas confier la réalisation du bolchevisme à quelques beaux esprits, communistes romantiques ou sympathisants de seconde main, comme il avait eu raison d'exterminer la vieille garde, car pour chauffer l'enfer, il faut s'y prendre en experts, à la façon, justement, de Staline et des vrais bolcheviques… Notre homme n'aimait pas les ex-communistes, tous ces compagnons de route passant leur temps à se lamenter hypocritement sur les méthodes « erronées » du collectivisme. Il ne voulait pas vivre avec des êtres affamés, des hommes qui acceptent, avec leur ventre, une chose que leur raison est obligée de condamner. Il ne croyait pas davantage aux menaces convulsives que les ex-communistes adressent cycliquement aux communistes – à leurs affirmations selon lesquelles le procès, qui a commencé irréversiblement dans le monde, n'opposera pas, au bout du compte, les communistes et les partisans de la liberté d'entreprise, ni les communistes et les socialistes occidentaux, mais les communistes et les ex-communistes… Non, à son avis, la phase décisive du procès se jouera entre ceux qui croient au ciel et ceux qui n'y croient pas. Cet homme, pourtant déiste, ne croyait pas, lui, aux religions, mais il pensait néanmoins que le sens profond des combats entre les hommes était à chercher dans l'antagonisme entre croyants et mécréants. Il appelait mécréants ceux qui nient fondamentalement la capacité de l'homme à se libérer par une révolution spirituelle intérieure, à se débarrasser du joug que lui imposent les différents systèmes sociaux… Au fond, il n'a jamais cru à une quelconque solution d'ordre social. Non, il ne croyait qu'à la rédemption.

15

– Je lui ai demandé à nouveau de préciser ce qu'il entendait par rédemption, reprit le moine. À cette époque, je ne savais pas encore si j'avais affaire à un fou… ou s'il jouait la comédie. Il m'a expliqué qu'il ne pouvait me répondre avec précision, mais qu'il avait pourtant examiné toutes les significations possibles du terme. Il pensait entre autres que cette idée – oui, il a employé le mot « idée » – constituait chez lui une sorte d'obsession pathologique, une espèce de paranoïa. Pour lui, tous ceux qui nourrissaient de telles ambitions – la rédemption de soi, le salut du monde – relevaient de la pathologie. Je lui ai alors demandé si, à ses yeux, Notre Seigneur Jésus-Christ présentait, lui aussi, un profil pathologique. Il m'a répondu qu'il ne le croyait pas. Jésus était un homme parfaitement sain, un caractère noble et harmonieux, un homme qui, a-t-il ajouté, n'a jamais cru que Dieu l'avait choisi pour racheter le monde. Cette idée même, d'ailleurs, l'avait fait souffrir jusqu'à son dernier instant sur la croix : non, il n'avait jamais sollicité ce rôle, il l'avait seulement accepté et supporté. Cette remarque a particulièrement attiré mon attention ; en fait, j'y avais souvent songé dans mes prières. Saint François ne croyait pas, lui non plus, qu'il pourrait racheter le monde ; et il fut effrayé lorsqu'il comprit que certains voyaient en lui une sorte de rédempteur... Mais qu'avez-vous à me regarder de cette façon, *commandatore* ? Saint François pleurait et fuyait les gens, tout comme Jésus, lorsque les foules venaient lui demander secours. Notre homme, lui aussi, a connu cette frayeur. Alors, j'ai commencé à l'écouter autrement que je l'avais fait jusque-là. Je ne me suis plus demandé si c'était un fou ou un imposteur, non, je l'ai interrogé sur ses capacités... Excusez-moi, *commandatore,* je dois dire la vérité – et je sens qu'elle vous met mal à l'aise. Vous voudriez, bien sûr, entendre quelque chose de concret, des confidences fiables dignes de figurer dans le rapport que vous allez envoyer à Rome... Une information permettant de supposer que cet homme était secrètement un sympathisant communiste, voire un espion ou un agent. Mais tout ce que je peux vous dire, c'est qu'il n'était pas fou. Ni espion, d'ailleurs, ni agent secret. Toutefois, il n'est pas impossible que, dans un certain sens, il ait été ce que la police appelle un étranger indésirable... Alors, restons-en à la réalité. Il m'a donc dit un jour que, du point de vue médical, les candidats rédempteurs étaient sans doute des cas pathologiques. Mais ce qui paraît pathologique sur le strict plan médical l'est-il réellement ? Saint

François n'était pas un malade mental, non, c'était tout simplement un saint. À mon sens, c'est un fait objectif, comme cela l'était sans doute pour sainte Claire… Pour vous, *commandatore*, ce n'est peut-être pas un fait, seulement une hypothèse. Mais il existe pourtant certains faits qui confirment ces hypothèses… Notre homme m'a dit aussi que la ligne de démarcation entre la santé et la maladie s'efface au moment où un être humain tente l'impossible et cherche à accéder au surnaturel. La décision prise par Beethoven de composer sa *Missa solemnis* était, du strict point de vue médical, une tentative aussi peu « saine » que celle de la rédemption du monde. Les deux entreprises tiennent certes de l'impossible – mais vouloir l'impossible n'est pas forcément pathologique… En composant sa *Missa solemnis,* Beethoven a, d'une certaine façon, prouvé que l'impossible n'existait pas… Pardon ? Vous me dites que Beethoven, lui, composait de la musique ? Mais pourquoi la musique serait-elle plus « réelle » que la foi ? Ceux qui ont l'ouïe fine goûtent la musique. Mais, pour ceux qui en sont privés, la *Missa solemnis* n'est qu'une suite de bruits rythmés. Un croyant n'est pas forcément un cas pathologique… en disant « mon royaume n'est pas de ce monde » ou « aime ton prochain comme toi-même », Jésus a certes revendiqué l'impossible, mais cette revendication a ouvert aux masses croyantes des perspectives que les hommes ont ressenties comme un salut possible… La « rédemption » en tant que tâche et entreprise humaine n'est pas plus

« pathologique » que la composition musicale, la littérature ou la charité. En pratiquant cette dernière, par exemple, l'homme dépasse les limites de sa personnalité et agit directement sur son prochain. L'homme qui fait œuvre de rédemption, a-t-il ajouté, est peut-être un cas pathologique, mais son entreprise ne l'est pas. Alors, j'ai vraiment commencé à le comprendre. S'il avait tenu ce langage à un communiste, celui-ci se serait contenté de hausser les épaules, sourd à un tel discours, parce qu'il se fiche de la rédemption, parce qu'il ne convoite que le pouvoir. S'il s'était adressé à un homme d'affaires, il aurait obtenu la même réaction – un homme d'affaires digne de ce nom ne veut pas de rédemption, non, il veut simplement vendre sa marchandise. Interrogé à ce sujet, un médecin commencerait par chausser ses lunettes, émettrait un murmure compréhensif et demanderait à son interlocuteur s'il dort bien, et s'il ne souffre pas de crises d'angoisse nocturnes. Une telle réaction est inévitable, non ? Le médecin n'entend pas racheter le monde, il cherche à guérir certaines parties d'un corps malade. Quant aux prêtres, la plupart se seraient bouché les oreilles. Pour les prêtres, en effet, la rédemption n'est pas une entreprise qu'on peut confier à un dilettante. Et pourtant, saint François n'était pas de cet avis, soupira le moine avec douceur, tristesse et gravité.

16

– Ainsi parlait cet homme, reprit le moine. C'est au moment même où il aperçu la mer à Formia, m'a-t-il dit, qu'il a compris que le monde devait être racheté… sinon, tout allait s'écrouler… Il vivait avec une femme… mais vous en savez sans doute plus que moi à ce sujet, *commandatore.* Je lui ai répondu que je ne pouvais pas lui donner de conseils, que je n'étais qu'un pauvre moine ignorant. Nous sommes des idiots, nous a enseigné saint François. Nous autres franciscains, nous sommes tous de pauvres idiots, même si nous étudions beaucoup. Voilà ce que je lui ai dit. Mais je savais déjà que je ne me débarrasserais pas si facilement de cet homme. Plus tard, il est revenu me retrouver dans notre maison à Salerne, puis je l'ai rencontré à Pozzuoli, aux fouilles, près du jardin de Monseigneur l'évêque. Il était versé en archéologie et il nous a souvent bien conseillés. De temps en temps, j'allais le voir à mon tour, ils habitaient tous deux à Marechiaro, près de la mer. La femme nous servait du café, puis elle s'asseyait dans un coin et elle ne disait plus rien. C'est quelqu'un de bizarre, vous savez. Elle n'a pas pleuré à l'enterrement. Elle était là, en tenue de ville, gantée et coiffée d'un chapeau ; elle se tenait au bord de la fosse lorsqu'on a descendu le cercueil dans la tombe... elle était là... comme si elle lui avait dit adieu dans une gare ou dans un port. Nous n'étions que quatre à l'enterrement : elle, l'un de vos hommes, ce jeune agent aux cheveux roux, un autre policier, du camp de Bagnoli où vivent les réfugiés. Et moi. Les réfugiés qui meurent ici ne sont pas enterrés à Poggio Reale, mais à Bagnoli, près du camp, dans un cimetière de fortune. Nous étions tous debout devant la tombe – et elle ne pleurait pas. Je me suis alors souvenu d'un après-midi à Pozzuoli... nous arrivions de Cuma où l'on venait d'exhumer deux colonnades... nous sommes passés à l'amphithéâtre, je devais remettre un message de la direction du musée... ensuite, nous avons emprunté, à pied, la route qui, longeant la mer, va de Pozzuoli à Naples. Je me suis remémoré notre conversation pendant la cérémonie : il m'avait demandé si, à mon avis, pendant la semaine qu'il avait passée à Puteoli, saint Paul avait été seul – ou accompagné d'une femme. Sa question m'a surpris. Il s'est mis à parler nerveusement et en élevant la voix. Sur la colline du Pausilippe, le vent venant d'Ischia emportait ses paroles, aussi devait-il crier, et comme la pente était assez raide, il s'essoufflait... C'est ici, m'a-t-il affirmé, que saint Paul s'était baigné lors de son séjour à Puteoli, dans les grottes sulfureuses de la Solfatara. Il m'a montré la plage qu'arpentait saint Paul, en se mêlant à la foule... Il fréquentait peut-être le cirque. Après tout, il était citoyen romain. Néron lui-même s'y était produit à plusieurs reprises, il conduisait des chars et participait à des jeux nautiques. Peut-être, un après-midi, assis en haut de l'arène, saint Paul avait-il assisté à quelque course de quadriges ou à un combat de gladiateurs provinciaux de seconde zone, qui s'entretuaient... Horace était déjà mort, précisa-t-il, Virgile aussi, et saint Paul savait qu'autour de lui agonisait toute une civilisation, avec son pouvoir militaire et son système juridique. Puis, le spectacle terminé, saint Paul s'était levé de son banc de pierre, il avait emprunté la route où nous marchions le long de la mer, traversé la colline du Pausilippe, s'était dirigé vers le Vésuve, dans les dédales de Neapolis où personne ne le connaissait, avant de s'engager sur la via Appia pour gagner Rome, où il serait bientôt emprisonné et exécuté... mais où il rachèterait le monde. Parce qu'il l'a fait, et parce qu'il savait que telle était sa tâche. Il ne pensait pas que la rédemption fût impossible – et il savait que c'était à lui, saint Paul, tisserand juif épileptique, originaire de Tarsus, de l'accomplir. Voilà de quoi m'entretenait cet homme en gravissant la colline du Pausilippe. Et comme la nuit tombait, et que nous venions de Puteoli où saint Paul s'était baigné pendant sept jours, avant d'aller à Rome pour racheter le monde, et parce que nous marchions sur le chemin qu'il avait emprunté, car, à son époque, pour aller de Puetoli à Rome à travers Neapolis, il fallait passer par la via Appia, avec sa poussière et ses pavés, les mêmes que nous étions en train de fouler, et parce que la mer était la même et l'humanité aussi et que l'homme à mes côtés me rappelait que l'entreprise avait déjà été tentée avec succès… oui, comprenez-moi bien, *commandatore,* sur cette route, à ce moment-là, l'idée que cet homme ou quelqu'un d'autre pût réitérer la tentative de saint Paul ne m'a pas paru absurde. Oui, à ce moment-là, il m'a semblé possible que quelqu'un, une fois de plus, sauve le monde.

17

– Nous nous sommes séparés en haut de la colline. Il a pris le chemin qui descend vers la mer et Marechiaro, là où il habitait avec l'étrangère. Je l'ai suivi du regard avant de prendre le trolleybus. J'avoue que j'étais inquiet. Oui, je ressentais cette inquiétude qu'éprouvent les hommes exposés à la tentation. Je suis religieux, moine franciscain. Nous menons une vie austère, *commandatore.* Après notre séparation, je me suis remémoré les paroles qu'avait prononcées cet homme en guise d'adieu, au bord du chemin qui conduit du sommet du Pausilippe à la descente vers Marechiaro, où il vivait avec une femme. Selon lui, il n'y avait jamais eu dans la vie de saint Paul, comme dans celle de Notre Seigneur, une Marie-Madeleine. Saint Paul, avait-il ajouté, était sans doute entouré de femmes ternes, dépourvues de charme et de coquetterie, semblables à ces militantes professionnelles que l'on rencontre de nos jours dans les locaux des partis de gauche. Saint Paul, pensait-il, devait se sentir solitaire parmi ces femmes, et du reste ses épîtres portent les traces de cette solitude. Peut-être avait-il aussi rencontré quelques égéries, des Pasionarias, comme en avait produit la guerre civile espagnole. Mais ces militantes n'étaient pas en mesure d'apaiser l'inquiétude de l'homme appelé à accomplir une aussi grande tâche. Voilà ce que je pensais pendant que je le suivais du regard. Il avait aussi évoqué Marie-Madeleine, cette sainte de l'Église qui avait versé de l'huile parfumée sur les pieds du Seigneur… Je savais – et je sais toujours – que mes pensées étaient entachées par le péché. Ce jour-là, comme plus tard, comme chaque fois que je me retrouvais avec cet homme, et en particulier le jour où je leur ai rendu visite dans cette maison près de la mer, en bas de Marechiaro, j'étais inquiet, j'avais le sentiment de m'écarter du droit chemin. La femme avec laquelle il habitait n'était pas une employée qui se négligeait. C'était plutôt une dame, une recluse qui se moquait des préoccupations des dames de la bonne société… Une dame en elle-même et pour elle-même, si vous voulez. Je crois, mais je n'en suis pas sûr, qu'elle se parfumait. Je sais seulement qu'elle souriait et se taisait, même lorsque, à Bagnoli, on a descendu le cercueil dans la tombe. Elle n'avait pas ôté ses gants – et cela me gênait, inexplicablement. Et elle ne s'est pas non plus signée lorsqu'on a recouvert le cercueil de terre. Avec ses mains gantées et son chapeau sur la tête, elle semblait être venue pour une simple visite d'adieu… Ces enterrements, vous savez, sont toujours d'une terrible austérité.

L'homme qui est inhumé dans son pays retourne au moins à la terre dont il est né. Mais les réfugiés qui meurent en chemin, entre deux vagues destinations, restent, au fond de leur tombe, tout aussi étrangers que dans les pays où ils ont vécu en transit. Notre homme croit que les réfugiés jouent un rôle très important dans le monde d'aujourd'hui : ces *personnes déplacées* sont les prophètes tourmentés d'une civilisation en perdition, elles comprennent tout à coup qu'elles sont les seules (comme c'était d'ailleurs le cas dans le passé) à pouvoir indiquer la voie à suivre… Il m'a aussi parlé de Toynbee… Pardon ?… Non, Toynbee n'est pas de la région. C'est un philosophe qui vit en Angleterre. Et il croit, tout comme le croyait notre homme, que les *personnes déplacées* sont, à cet égard, semblables aux exilés juifs sur les rivages de Babylone ; chassés de leur pays, ceux-là avaient commencé à percevoir des phénomènes qui leur avaient auparavant échappé, tant ils étaient aveuglés par leurs certitudes familières… Ces apatrides sont singuliers, presque inquiétants, ils ont un regard différent du nôtre. Ils s'efforcent de se montrer courtois et lisses, écoutent patiemment les questions tatillonnes des fonctionnaires, signent les documents et déclarations qu'on leur présente et prennent les bateaux qui les transportent à l'étranger où les attendent encore d'autres fonctionnaires, d'autres documents, d'autres mondes étranges… tout en étant conscients qu'au fond ils n'ont plus aucune destination. Un homme qui, naguère, se trouvait sur l'autre rive – une rive d'où il a contemplé pendant des années l'infernale obscurité dans laquelle végétaient ses prochains… cet homme-là ne veut plus arriver nulle part. Mais il ne désire pas non plus revenir sur ses pas. En réalité, la société actuelle des réfugiés ne veut plus ni arriver ni revenir. Combien sont-ils ? On ne peut le savoir… On dit qu'avec les apatrides de l'intérieur, tous ces errants, chassés de leur domicile, dans les grands empires de l'Est et de la Chine, leur nombre atteint quelque trente millions… Les apatrides dans leur pays, sans domicile fixe, sans papiers, vivent au jour le jour et n'attendent plus rien. Quant à ceux qui ont quitté leur patrie, ils n'espèrent plus en trouver une autre, où ils se sentiraient chez eux. Ils ne font que séjourner… avec ou sans autorisation. Et si, un jour, ils décidaient de rentrer dans leur pays, ce pays ne serait alors pour eux qu'un lieu de séjour un peu plus familier que les autres… Qu'est-ce que la patrie, au fond, sinon un sentiment qu'il faut éprouver comme on ressent l'amour, ou un courant qui, une fois interrompu, ne peut plus être rétabli ? Cet homme le savait. Aussi se contentait-il de se promener avec cette femme au bord de la mer et de préparer son départ pour l'Australie. Et un jour, il est venu me consulter, comme on prend conseil auprès d'un spécialiste, et il m'a demandé s'il était possible de sauver le monde…

18

– Je lui ai demandé à mon tour s'il envisageait de fonder un parti ou un mouvement… J'ai essayé de lui parler en religieux conscient de mon devoir. À mes yeux, lui ai-je dit, ses pensées, ses projets… tout ça relevait du péché. Et pourtant, j'étais subjugué par l'étrange force sauvage qui se dégageait de ces êtres – ces êtres qui traînaient à travers les mers et les continents des sentiments que nous, qui avions encore une patrie et un domicile, ne saurions jamais éprouver, et qui accomplissaient des actes dont nous étions incapables. Leur politesse me rappelait celle des Chinois s'entretenant avec des étrangers, des Blancs… Une politesse presque offensante, qui semblait dire : « Toi, tu es un ignorant, et il y a certaines choses qui t'échapperont toujours. » Et, en effet, en parlant avec cet homme… et, plus tard, avec d'autres réfugiés… j'avais toujours l'impression, chaque fois que la conversation s'interrompait, que j'ignorais quelque chose que mon interlocuteur savait, mais qu'il était néanmoins incapable d'exprimer… Voyez-vous, il se passe à notre époque quelque chose d'inexprimable : et tout ce qu'on pourrait en dire serait faux ou réducteur... Il s'agit d'une expérience indicible. Ceux qui ne l'ont jamais partagée ignoreront toujours ce qui se passe réellement à notre époque, et ceux qui l'ont éprouvée ne pourront jamais en parler vraiment... Un jour, je l'ai interrogé sur le sentiment dominant des réfugiés. Était-ce la vengeance ? La nostalgie de leur vie d'autrefois ? L'idée du retour ? Il m'a répondu que le sentiment le plus fort – et aussi le plus pénible – des réfugiés actuels était la culpabilité. Il me l'a affirmé sur le ton grave du penseur qui livre le fruit d'une longue et profonde réflexion. Ce sentiment de culpabilité, a-t-il poursuivi, s'explique de plusieurs manières. Certains se sentent coupables d'avoir commis un acte répréhensible. Ceux-là, si l'on peut dire, ne sont pas « intéressants », ils peuvent toujours se repentir, se confesser et, le cas échéant, réparer le tort qu'ils ont causé... D'autres ne se pardonnent pas d'avoir été inactifs quand il aurait fallu agir. Par exemple, de ne pas avoir tout fait, quitte à courir de graves dangers, pour éviter certaines souffrances à certaines personnes... Ils n'ont pas trahi, certes, mais ils se sont abstenus dans un moment décisif. Nul pouvoir ne saurait les inculper, mais aucune autorité sur la terre (et même peut-être au ciel) – ce sont les mots qu'il a employés – ne peut les acquitter ou les absoudre... Mais ce sont encore là des cas trop simples. Le sentiment de culpabilité qu'éprouvent les réfugiés de notre époque est plus complexe que cela. Ils se reprochent de ne pas avoir été plus forts que… Arrivés en ce point, ils interrompent leur phrase. Plus forts que qui ou que quoi ? Que ces régimes fondés sur la violence, la haine, le mensonge et la cruauté ? L'individu pourrait-il être plus fort que la tyrannie ou l'État policier ? Et dans quel domaine ? Question ridicule d'un point de vue pratique – et tout aussi ridicule l'hypothèse selon laquelle l'individu pourrait se sentir coupable de ne pas avoir été plus puissant, plus rusé, plus agile que le monde dans lequel il vit, un monde dominé par des intérêts sordides et bourré d'armes perfectionnées… Comment l'individu pourrait-il être plus fort que ce monde insidieux et armé jusqu'aux dents ? S'il est si difficile d'accéder à la conscience d'un individu, a ajouté notre homme, c'est parce que celui-ci fuit ses responsabilités et se dissimule derrière des slogans communautaires. L'individu « participe », mais la participation ne suffit pas, a-t-il insisté… il faut agir personnellement – et seul. Et si l'action personnelle se révèle impraticable, alors il faut tenter l'impossible. Il m'a dit aussi que là-bas… bien sûr, il est toujours difficile de désigner avec précision ce qu'il faut entendre par « là-bas », car ce « là-bas » n'existe pas uniquement sur la carte, il ne se confond pas seulement avec des territoires situés derrière le rideau de fer, non, la ligne de partage existe ici-même, et partout… Pardon ?… Pourquoi riez-vous, *commandatore* ?… Elle existe aussi dans ce bureau ? Elle nous sépare ?... Oui, ce n'est pas impossible. C'est sans doute pour cette raison que l'homme m'a dit qu'il arriverait un moment, « là-bas », où ceux qui n'auraient pas tenté l'impossible se sentiraient coupables. En réalité, le bolchevisme n'est que l'ultime étape d'un processus. C'est un système – et le fascisme et le nazisme, ces régimes nés pour le combattre ne sont, au fond, que des mesures de protection. Le véritable adversaire est ailleurs, m'a affirmé cet homme. Il ne dresse pas les masses les unes contre les autres, non, il est en chaque individu, lorsque celui-ci entrevoit le Néant et admet la possibilité de son avènement. Alors, au lieu de protester et d'accepter toutes les conséquences de son acte, il tergiverse, il pèse le pour et le contre, il se livre à des comparaisons... « chez nous, cela se passera différemment »... ou « on verra dans cent, dans deux cents ans », ou encore il cherche de vagues soutiens religieux... C'est déjà le début... mais de quoi, au juste ? Du Néant, précisément. Au fond, et cet homme le croyait fermement, le communisme n'est rien d'autre que la forme sociale du Néant. Or, précisa notre homme, il n'est rien de plus profond et de plus dangereux que le Néant... Voilà ce que comprendront un jour les hommes « qui sont de l'autre côté » – et ce jour-là, ils se sentiront coupables.

19

– À la tombée de la nuit, je l'ai accompagné jusqu'au port, continua doucement le *padre,* mais son bateau était déjà parti. Nous nous trouvions au pied du rocher que surmonte la statue du Tasse. Je dois vous dire, *commandatore*, que le visage de mon interlocuteur, éclairé par la lune, semblait être de marbre, tout comme celui du Tasse. Il existe des humains qui, sans être fous, sont considérés par leurs congénères comme appartenant à une espèce différente : les poètes et les saints sont de ceux-là. Sous le clair de la lune, au bord de la mer, le visage de cet homme m'apparaissait lumineux. Brusquement, il m'a demandé si le franciscain que j'étais croyait aux miracles… Avant même que j'aie pu lui répondre, il s'est excusé, avec un mélange de passion et d'agressivité. Ne répondez pas, s'est-il écrié tout à coup, non, ne répondez pas… si vous ne pouvez dire autre chose que ce que vous autorise votre condition de moine… Nous étions seuls. Il me demandait si les miracles existaient. Et il me fallait lui répondre… non pas en récitant quelque leçon, mais comme on s'adresse à un homme, en un moment où toutes les conventions s'écroulent et où le miracle paraît le seul recours possible. Il me fallait lui répondre… lui dire si, en tant qu'homme, en tant que religieux, j'avais assisté personnellement à un miracle, si j'avais des preuves tangibles, ou si je ne faisais que répéter ce que m'enseignaient ma foi et mon sacerdoce. Il parlait avec une certaine brutalité, sans choisir ses mots. Je lui ai répondu que, oui, le miracle existait, mais qu'il était bien difficile d'en prendre conscience et, à plus forte raison, de le faire advenir ! Ému par la situation ou par la personnalité de cet homme – sans parler même de mon intérêt profond pour un tel sujet –, je lui ai livré le fond de ma pensée. Je lui ai d'abord rappelé que le miracle était forcément merveilleux. Dans le Nord, dans les régions d'où provenait cet homme, on ne comprend pas toujours cela. Dans le Sud, chez nous, les miracles ne sont certes pas plus nombreux qu'au Nord ou à l'Ouest, mais ils sont, en quelque sorte, plus directs, plus simples, plus concrets. L'homme du Nord cherche d'ordinaire à appréhender les phénomènes avec méthode… or, le miracle échappe à toute approche méthodique. Il ne faut pas chercher à le comprendre, voyez-vous, il faut l'appeler. Nous avons continué ainsi en nous coupant mutuellement la parole, jusqu'au moment où nous avons prononcé en même temps le nom de saint François. Tout à coup, le discours de cet homme singulier m'est apparu dans toute sa clarté, concret, réel… et là, au bord de la mer, dans l'obscurité, face à Capri et à Naples, dont les lumières scintillaient dans la nuit, nous sentant comme délivrés d'un poids, nous nous sommes mis à parler avec enthousiasme. Ce n'est que plus tard que j'ai compris ce qui s'était passé. Nous parlions d'une voix forte, comme deux personnes engagées dans une vive discussion, mais ce n'était plus un échange, non, chacun répondait aux questions qu'il se posait lui-même à propos de saint François, et chacun exprimait pour lui-même la chose qui lui importait le plus au monde. En tant que moine franciscain, je croyais connaître tant bien que mal la vie de saint François. Mais en écoutant mon interlocuteur ce soir-là, j'ai compris qu'il savait également bien des choses à son sujet. Ce qu'il a dit ?... Je vous demande encore un peu de patience, *commandatore.* Il m'est difficile de reproduire exactement ses paroles. Je me souviens d'avoir été le premier à engager la conversation. Je lui ai rappelé que les vrais religieux étaient aussi rares que les vrais écrivains, les vrais artistes ou les vrais hommes d'État. Saint François le savait – et il savait aussi qu'il était, lui, un vrai religieux, alors que ses compagnons de route ne l'étaient pas forcément... non, ce n'étaient que des hommes – des hommes qui avaient étudié pour devenir moines, qui avaient simplement revêtu les habits ecclésiastiques et pris la bure... Saint François savait tout cela, et il était impatient. Lui, qui savait apostropher le vent, la lune, les plantes et les oiseaux, savait aussi combien il est difficile, presque impossible, d'aborder les gens en acceptant les risques que cela comporte… Devant le pape, tout à coup, il s'est montré incapable de parler, parce qu'il savait que toute parole est vaine, vouée à l'échec. Alors, dans son désespoir, il s'est mis à danser. Et le pape l'a compris et il l'a serré contre lui… Tous ceux qui assistaient à la scène, y compris les cardinaux, pleuraient. Pour moi, *commandatore*, c'est le sommet de la beauté, le sommet de ce que je peux comprendre de la vie et des êtres humains… Excusez-moi de vous le dire, je vous en prie… Voyez-vous, je suis reconnaissant au Seigneur de vivre, reconnaissant de savoir que cette scène a eu lieu un jour et de porter l'habit de saint François qui, dans son embarras, a dansé devant le pape pendant que les cardinaux pleuraient. Voilà ce que j'ai dit à cet homme. Venant du Vésuve, le vent s'est levé ; nous avons longtemps arpenté la plage dans la nuit, sous ce vent bourdonnant. Le bateau de Naples était déjà loin, mais des barques venues de Castellamare accostaient souvent la nuit et prenaient des passagers. Nous attendions l'une d'elles. Il m'a répondu, en criant pour se faire entendre dans le vent. N'oubliez pas, m'a-t-il dit, que déjà de son vivant saint François était célèbre. À Assise, on le montrait fièrement aux étrangers de passage, il attirait les foules, telle une vedette américaine de passage à Rome. Les enfants le suivaient dans la rue, le désignaient du doigt en criant : « *Ecco il Santo !…* », provoquant aussitôt la colère de saint François. « Je ne suis pas un saint », criait-il, furieux, en secouant les poings vers les badauds. « Je pourrais encore faire des enfants ! » De son côté, mon interlocuteur agitait les bras dans le vent, au clair de lune. Ce que nous nous sommes dit cette nuit-là échappait à toute logique – et je ne puis évoquer sans inquiétude cette heure nocturne où il s'est passé quelque chose… chez le réfugié qu'il était et chez le moine que je suis. Aujourd'hui, je peux en dire quelques mots. Nos propos, cette nuit-là, étaient, oui, dépourvus de toute logique – et la logique avait également déserté notre vie. Sans aller jusqu'à se confesser, mon interlocuteur semblait s'ouvrir au néant et pouvoir enfin tout dire. En de pareils moments, les hommes sont redoutables. Aucun grillage, semblable à celui qui, dans le confessionnal, sépare le prêtre du pénitent, ne se dressait plus entre nous. Cet homme-là n'était pas croyant et moi-même, en ce moment-là, au bord de la mer, je n'étais pas, disons, aussi rigoureusement, aussi inconditionnellement religieux que dans ma vie antérieure. Je portais naturellement, comme maintenant, l'habit du franciscain, mais je n'étais plus tout à fait sûr de ma condition de moine… C'est la seule fois que cela m'est arrivé… La grâce de Dieu n'était plus avec moi… L'homme m'a rappelé que, par moments, saint François s'était montré impatient et injuste. Puis, il m'a dit qu'il avait souvent pensé à saint François pendant l'occupation nazie, et sous le joug communiste… à présent qu'il vivait avec nous, dans cette Italie où avait justement vécu saint François, où l'on pouvait encore voir les pierres qui lui avaient servi d'oreillers et ses habits rapiécés – qui donnent une idée de la petitesse de sa taille… oui, maintenant qu'il vivait ici, où saint François n'était pas une légende, où l'on pouvait toucher les objets qu'il avait utilisés, il ne cessait de penser à lui, qui voulait sauver le monde. En Occident, m'a-t-il dit, après Jésus et saint Paul, saint François était le seul qui avait assez de force pour racheter l'humanité. En Orient, Gandhi aurait sans doute pu accomplir une telle mission… Quant à Confucius et Lao-tseu, c'étaient des philosophes qui voulaient enseigner, mais non pas sauver le monde. Saint François, lui, ne pouvait pas enseigner, parce que, selon ses propres paroles, il était idiot. Il ne savait rien, mais c'était un expert en matière de pauvreté et de rédemption. C'est pourquoi notre homme, à l'entendre, ne cessait de penser à saint François. Dès qu'il se sentait faible, tourmenté par ses passions, la lecture des poèmes de saint François avait le don de l'apaiser. D'après lui, saint François, poète, avait compris l'importance de chaque mot qu'il prononçait ou écrivait. Tout comme celle de ses silences, d'ailleurs. En vérité, tout ce qui concerne un homme de son espèce est important. Je lui ai alors demandé s'il appartenait lui-même à cette espèce. Il m'a dit qu'il lui était extrêmement difficile de répondre à une telle question, qu'il était peut-être fou – fou à lier –, fou de croire qu'il détenait une parcelle de la force brute et stupide de saint François. Aux yeux du monde, un tel homme paraît toujours atteint de la folie des grandeurs ou passe, au contraire, pour un imbécile… En outre, il n'était pas poète, lui… Ensuite, il s'est assis sur un rocher pour contempler la mer dans l'obscurité de la nuit. Il se sentait très faible et très las, m'a-t-il dit, mais il n'était pas tout à fait impossible qu'il puisse sauver le monde.

20

– Eh bien, sauvez-le ! l'ai-je exhorté en m'installant à ses côtés. Assis au bord de la mer, nous attendions tous les deux quelque chose – peut-être la barque qui devait arriver de Castellamare, peut-être autre chose encore. Sauvez donc le monde ! ai-je lancé sur un ton qui n'avait plus rien d'ironique. À présent, en évoquant cet instant-là, je comprends bien des choses… Il arrive rarement dans la vie d'un homme… voire dans celle de l'humanité toute entière… ou dans celle d'un moine mendiant et vagabond de mon espèce… de rencontrer quelqu'un… qu'il croit capable d'accomplir… Accomplir quoi ? Mais ça ! Oui, ça ! Quoi, ça ? Vous le devinez aussi bien que moi, *commandatore*. Une possibilité… Et savez-vous ce qui était le plus étrange dans cette histoire ? Pas le fait que l'ecclésiastique que je suis ait pu dire à ce réfugié, à cet étranger, de sauver le monde, s'il en était capable, mais le fait qu'il n'ait pas protesté… Au lieu de se récuser, faussement modeste, il semblait consentir. En fait, il s'interrogeait sur le mode d'exécution... de quoi ? Mais de ça. Oui, de la rédemption. Ensuite, il s'est mis à rire. En Angleterre et aux États-Unis, m'a-t-il dit, on publie de plus en plus de livres qui montrent comment construire soi-même sa maison, comment y installer le chauffage central, comment jardiner ou trouver un mari. Peut-être, songea-t-il distraitement, existait-il également un « *know how* » de la rédemption. Il parlait presque négligemment, au clair de lune, sans faire attention à moi, s'adressant plutôt à lui-même. Non, a-t-il continué en soupirant, aucun manuel ne saurait nous l'enseigner... Je ne lui ai pas répondu. J'avais moi-même le sentiment qu'il n'existait nulle part sur cette planète, même au fin fond de l'Afrique, de livres traitant de la meilleure façon de racheter le monde... C'était l'heure de la marée montante. La mer grondait, les vagues venaient lécher le rocher où nous étions assis... L'homme m'a dit alors, en me regardant dans les yeux, que saint François avait eu tort de fonder un ordre... Oui, l'ordre franciscain. Représentez-vous bien, a-t-il ajouté, ce qui en a résulté, tout au moins dans un premier temps. Ceux qui l'ont rejoint ne possédaient aucune expérience de la vie monacale. Des marchands, des piliers de bistrots, des commandants d'armes, tous ceux-là ont voulu, du jour au lendemain, devenir moines. Si je commence un jour, a-t-il poursuivi, il faudra que j'agisse seul. Sinon, cela ne se passera pas autrement que du temps de saint François. Les névrosés vont affluer… comme dans le cabinet d'un neurologue. En outre, j'attirerais immédiatement l'attention de la police ; de nos jours, elle s'inquiète déjà des rumeurs qui courent sur les individus nourrissant des projets semblables… Pas vrai, *commandatore* ? Mais la police aurait aussi d'autres raisons de s'alarmer. En période de guerre froide, tout rassemblement est considéré comme suspect et un étranger, une *personne déplacée,* n'obtiendrait sans doute pas l'autorisation de sauver le monde. Car, pour accomplir une telle mission, il faudrait la bénédiction des autorités, un permis, une licence, n'est-ce pas ? ou quelque chose de semblable… Voilà de quoi nous avons parlé en cette heure privilégiée où l'on pouvait aborder n'importe quel sujet. Il m'a confié ensuite, l'air soucieux, que la foule représentait pour lui un vrai problème. Que pouvait-il, lui, l'étranger, entreprendre avec une foule ? La question s'était déjà posée pour saint François : partout, en Ombrie, venant des collines et des villes, les gens se bousculaient sur son passage, prêts à quitter maisons, boutiques, familles et villages… Ils lui demandaient la permission de l'accompagner… semblables à ces *personnes déplacées* qui, un jour, ont rompu volontairement toutes leurs attaches, quitté leur domicile, renoncé à l'usage de leur langue maternelle, abandonné leur famille et leur place dans la société. Imaginez-vous, *commandatore !* Des villes entières… des campements improvisés… et cette promiscuité qu'on voit aujourd'hui, à Bagnoli et partout où les réfugiés sont parqués dans des camps... Des hommes de goût et de culture qui font maintenant la queue, leurs gamelles à la main, devant les marmites du camp, parce qu'ils ont quitté quelque chose qu'ils ne supportaient plus, parce qu'ils se sont *déplacés*... exactement comme ceux qui, autrefois, se tenaient devant saint François, avec leurs écuelles, leur vanité, leur jalousie, leur colère, leur désir de vengeance... et le souvenir de tous ces autres, restés chez eux, parce qu'ils tenaient à leurs privilèges, se moquaient du salut, refusant même jusqu'à la possibilité d'une rédemption, veillant uniquement à leurs familles et à leurs maisons... Imaginez les problèmes de sécurité que posait à saint François pareille hystérie collective. L'homme m'a répété qu'il était extrêmement difficile de sauver le monde. Et que si le rédempteur avait soudain du succès auprès des foules, sa tâche n'en devenait que plus ardue, parce que le succès est toujours un malentendu... Voilà ce qu'il m'a dit. Nous étions assis au bord de la mer, la lune brillait, des dauphins dansaient dans l'eau, leurs grands corps sombres renvoyaient des reflets argentés... et nous parlions de la rédemption, de l'humanité qui ne croyait plus ni à l'individu ni au salut personnel, seulement au Pouvoir, à cette œuvre du Diable. Tout pouvoir émane du diable, y compris celui du Savoir. C'est pourquoi saint François refusait le savoir ; il ne voulait qu'une seule chose : interpeller le monde. Qu'est-ce, au juste, que la rédemption sinon l'interpellation du monde et tout ce qui en résulte ? Et le monde, ainsi apostrophé, doit répondre sur-le-champ. Voilà ce que croyait cet homme… Il a ajouté qu'une telle entreprise supposait une bonne part de vanité… lui, qui n'avait plus rien… ni passeport, ni objets, ni photos susceptibles de lui rappeler sa vie d'autrefois… lui, qui n'avait même plus d'accents sur son nom… Pardon ? Que dites-vous ? Oui, il m'a expliqué qu'il avait perdu en chemin, pendant ses vagabondages, jusqu'aux accents de son nom… Bref, lui, qui n'avait plus rien, s'observait et se demandait si, en dernière analyse, ses réflexions sur la possibilité de la rédemption et sur le rôle qu'il pourrait jouer dans cette affaire ne trahissaient pas une certaine vanité… Saint François, pensait-il, était vaniteux – oui, c'était un poète vaniteux, conscient de l'importance de chacune de ses paroles. Il donnait rarement des autographes, et toujours avec une grande solennité. Toutefois, comme ce n'était pas seulement un poète, mais aussi un saint, il finissait par faire revenir à lui ceux avec qui il s'était montré impatient ou trop sévère… Il pouvait être aussi d'une douceur angélique, un être à la fois terrestre et céleste, capable de s'adresser à Dieu comme aux poissons… et c'était justement là son grand secret. Il parlait à Dieu directement – comme nous appelons aujourd'hui au téléphone quelque notable qui nous a communiqué son numéro et nous a autorisés à le déranger même la nuit. C'est ainsi que saint François pouvait s'entretenir directement avec Dieu. Mais moi, m'a dit cet homme, je ne suis qu'un pauvre réfugié – et je n'ai pas le numéro de téléphone de Dieu.

21

– Tout à coup, poursuivit l'ecclésiastique, nous avons aperçu, venant de Castellamare, un navire qui se rapprochait de la côte. Et j'ai redemandé à mon interlocuteur comment, à notre époque, on pouvait sauver le monde… Nous étions plongés dans l'obscurité, seule une lueur bleuâtre émanait de la mer. Éclairé par cette vague lueur, l'homme m'a répondu que le prix à payer pour la rédemption était la mortification, le sacrifice de soi. Chaque religion, chaque société prétend qu'il faut se sacrifier pour se sauver. Les communistes promettent la rédemption et sacrifient pour ce faire classes sociales, frères d'armes, ennemis réels ou imaginaires… voire toute une culture, avec sa morale et ses conventions. Mais notre homme, qui avait vu la rédemption communiste de près, n'y croyait pas. Aucun régime politique ou religieux, aucun système philosophique ne saurait racheter l'humanité… Seul l'individu en est capable, à condition qu'il accepte de s'immoler. Mais ce sacrifice en lui-même ne saurait être suffisant – ce doit être un acte authentique, non pas un signe de faiblesse, ni une fuite, ni une démonstration, mais un acte visant à la rédemption universelle. Jésus et Gandhi étaient bel et bien des individus, mais ils ont accepté de se sacrifier. Toutefois, les Jésus et les Gandhi ne courent pas les rues. Le plus désolant, c'est que la plupart du temps l'individu ne sait rien : il ignore s'il est, à l'instar de Jésus ou de Gandhi, capable d'un tel sacrifice. L'homme a ajouté – le navire venait d'accoster – qu'il fallait se dépêcher. Il l'a dit doucement, d'une voix rauque, comme s'il me révélait quelque secret et comme si, dans l'obscurité, il avait peur d'être entendu par des tiers. Il faut se dépêcher, oui, parce qu'il ne reste que peu d'individus véritables en ce monde… Plus de trois milliards de personnes vivent sur cette terre – et cette masse énorme exerce sur l'individu une formidable pression unificatrice qui broie, qui effrite et annihile toute résistance. De plus, cette masse prolifère d'une façon pathologique, dans vingt ou trente ans nous serons quatre milliards sur la terre. Le Savoir, ou œuvre de Satan, se servira du Pouvoir comme caisse de résonance… L'humanité s'efforcera alors de crier plus fort et se multipliera avec frénésie… dans la nature, les espèces menacées cherchent toujours à conjurer le danger en se reproduisant à outrance. Or, dans vingt ou trente ans, avec quatre milliards d'êtres humains, la survie de l'individualité sera extrêmement difficile, voire pratiquement impossible ; au sein d'une masse aussi colossale, la volonté personnelle se dissout, semblable en cela à l'algue, la base de la vie organique dans la mer, qui se compose de protozoaires. Dans un siècle, donc, l'individualité sera comme désagrégée – l'homme ne sera plus qu'un bipède pensant... un bipède composé d'un ensemble de protéines. Dès maintenant, l'existence même d'une personnalité, parmi les trois milliards d'habitants de la terre, constitue une sorte d'hérésie... il y a quelque trois cents ans, à l'époque des grands héros absolus, ne fallait-il pas déjà être un hérétique pour avoir des penchants « collectivistes » et se comporter en conséquence ?... Voilà pourquoi il faut se dépêcher, m'a-t-il dit. Soixante-dix kilos de cellules, au milieu d'une communauté de soixante-dix millions de cellules semblables, ne sauraient racheter le monde... Les cellules ne cherchent pas la rédemption. Et, bientôt, il n'y aura même plus d'individualités prêtes à se sacrifier. Oui, voilà ce que m'a répété cet homme, avant de se lever pour se diriger, d'un pas pressé, vers le navire. Je l'ai suivi, désemparé et, je puis vous le dire maintenant, saisi d'angoisse. L'embarcation venait d'accoster et le timonier nous a fait signe de nous presser. En s'engageant sur la passerelle, l'homme s'est retourné et m'a demandé en français, à voix haute, si j'acceptais la responsabilité de le dissuader. Je ne lui ai pas répondu tout de suite. Le vent soufflait fort, le bateau tanguait, les vagues déferlaient... Non, il ne m'a pas dit qu'il était décidé... il m'a seulement demandé si j'acceptais de prendre cette responsabilité : dissuader un être prêt à se sacrifier... J'avais froid, j'étais glacé de l'intérieur, comme tourmenté par la malaria. Nous entendons bien des choses en confession, *commandatore,* mais aucune personne, jusqu'ici, ne m'avait encore demandé si elle avait le droit de se tuer. Selon ma foi, nul n'a le droit de se tuer, même si cet acte doit être le prix à payer pour la rédemption. Mais, en cet instant-là, j'ai compris qu'il fallait se dépêcher, car il n'y avait plus ici ni « foi » ni « droit ». L'homme était sur la passerelle, il se dirigeait vers le bateau. Je lui ai crié que je n'osais pas le dissuader. Il ne m'a pas répondu. Titubant, il avançait vers l'embarcation ; dans l'obscurité, il m'a semblé tout à coup qu'il marchait sur l'eau. Dès qu'il est monté sur le bateau, celui-ci a démarré et pris la direction de Castellamare. Voilà... cela s'est passé mardi dernier. Jeudi, l'homme devait partir pour l'Australie. Je suis rentré au monastère, je me suis couché et je me suis endormi aussitôt. Le lendemain, j'étais invité à dîner chez des parents pauvres, au Pausilippe, ils fêtaient un jeune homme qui revenait d'Amérique. Cette nuit-là, j'ai revu notre homme, il descendait la ruelle en compagnie de la femme. Il était de bonne humeur, il m'a salué amicalement et il m'a dit qu'il était sur le point de partir... Le surlendemain, j'ai lu la nouvelle dans les journaux... Voilà tout ce que je sais, *commandatore.* Oui, c'est moi qui l'ai enterré.

22

Le vice-questeur raccompagna le moine jusqu'à la porte. Puis, il se rassit à son bureau, feuilleta un dossier d'une main et prit, de l'autre, le téléphone :

– Faites entrer la dame, fit-il négligemment.

IV

1

La femme commença ainsi :

– Il a voulu que je le tue. Hier, je suis allée voir l'endroit où il est tombé : la balustrade était pourrie… en s'y appuyant, on risquait d'en détacher une partie et de glisser dans le vide… La tempête faisait rage sur la mer et en haut, dans le parc, un vent violent soufflait en rafales. Personne ne l'a vu s'appuyer sur la balustrade. Pardonnez-moi, *padre*… je ne sais pas si vous m'écoutez… je veux dire, si vous entendez tout… Oui ? Merci. Parce que je dois tout vous raconter. Quand nous en aurons fini… c'est-à-dire quand je vous aurai tout confié… je quitterai cette église, ce confessionnal… j'irai à la Préfecture. Je suis convoquée pour deux heures. Je subirai sans doute un interrogatoire. Mais je crois que, là-bas, je ne pourrai pas tout dire – et il faut bien que je me confie à quelqu'un… Je suis une réfugiée. Non, il n'était pas mon mari. Je dois vous dire, *padre,* qu'en entrant dans cette église, je n'avais pas l'intention de me confesser… Je ne m'y étais pas préparée… J'y suis entrée, parce que cette petite église se trouve près de la Préfecture. Elle a été endommagée pendant la guerre, c'est pourquoi elle m'inspire confiance, peut-être justement parce qu'elle a été blessée, oui, parce qu'elle a souffert de la guerre… et parce qu'on n'a pas encore réuni l'argent nécessaire à sa reconstruction… Vous savez, ma confiance, je la donne seulement à ceux qui, d'une façon ou d'une autre, ont été blessés pendant la guerre, à tous ceux qui ont subi un préjudice personnel… Ceux-là savent quelque chose que les autres ne savent pas… C'est pourquoi je suis venue ici… pas pour me confesser… Mais comme il fait froid !… Je comprends, l'église n'est pas chauffée. Tout à l'heure, je vous ai vu, *padre*, vous lisiez votre journal à la sacristie, devant un brasero. Mais vous, vous ne m'avez pas vue… J'avais lu, près de la porte, quelques mots sur un écriteau indiquant aux fidèles qu'on pouvait, dans cette église, se confesser en français… Alors, je vous ai demandé si vous aviez un peu de temps pour moi… Je vous remercie, *padre*, mais je ne sais pas si vous allez pouvoir m'écouter jusqu'au bout. C'est que, moi, je ne demande pas l'absolution. Je dois d'abord vous dire que je ne crois plus à rien. Non, je ne pense pas qu'un prêtre puisse me donner l'absolution. Cela fait trois ans que j'ai quitté mon pays… je ne supportais pas l'idée d'y vivre sans lui. En apprenant qu'il allait s'expatrier, j'ai fait des pieds et des mains pour partir avec lui. Personnellement, je n'avais subi aucun préjudice. J'avais du travail. Mais quand j'ai appris ses projets… j'ai compris que, sans lui, je n'aurais plus rien… ni travail, ni patrie, ni famille. Jusque-là, je m'étais bercée d'illusions… Je pensais, comme bien d'autres, qu'il fallait attendre, rester vigilante, que les choses allaient s'arranger, que les communistes finiraient par se calmer… Mon père a été assassiné par les nazis… En dehors de cet homme, je n'avais plus personne sur cette terre. Alors, lorsque j'ai appris qu'il allait partir, j'ai été saisie d'épouvante. Comme si le vide dans lequel je vivais s'ouvrait tout à coup, comme si je me retrouvais au fond d'un abîme sans pouvoir reprendre pied. C'était ridicule, je le sais. Nous n'étions plus vraiment jeunes. Nous ne formions pas un vrai couple d'amoureux. En réalité, nous avons vieilli brusquement, tous les deux, durant la guerre, dans les abris antiaériens, pendant les bombardements et, après l'arrivée des bolcheviques, dans cette autre cave… cette cave que je partageais avec toute la population… parce que, comment vous dire, nous vivions tous dans une cave invisible. Je vous le répète, je n'étais pas persécutée. Lui non plus, d'ailleurs. Personne ne lui avait causé du tort. Mais la persécution touchait, en quelque sorte, tout notre environnement, tous nos souvenirs, tout ce que nous aimions… Il faut l'avoir vécu pour le comprendre… Il était très difficile de partir… Je ne pense pas seulement aux démarches auprès des autorités, à la suspicion générale, au rideau de fer… non, le plus difficile, c'était de prendre la décision... Car, là-bas, tout avait un rapport avec moi, même ce que je haïssais. Après mon départ, d'ailleurs, j'ai compris que la haine pouvait constituer un lien tout aussi puissant que l'affection. Mais je suis partie, oui, parce qu'en apprenant son projet j'ai été paralysée par la terreur. Je ne voulais pas rester seule sans lui, dans tout ce vide... Pourtant, j'avais un appartement, un travail et, d'un certain point de vue, je vivais comme avant... j'avais retrouvé ma ville, avec ses ponts et ses théâtres... Mais, à nouveau, les horreurs sont revenues : persécutions, exécutions capitales, disparitions... Et tout cela dans un climat d'indifférence... J'avais l'impression de me réveiller d'un cauchemar. La guerre, les Allemands, les bolcheviques, tout cela n'était plus qu'un rêve pénible, paralysant... On avait recommencé à vivre, je portais de jolies robes. Parfois, bien sûr, on ne trouvait plus ni pain ni combustible, les coupures de courant étaient nombreuses, mais quelque temps après, tout rentrait dans l'ordre. Il y avait à nouveau des salons de coiffure, avec du shampoing et du vernis à ongle. Vues de près, toutefois, les choses se présentaient différemment... Le matin, on exécutait un ami, et le soir, j'allais à l'Opéra pour entendre chanter un autre ami... Une année a passé, puis deux, puis trois. Ceux qui avaient protesté au début contre le communisme s'étaient lassés et, de toute façon, il arrive un moment où personne n'a plus confiance en personne, même pas en lui-même... Je crois précisément que c'est à ce moment-là qu'il a décidé de quitter le pays. Peut-être craignait-il d'être gagné lui aussi par la lassitude générale, de ne plus pouvoir compter sur lui-même. Alors, il a décidé de partir…

2

Le visage caché dans ses mains, la femme se taisait. Puis, elle reprit, à travers ses doigts écartés :

– Vu d'ici, de l'extérieur, tout cela paraît incompréhensible. Je ne peux pas expliquer à la police ce qui se passe à l'intérieur d'un homme… un homme qui vit cela, qui voit disparaître autour de lui tout ce qui, au même titre que son corps, faisait partie intégrante de son être… car tout s'évapore, tout se désagrège… et un jour, cet homme découvre avec horreur qu'il n'est plus ce qu'il était, qu'il n'a même plus la force de protester, ni même de s'emporter. Quand ils en arrivent là, la plupart des gens se résignent, ils se soumettent. Peu d'entre eux ont encore l'énergie et les moyens de partir… Mais lui, il a quand même pris cette décision, sans doute au dernier moment. Et moi, au dernier moment aussi, j'ai décidé de partir avec lui. Jusque-là, nous n'avions été que de bons amis. Je l'avais revu au lendemain de la guerre, dans l'institut qu'il dirigeait et où je travaillais. Ensuite, petit à petit, tout ce qui faisait notre vie s'est décomposé, tout est parti en fumée. Le plus étrange, pourtant, c'est que quelque chose émergeait, en même temps, oui, quelque chose se construisait. Il m'est très difficile d'en parler… On travaillait comme des esclaves, sous la férule de surveillants munis de gourdins, mais aussi, et simultanément, la résistance contre les bolcheviques s'organisait dans les immeubles, dans les rues, dans les âmes… pendant que la reconstruction, au sens propre du terme, se poursuivait, car le monde ne cesse jamais de s'édifier. Après la guerre, les hommes se sont extraits des ruines et se sont mis aussitôt au travail. Ils ont fini par ne plus savoir distinguer entre ce qu'ils bâtissaient malgré eux – sur commande et avec répulsion –, et ce qu'ils réalisaient pour leur propre satisfaction, pour leur fierté personnelle. Voilà encore une chose dont je ne pourrai pas parler à la police… Il existe un terrible malentendu, non seulement entre les deux mondes… un malentendu qui n'est pas seulement dû au rideau de fer… Il consiste dans le fait que l'homme ne peut pas vivre sans construire. Même s'il abhorre ceux qui l'obligent à exécuter une tâche, celle-ci, en cours de route, prend un sens, car même dans des conditions infernales, même entre les mains de son pire ennemi, l'homme veut se prouver à lui-même qu'il reste un homme – et qu'il est doué d'une force créatrice. Les bolcheviques le savent et en abusent. Ils se savent détestés par les paysans aussi bien que par les ouvriers et les classes moyennes, mais ils savent aussi qu'il arrive un moment où la volonté créatrice de l'homme se révèle encore plus forte que la haine qu'il éprouve envers le régime politique dans lequel il est contraint de vivre. Alors, grinçant des dents, et à son corps défendant, chacun continue à inventer, à écrire des romans, à composer de la musique, comme s'il n'avait pas la force de cacher ce qu'il crée... C'est de cette impuissance que vivent les régimes fondés sur la violence... Et c'est ce qu'a compris cet homme lorsqu'il a pris la décision de quitter son pays. Je me souviens qu'un certain soir, avant son départ, il m'a dit que ce qu'il craignait, ce n'était pas que les communistes lui coupent la main... non, non, c'était, qu'un jour, il soit obligé de serrer la main d'un communiste. Il ne voulait pas de ça, à aucun prix. Il a ajouté qu'il ne méprisait personne, même pas les malfaiteurs... il faut certes les condamner, mais il ne faut mépriser aucun être humain. Et pourtant, il méprisait les communistes. À ses yeux, rien ne pouvait être pire qu'un homme qui attente à la liberté de conscience d'autrui – et il n'était pas prêt, en ce qui le concernait, à serrer la main d'un homme capable d'une telle forfaiture. Certains, assez nombreux, l'ont pourtant fait, avec un sourire et une politesse hypocrites, mais lui, il en était incapable, il préférait s'en aller... Il savait qu'une telle décision lui coûterait très cher, qu'il risquait de voir s'anéantir tout ce qu'on appelle – d'une façon un peu pompeuse – son œuvre... Mais certains avaient déjà payé de leur vie et, en comparaison, son œuvre lui apparaissait dérisoire. Voilà ce qu'il m'a dit à la veille du départ. Et j'ai compris que je devais partir avec lui, car le vide qui, dans ce régime, m'accompagnait du matin au soir, n'était – à peu près – supportable que lorsque je savais cet homme près de moi… Alors, nous sommes partis. Je raconterai les détails à la police. Je les ai déjà racontés d'ailleurs à toutes sortes de polices. Il est très difficile de partir, savez-vous, et pas seulement à cause des fils barbelés. Un jour, en ruminant nos projets de départ, il m'a dit qu'il ne suffisait pas de vouloir… que la volonté avait besoin de préparatifs, de la flamme d'un pré-allumage. Qu'il fallait, en somme, vouloir vouloir, pour passer vraiment à l'acte. Et qu'il était extraordinairement ardu d'allumer une veilleuse dans ce climat d'impuissance et de résignation… Voilà encore une chose qu'on ne comprend pas chez vous… Ici, il suffit de vouloir pour mettre à exécution, tant bien que mal, ce qu'on a décidé. Nous sommes donc partis et *ça* a commencé… Quoi, ça ? Eh bien, ça ! Entre nous deux, *padre* ! Entre lui et moi… entre nous et le monde, il s'est déclenché quelque chose que nous n'avions pas prévu au moment où nous avions décidé de partir. Non, je ne pense pas aux difficultés. Lorsqu'il m'arrive de songer à la vie dans notre pays, aux suspicions, aux humiliations et aux privations que les gens doivent supporter jour après jour dans leurs lieux de travail, dans leurs immeubles, au sein de leurs familles… alors, j'ai presque honte en écoutant les lamentations de ceux qui sont partis… car ce qu'ils endurent n'est rien, non rien, en comparaison des souffrances de ceux qui sont restés au pays. Pourquoi me regardez-vous comme cela, *padre* ? Vous ne me croyez pas ? Bien, je continue. Ce qui a commencé là était quelque chose de différent. C'est difficile à expliquer. Je ne me confesse pas, mais je me trouve dans un confessionnal – et vous avez promis de m'écouter. Imaginez deux êtres qui se déshabillent. Non, pas comme deux amoureux… si, un peu… mais autrement. D'abord, bien sûr, ils se débarrassent de leurs vêtements. Mais, comment dire, leur nudité peut être multipliée à l'infini… Chaque jour, la vie se charge de les dépouiller d'un masque, d'un voile, d'une couche de peau. Et cela n'a pas de fin, voyez-vous. Ils se dépouillent de leur patrie, de leur nationalité, de leur nom, de leur passé… jusqu'à se défaire de cet étrange mensonge, oui, de ce mensonge qu'ils étaient devenus lorsqu'ils vivaient dans leur pays. Car, derrière leur personnalité et, plus tard, derrière leur rôle, il existait quelque chose… oui, quelque chose qui, à l'étranger, s'est révélé être un mensonge permanent, quelque chose qui vous colle à la peau, du berceau jusqu'au cercueil. Mais quel mensonge, me direz-vous ? Un rôle, une personnalité dont ils avaient hérité et qu'ils devaient assumer contre vents et marées, même pendant le siège, même dans les caves, même dans les égouts, oui, éternellement, tant qu'ils vivraient chez eux, entourés de témoins oculaires qui les connaissaient et les suivraient de la naissance à la mort. Une identité empruntée : « Je suis ceci et cela »… mais on sait qu'on n'est pas « ceci et cela », on sait qu'on est un autre… et il est impossible de l'avouer. Une fois à l'étranger, lorsqu'on est privé de passeport et de nationalité, commence une vie de vagabondage, semblable à une épidémie qu'on ne peut enrayer, une sorte de nomadisme contrôlé par les autorités… on erre, on plante sa tente n'importe où, dans ces déserts qui se nomment pays et nations, mais qui, en réalité, ne sont qu'autant de masses anonymes… Arrive enfin le jour où vous vous débarrassez de la personnalité mensongère qu'on vous a imposée chez vous. En accomplissant ce geste, vous éprouvez un grand soulagement. Mais cette nudité complète, définitive, cette immense impudeur contient pourtant un élément redoutable : pour parvenir en ce point, il a fallu que votre personnalité vacille, s'affaiblisse, se dilue, se décompose et ne soit plus que le souvenir d'une idée fixe. Cette schizophrénie, cette désagrégation de la personnalité, est, de nos jours, un symptôme universellement répandu, l'expérience quotidienne de millions et de millions d'êtres humains, éparpillés sur tous les continents. Ils arrivent avec, dans leurs poches, des papiers suspects, couverts de cachets et d'empreintes digitales, ils inspectent, ils explorent leur nouveau continent, ils s'installent, ils louent un appartement, prennent un nouveau nom, dégustent de nouveaux plats, ils saluent d'une manière différente, parlent une nouvelle langue avec un accent, participent à l'étrangeté environnante. Mais certaines nuits, seuls ou en compagnie d'autochtones, ils sont pris, brusquement, d'une frayeur qui les suffoque, car ils ont peur… peur de s'effondrer. Ils comprennent que leur personnalité, que tout ce qu'ils croyaient être, s'effrite et s'anéantit… et ils découvrent aussi que cette autre personnalité, ce qu'ils étaient naguère chez eux, que ce déguisement, tout mensonger qu'il fût, faisait partie intégrante de leur être… Ce déshabillage peut durer longtemps, très longtemps. Bien sûr, on possède à nouveau des papiers, des cartes de visite, avec son prénom traduit dans une langue étrangère… mais ce ne sont là que de nouvelles nudités. On perd sa personnalité, comme le blessé qui, dans le désert, se vide de son sang, goutte à goutte. Et il n'y a aucun remède contre cette maladie. On fait tous les efforts nécessaires, on s'enthousiasme pour sa nouvelle patrie, on arbore le drapeau du pays d'accueil, on se montre même plus patriote que les citoyens de souche, on exhibe fièrement son nouveau certificat de nationalité, et déjà, on vote, on participe à des campagnes électorales, comme si l'on était réellement concerné par ce qui se passe, comme si l'on n'était pas seulement toléré, mais aussi adopté… Alors qu'on est toujours de plus en plus nu… de plus en plus apatride.

3

– Nous avons reçu beaucoup de lettres pendant ces années-là, continua la femme. Je veux dire, lui, il en a reçu beaucoup. Parce que, autrefois, du temps où il avait encore sa vraie personnalité, il était connu, on appréciait son travail… Aucune de ces lettres ne venait de son pays, car il n'est pas prudent de correspondre avec un émigré, mais toutes les semaines, nous en recevions quelques-unes expédiées des cinq continents. Des lettres vantardes ou plaintives, résignées ou précises, envoyées d'Afrique, d'Inde ou d'Argentine, des lettres qui disaient toutes à peu près la même chose… chacun avait accepté son sort, celui-ci était supportable, sinon enviable, mais le pays ou le continent dans lequel on se trouvait – qu'il s'agisse de la Suisse ou du Canada – ne l'était pas… Peu à peu, nous avons fini par comprendre ceci : en quittant son propre pays, c'était tous les pays qu'on quittait… en échange d'un papier qui n'était qu'un document… Voilà ce que signifiait ce lent déshabillage. On ne se défaisait pas seulement de sa personnalité, mais de tout ce qu'on entendait autrefois par les mots de foyer et de patrie. Nous avons mis du temps à le comprendre. Dans chaque pays qu'on nous a autorisés à traverser, nous nous sommes délestés de quelques bagages, pour repartir toujours plus nus qu'avant, toujours plus pauvres, au sens propre comme au sens figuré. Ah ! ce déshabillage ! On se cramponne à tout... Un jour, en France – on nous avait permis d'y passer un peu de temps en transit –, je me suis aperçue que je traînais depuis des années avec moi un sac en papier, portant le nom et l'adresse de ma chapelière de là-bas. Un sac tout fripé, puisque le commerçant y avait mis sa marchandise. Le chapeau avait disparu depuis longtemps, le magasin dont l'adresse figurait sur le sac n'existait vraisemblablement plus, son propriétaire non plus, ainsi que beaucoup de ses clients. Cependant, en retrouvant, de passage entre deux pays, soigneusement plié au fond d'une valise, ce sac en papier provenant de ma patrie, j'ai éprouvé un étrange sentiment de calme, j'avais l'impression d'avoir, après tant d'incertitudes, tant d'errances et de tâtonnements, mis la main sur quelque chose de concret et de fiable auquel j'allais pouvoir m'accrocher pendant les jours à venir, sur le chemin qu'il me restait à parcourir. Non, il ne s'agissait pas d'un accès de sentimentalisme, *padre*, d'un attendrissement subit, dû au fait d'avoir retrouvé, à l'étranger, un objet familier venant de chez moi. Non, non, je n'ai même pas pleurniché comme le fait l'exilé devant de vieilles photos... Le plus étrange dans cette histoire, c'était ce sentiment de calme, de sécurité qui s'était tout à coup emparé de moi, comme si j'avais tenu entre mes mains la preuve décisive et irréfutable de mon existence d'autrefois… Mais, dans le même instant, j'ai compris que, malgré tous les papiers qu'on pourrait m'octroyer, je n'aurais plus jamais de personnalité. Je serais, au mieux, une citoyenne, une contribuable, de la main-d'œuvre… Voilà, notre déshabillage se poursuivait… Vous m'écoutez, *padre* ? Nous passions d'un pays à l'autre et, un jour, nous sommes arrivés au bord de la mer. Alors, nous avons regardé autour de nous. C'était le soir. Brusquement, il s'est mis à parler. Jusque-là, où que nous nous trouvions, en Suisse, à Paris ou à Milan, il avait préféré se taire et observer. Mais, ce soir-là, il a parlé. Il m'a dit qu'on était enfin arrivé chez nous. Que la mer était notre seconde patrie. Nous en sommes tous originaires, voilà notre seule et véritable patrie. L'autre patrie, sur le continent, en est issue, comme toute matière, comme toute vie organique. Ainsi se consolait-il. J'étais soulagée. Pendant nos années de pérégrination, j'avais souvent eu peur. Peur de le perdre, comme j'avais perdu mon pays, mon foyer, mes papiers, mes nom et prénom, et jusqu'à mes souvenirs… Un jour, savez-vous, on ne se souvient plus exactement de l'endroit où il fallait descendre du tram et prendre l'autobus pour se rendre à la piscine ou à son lieu de travail… et la conscience de cette perte s'accompagne toujours d'une soudaine frayeur, d'un sentiment d'anéantissement. Ce qu'on appelle le moi se réduit alors comme une peau de chagrin… Mais nous étions arrivés au bord de la mer. Oui, *padre,* ici même, à Naples. Nous avons loué un appartement à Marechiaro, près de la mer, dans une villa… sur le mur de laquelle on peut lire, gravées sur une plaque, les paroles d'une vieille chanson napolitaine. C'est ici que nous avons vécu. Comment avons-nous vécu ? De quoi avons-nous meublé les jours, les mois, les années qui passaient ? Parce qu'ils passent, et lorsqu'on n'a plus rien, ils passent encore plus vite… jusqu'au jour où le temps s'arrête. On continue alors à vivre dans le temps, mais on ne compte plus les jours. Quand je vivais encore chez moi, je veux dire : là-bas… une fois la journée finie, je m'empressais d'arracher la page du calendrier qui s'y rapportait, oui, je comprimais le temps, comme si chaque jour me rapprochait d'une solution heureuse.. Et j'ai continué à faire de même à l'étranger. Pour vivre, il faut toujours tendre vers quelque chose. Pourtant, dès lors qu'on n'a plus le sentiment que chaque jour nous rapproche de quelque chose de bon, on ne se dépêche plus de vivre, on ne presse plus le temps. On ne cherche pas non plus, il est vrai, à le retenir ou à le ralentir. J'ai compris, au cours des dernières années, que le temps ne signifiait pas la même chose pour un homme condamné à de longues années d'emprisonnement – ou pour un malade incurable – que pour le commun des mortels… Lui aussi, il l'avait compris. Nous n'avions plus rien à quoi dire adieu le soir, ni de quoi se réjouir le matin. Mais nous vivions sur la côte – et j'espérais qu'il se cramponnerait à la mer. Autrefois, chez nous, il savait éclater de rire, brusquement, sans transition… Puis, s'apercevant de l'incongruité de son rire, il se rembrunissait. Après notre départ, je ne l'avais plus jamais vu rire de cette façon. Mais ici, au bord de la mer, une idée qui lui traversait l'esprit le faisait rire à nouveau. Quand il lisait ou qu'il bavardait dans le living, il s'arrangeait toujours pour être face à la mer. Et c'est toujours au bord de la mer qu'il se promenait, seul ou avec moi. Il aimait tout ici, *padre.* Il me disait que c'était sa seconde patrie, cette côte occidentale de la Méditerranée et cette mer… C'est seulement sur cette côte, ajoutait-il, qu'on trouve encore des êtres à visage humain. Ici, il n'y a pas de prolétaires, affirmait-il. Il y a certes des clochards, mais pas de prolos, parce que chaque homme d'ici est une vraie personne. Et il aimait le front de mer, les rochers, l'escalier qui descend du Pausilippe vers Marechiaro, ce portail grillagé derrière lequel s'alignent des cyprès et, tout en bas, dans la pénombre, cette vieille maison inhabitée, ce château désaffecté qui menace ruine et où quelques vagabonds dorment la nuit. Quelquefois, dans mon demi-sommeil, je l'ai vu s'installer vers quatre heures du matin sur la terrasse pour contempler la mer, le soleil qui se levait derrière Salerne et le Vésuve. Une explosion atomique quotidienne, disait-il. Je l'observais et, petit à petit, je reprenais espoir.

4

La femme regarda autour d'elle, comme si elle cherchait quelqu'un. Puis, sur un ton neutre, objectif, elle recommença à égrener ses souvenirs.

– Nous avions très peu d'argent, mais cela ne nous préoccupait pas outre mesure, car les autochtones dont nous partagions la vie en avaient encore moins que nous. Malgré tout, il fallait bien penser à l'avenir. Aussi, un jour, nous nous sommes inscrits sur la liste des candidats à l'émigration. Nous aurions voulu aller aux États-Unis, mais nous n'avons pas pu obtenir de visa pour tous les deux. En réalité, nous n'étions pas de vraies *personnes déplacées,* nous n'entrions pas dans cette catégorie, nous étions des réfugiés hors norme, « *out of camp* »... Dans un camp de pestiférés, voyez-vous, on distingue les malades suivant la nature de leur mal, la date à laquelle ils l'ont contracté, le lieu, les circonstances de son apparition : seuls ceux qui sont atteints d'un certain type de peste bubonique sont admis dans la baraque commune, les autres sont des pestiférés à part, qui reçoivent une dénomination spéciale... Par ailleurs, si nous n'avons pu obtenir le visa tous les deux ensemble, c'est parce qu'il était poitrinaire. Il avait subi plusieurs examens au camp et les résultats des radios étaient mauvais... Moi, j'ai reçu un visa, lui non... et je ne pouvais pas expliquer au consul que mon visa ne valait rien, si lui n'avait pas le sien... que mon Amérique, c'était lui. Il a finalement obtenu un visa pour l'Australie. Mais l'Amérique et l'Australie sont deux lieux de séjour différents. Encore une chose que les consuls ne comprenaient pas. À leurs yeux, il s'agissait d'excellents pays d'immigration. Chaque réfugié devait attendre son tour et s'estimer heureux de trouver un pays d'accueil... Eh bien, nous attendions. Les visas ont fini par arriver – et ils nous ont beaucoup fait rire. Il a acheté des cartes géographiques que nous épluchions tous les soirs, l'Australie où il allait vivre et l'Amérique où je m'établirais, car les radios de mes poumons étaient bonnes. Ne serions-nous pas un peu trop loin l'un de l'autre ? Un peu loin de tout ? Vous connaissez cette blague datant de l'époque hitlérienne – un réfugié demande à un autre réfugié, en partance pour l'Australie, si ce continent n'est pas trop loin. Et ce dernier lui répond : « Loin de quoi ? » Lui, il m'a dit ce soir-là que les distances n'existaient pas et que le mal, au fond, résidait dans le fait que rien n'était près... « Près de quoi ? » nous demandions-nous. Ayant obtenu nos visas, nous avions encore quatre mois à vivre en Italie. Nous ne pouvions pas imaginer que nous devrions un jour nous séparer – nous séparer l'un de l'autre, de l'Italie… et de quelque chose que nous avions bien du mal à nommer. Beaucoup mentaient, ils se mentaient à eux-mêmes comme ils mentaient au monde, mais au dernier moment, dans le port de Naples, en montant sur le bateau qui devait les conduire en exil, ils blêmissaient, parce que c'était le dernier instant où ils voyaient encore quelque chose… mais quoi ? L'Europe ? Que peut bien signifier un concept géographique comme l'Europe pour le bûcheron lituanien, pour l'employé polonais, pour le journalier hongrois, au moment où il émigre ? Qu'a-t-il vu de l'Europe lorsqu'il travaillait dans son village ou sa petite commune ? Et plus tard, lorsqu'il a dû quitter son pays pour fuir les nazis ou les bolcheviques, ou la misère… ou la disparition, autour de lui, de tout ce qu'il avait pu aimer et respecter… Que pouvait-il voir de l'Europe à travers la fenêtre d'un wagon de troisième classe, en traversant ces pays qui ne voulaient pas de lui, oui, que voyait-il à travers les grilles des camps de réfugiés, quel képi de policier européen, quelle mitrailleuse européenne, quelles empreintes digitales européennes, quels papiers européens ? Et pourtant, tous blêmissaient en quittant l'Europe. Nous sommes souvent allés au port, nous avons vu tous ces gens et, un beau jour, nous nous sommes aperçus que nous étions exactement comme eux… comme des millions et des millions de réfugiés dispersés en Europe. Ils blêmissaient, parce qu'ils allaient quitter un continent où ils avaient perdu tous leurs biens et, dans certains cas, tous les êtres qu'ils aimaient. La plupart d'entre eux ne connaissaient pas les littératures européennes, ils n'avaient jamais visité les grands musées, les églises admirables, ils n'avaient rien vu des splendeurs de l'Europe. Et pourtant, ils étaient blêmes... Apparemment, on ne naît pas impunément en Europe. Malgré les champs de bataille et les camps de concentration, malgré le rideau de fer et les polices secrètes, la Gestapo hier, la Guépéou aujourd'hui et Dieu sait quoi demain... malgré les infamies, la suspicion, l'indifférence des États petits et grands, le comportement aberrant des autorités, les bûcherons lituaniens et les journaliers hongrois blêmissaient sur le pont du navire, parce qu'ils devaient quitter ce continent où on leur avait tout pris. Naître ici, semble-t-il, est un privilège. Et pourtant, que signifie le fait d'être européen ? Il m'a dit un jour qu'il était bien difficile de répondre à cette question. S'agit-il simplement d'être un natif de ce continent ?... Nombreux sont ceux qui se mentent à eux-mêmes. Selon lui, être Européen, c'est partager une complicité. Mais il ne m'a pas précisé quelle complicité... Et il est mort sans me l'avoir jamais dit.

5

Le prêtre se frottait les mains : il avait froid. L'église était vide. Pendant la guerre, une bombe avait traversé le toit et la paroisse n'avait pas les moyens de réparer les dégâts : des bouts de charpente pendaient du plafond et, à travers la brèche, on apercevait un lambeau du ciel bleu foncé, couleur de la mer dans la baie. Il en émanait une froideur semblable à l'indifférence que reflètent certains yeux bleus.

Provenant des débris tombés du plafond, une épaisse couche de chaux et de poussière recouvrait l'autel principal. L'édifice n'avait même plus l'apparence d'une église : rien n'y rappelait le divin, et les traces d'un cataclysme dévastateur étaient omniprésentes. L'autel principal n'avait pas encore été nettoyé, seul un autel latéral avait été consacré ; le prêtre y célébrait la messe tous les matins.

La femme se taisait. Elle se moucha, fouilla dans son sac, comme pour y chercher son poudrier et son bâton de rouge à lèvres, mais, embarrassée, elle le referma aussitôt et soupira. Puis, d'une voix rauque, elle reprit :

6

– En fait, je ne peux pas dire avec précision à quel moment je m'en suis aperçue… Un beau jour, tout simplement, j'ai constaté que cela avait commencé. Mais peut-être le savais-je bien avant. Ces choses-là ne commencent pas par un coup de sonnette et l'entrée d'un visiteur. Quelles choses ? Eh bien, ça ! C'est très difficile à dire, *padre*, mais je vais quand même essayer… D'après lui, tout cela a commencé dans le train, entre Rome et Naples – c'est là qu'il aurait compris qu'il n'y avait pas d'autre solution. Mais moi, je ne l'ai jamais cru. Je ne suis pas du tout sûre que cela ait commencé dans le train. Vous savez, après Terracina, lorsque le train sort du tunnel et, juste avant Formia, la mer apparaît dans une baie… Selon lui, c'est là que tout a commencé. Peut-être la chose s'était-elle accomplie plus tôt, sans qu'il s'en rende compte. Quelle chose ? La chose dont il est si difficile de parler. Mais je suis précisément venue pour en parler. À la police, je ne pourrai pas… on croira que je joue la comédie ou que je mens… Tout ce que je peux dire, c'est qu'un jour, nous avons compris que la chose était possible... oui, mais jusqu'à quel point était-elle réalisable ? Était-ce à lui de l'assumer ? Tout cela se manifestait-il par quelques signes tangibles, et pas seulement imaginaires ? La transition s'est opérée assez brusquement. Tout d'abord, il n'en a parlé qu'accessoirement, comme en passant, et avec une certaine irritation, comme s'il voulait chasser une idée obsédante, une pensée récurrente, un air qui le hantait et perturbait ses cogitations. Certains fragments musicaux, certains souvenirs verbaux envahissent ainsi notre conscience jusqu'à la parasiter. Voilà comment il semblait considérer la chose. D'un air un peu contrarié, et avec une certaine négligence... Parfois, il arborait un sourire persifleur, comme s'il se moquait de lui-même et de ses idées bizarres. À cette époque, j'étais déjà très proche de lui... pas seulement comme ça, mais aussi autrement. Et nous n'étions plus jeunes. Les années d'exil, notre condition d'apatrides nous avaient rapprochés. Tout au moins, je croyais qu'il était aussi proche de moi que je l'étais de lui, je croyais que nous avions pris, tous les deux en même temps, le chemin qui nous conduisait l'un vers l'autre, qu'il n'existait plus pour nous aucun autre objectif, aucun autre prétexte, aucune autre destination... car l'Australie et l'Amérique ne sont pas des objectifs, ce ne sont que des continents. Mais pour moi, pendant ces années-là, le vrai but de mon voyage, c'était lui. Et il fallait absolument que je l'atteigne... J'étais comme une enfant prodigue fermement décidée à rentrer chez elle, bravant la peur et les fils barbelés. C'est dans cet état d'esprit que je suis allée vers lui, persuadée que, de son côté, il marchait vers moi et que nous nous rencontrerions à mi-chemin. Mais, tout à coup, j'ai compris que ce n'était pas vers moi qu'il se dirigeait pendant ces années-là, que je n'étais pas le but de son voyage... J'ai compris qu'il avait trouvé une autre destination, une destination qui l'éloignait de moi. Ce jour-là, je me suis sentie terriblement seule. Ainsi, il envisageait de me quitter, de tout quitter, comme il avait laissé derrière lui sa patrie et son métier, parce qu'il voulait racheter le monde... Que dites-vous, *padre ?* Oui, vous avez bien entendu. Je dis très exactement ce que je pense. S'il voulait racheter le monde ? Oui, c'est ce qu'il voulait. Pourquoi ? Comment voulez-vous que je le sache, *padre* ? Pourquoi un homme veut-il sauver le monde ? Mais regardez autour de vous, regardez donc cette église... Pardonnez-moi. Comment savoir pourquoi, un jour, un homme décide de racheter le monde, quitte à passer pour un illuminé aux yeux de sa famille, de ses amis, de son médecin, des autorités ? Il y a eu des précédents, certes... Encore une fois, pardonnez-moi. L'étrange, dans toute cette affaire, c'est qu'à partir de ce moment-là son projet ne m'a paru ni insensé ni impossible à exécuter. Pas plus absurde que, disons, aller au Tibet et entreprendre l'ascension d'un sommet himalayen. Pour certains hommes, au fond, rien n'est impossible et, je le comprends maintenant, lui, il faisait partie de ces hommes. Toute femme admise dans l'intimité d'un tel être ressent la même chose que moi. Pour ces hommes-là – compositeurs, artistes, etc. –, l'impossible fait partie intégrante de la vie. Pour moi, vivre avec un rédempteur, c'était vivre avec un artiste. Seulement, il arrive un jour où il faut accomplir l'impossible. Peindre *le Jugement dernier* à la chapelle Sixtine… ou quelque chose de ce genre. Ce qui est, pour des centaines de millions d'êtres humains, tout aussi inaccessible que la rédemption. Et pourtant, quelquefois, un homme accomplit bel et bien l'impossible. Peut-être réussirai-je à m'expliquer… J'ai su, oui, dès le premier instant, j'ai su qu'il ne plaisantait pas. Qu'il n'était pas fou. À la police, bien sûr, on ne me comprendrait pas. Mais vous, dans cette église, dans ce confessionnal, vous, *padre,* vous me comprendrez peut-être. Où me comprendrait-on, sinon ici ? Et qui me comprendrait, sinon vous ? Moi, j'ai tout de suite compris. Comment avons-nous vécu par la suite ? Apaisés, me semble-t-il, comme deux êtres qui, après une longue période d'errements et de tâtonnements, entrevoient enfin leur destin… Le sien consistait à se lancer dans une entreprise qu'on ne peut nommer ni qualifier, une entreprise qui tient de la folie pour un psychiatre, du danger public pour un policier, du délire, de la comédie, voire de la tromperie pour la plus grande majorité des hommes. Une hérésie pour les prêtres et pour l'Église. Mais pour lui, une tâche à accomplir. Et ça, nous l'avions compris, tous les deux. C'est pourquoi nous étions tranquilles. Je savais qu'il n'était pas fou. Il m'a annoncé son projet avec calme, comme s'il s'agissait de créer simplement une entreprise commerciale en constituant les dossiers et en remplissant les demandes d'autorisation nécessaires... Imaginez deux êtres qui n'ont plus rien, deux êtres qui ne croient pas que les hommes puissent s'entraider – ni même qu'eux deux puissent s'épauler mutuellement... Alors, la seule solution qui leur reste – comme à l'humanité tout entière –, c'est la rédemption. Lorsqu'on comprend cela, il se passe quelque chose de redoutable. On se met peut-être à hurler, on porte brusquement la main à sa bouche, on est comme horrifié d'avoir dit ou fait quelque chose d'irréversible, quelque chose d'irréparable. Ou alors, on se tait et on reste calme. C'était son cas : après avoir dit ce qu'il avait à dire, il s'est tu et il est resté impassible... jusqu'au dernier instant, jusqu'au moment où il m'a quittée pour ne plus revenir. Oui, il était étrangement calme, et moi aussi. Seulement, moi, j'étais en même temps immensément triste, car j'avais compris que je ne pourrais pas l'empêcher de céder à une force plus puissante que tout ce que je pourrais lui donner – que tout ce que le monde pourrait lui offrir. Il me semble qu'on ne peut plus rien donner à un homme qui a entrepris de sauver le monde. Certes, on peut l'enfermer dans un asile d'aliénés. On peut aussi, à table, lui parler de la pluie et du beau temps. Mais les candidats rédempteurs ont déjà quitté notre monde… avec leurs corps, leur conscience et leurs désirs, pour entrer dans un autre univers. Ils sont déjà partis vers un pays d'où l'on ne revient pas – et où le bon sens, l'ironie ou le scepticisme des hommes d'ici-bas ne les atteignent plus. Quant à moi, mon scepticisme s'est évaporé au moment même où il m'a annoncé son intention de racheter l'humanité. À partir de cet instant, je me suis bornée à observer ce qui se passait en lui et autour de lui, comme on observerait le déroulement d'une expérience de laboratoire… comme on s'observe soi-même lorsqu'on absorbe, dans une perspective scientifique, un médicament ou un poison, ou que l'on s'expose à une irradiation dangereuse, tout en signalant à un témoin ce que l'on éprouve et les modifications que l'on constate en soi et dans l'environnement. Telle a été, pendant cette période, notre façon de voir les choses. Ce que je dis ici, dans cette église, constitue peut-être un péché. Mais je me dois de dire la vérité. C'est pourquoi je vous le répète, *padre,* je n'ai jamais douté de la véracité de ses affirmations, tout en l'observant avec la plus grande attention… pour voir s'il était assez fort pour sauver le monde… Je peux continuer, *padre* ?

7

Le prêtre ne répondit pas. Immobile, le buste penché vers l'avant, il se couvrit les yeux d'une main. La femme attendit quelques instants, puis, n'ayant pas obtenu de réponse, elle reprit calmement, sur le ton de la conversation :

– Les événements se sont succédé rapidement, sans transition. C'est un peuple étrange, qui ne perd jamais la tête. Un jour, on a sonné chez nous. Parfois, dans la rue, on s'arrêtait sur notre passage, on nous souriait, on touchait son bras ou sa veste. On débarquait chez nous l'après-midi, le matin de bonne heure, ou tard dans la soirée, à n'importe quel moment, sans se faire annoncer, sans se présenter, on s'asseyait, puis on exposait, avec volubilité et avec force gestes, en reprenant son souffle, ses soucis et ses plaintes. Chacun attendait la réponse avec le sourire un tantinet ironique de ceux qui connaissent depuis longtemps la nature humaine, les saints, les religions et même le surnaturel, porteur de bien des espoirs… Certains illuminés fréquentent les hommes en odeur de sainteté comme les névrosés vont chez le guérisseur. Une veuve de condition aisée, qui avait déjà rencontré le docteur Moscati et Padre Pio, près de Foggia, m'a parlé un jour de ces visites sur le ton désabusé du malade imaginaire déçu par des médecins éminents. D'après elle, Padre Pio avait d'abord refusé de la recevoir. Elle avait dû attendre trois jours dans une auberge où elle avait mal mangé et dormi sur un matelas trop dur. Admise enfin devant le saint homme, elle s'était mise à trembler : après l'avoir traitée d'hystérique vaniteuse, Padre Pio l'avait renvoyée. D'après elle, Padre Pio portait des mitaines pour cacher ses stigmates et il lévitait devant l'autel en célébrant la messe – mais cela, personne ne l'a jamais vu. Cette femme était pourtant loin d'être stupide, elle pouvait décrire le saint homme avec une certaine précision : ce robuste sexagénaire d'origine paysanne, aussi morose que perspicace, était vraisemblablement tuberculeux… il décelait immédiatement les menteurs et ne croyait pas un mot de ce que les gens lui racontaient. Moscati, lui, était d'une espèce différente, continua-t-elle : c'était un médecin, un savant qui voulait guérir ses patients par la douceur et la gentillesse tout autant que par les médicaments… Et maintenant, s'est-elle exclamée tout à coup, votre tour est venu ! Nous étions dans le living. Elle a prononcé cette phrase sur le ton le plus naturel du monde, comme s'il s'agissait de faire enregistrer une patente dans une chambre de commerce. Elle était assise sur le sofa en peluche, vêtue à l'ancienne mode, elle tenait une ombrelle à la main, elle bavardait et elle nous questionnait sans aucune gêne. Et savez-vous, *padre*, ce qui était le plus étrange ? C'était que cette situation ne nous paraissait pas extraordinaire… De leur côté, nos visiteurs considéraient qu'il était parfaitement naturel de débarquer chez nous, sans crier gare, sur la foi d'incontrôlables rumeurs… Mais que voulaient-ils, qu'espéraient-ils, au juste ? En tout cas, ils ne demandaient jamais rien. De temps à autre, ils se plaignaient, ils se lamentaient, ils gémissaient avec des « eh ! » qu'ils faisaient traîner, mais, en fin de compte, ils ne voulaient rien. Certains, de toute évidence, ne venaient que par curiosité, ou pour ne pas rater une occasion aussi facile. D'autres, méfiants et sceptiques, nous examinaient avec des regards perçants, ils nous posaient des questions insidieuses, cillaient, marmonnaient, ils se comportaient comme des experts en la matière, des experts dont les jugements étaient infaillibles. Tout cela était d'un comique, d'un ridicule achevé… et pourtant, non, pas tout à fait. Comment aurions-nous pu échapper aux curieux, aux badauds, aux simples d'esprit, aux geignards qui traînaient leurs souffrances comme des ombres sinistres, aux cancanières qui bavardaient sans retenue, venues parce qu'elles « passaient par là », attirées comme on l'est par quelque spectacle forain, aux farceurs, aux superstitieux ?… Tous ceux-là semblaient avoir le droit de franchir le seuil d'une maison où, selon la rumeur, vivait un homme qui ne demandait pas d'argent et qui pouvait peut-être aider les autres... Comment la rumeur s'était-elle répandue ? Qui l'avait déclenchée ? Sans doute ce prêtre d'un certain âge, au regard acéré, un des locataires de la villa Ricciardi, ce lotissement qui surplombe la colline du Pausilippe : l'air sombre, coiffé d'un chapeau à large bord, il se promène tous les après-midi sur le chemin bordé de pins parasols qui mène au parc portant le nom de Virgile. Mais peut-être connaissait-il déjà lui-même la rumeur, car chaque fois que nous nous croisions, il nous fusillait du regard, tel un praticien diplômé et apprécié par sa clientèle toisant un guérisseur surgi un beau jour dans sa ville, et dont chacun dit qu'il peut, avec ses seuls doigts, extraire les dents sans douleur, un guérisseur chez qui les patients affluent, parce qu'il ne demande pas cher et travaille même gratuitement. D'autres nous regardaient avec curiosité, certes, mais d'un air entendu ; les habitants du Pausilippe et de Marechiaro échangeaient même des clins d'œil complices indiquant qu'ils étaient « au courant ». Leur désinvolture nous consternait, comme s'ils tutoyaient le surnaturel... Les sceptiques nous intriguaient particulièrement : ils arrivaient chez nous d'une façon aussi intempestive que les croyants, en se permettant quelques insolences : souriants, affables, ils détournaient la conversation, tout en nous surveillant. Puis, sans transition, ils esquissaient une moue de mépris, ils se levaient et quittaient l'appartement. Sur le seuil, ils se retournaient. « Eh ! » lâchaient-ils, en nous faisant bien comprendre, geste à l'appui, qu'ils n'étaient pas dupes. Tout cela était à la fois amusant et redoutable : on devinait derrière leur naturel une sorte d'angoisse, quelque absurdité de mauvais augure. À quel moment a-t-on commencé à croire qu'il était l'élu ? Lui-même, en réalité, n'y avait jamais fait la moindre allusion… sauf peut-être dans quelques conversations avec un moine franciscain de sa connaissance… Mais je n'en suis pas sûre, de toute façon ce moine-là n'en a jamais parlé. Non, la nouvelle s'est répandue spontanément, comme un feu follet dansant parmi les âmes… Alors, un soir, je lui ai posé la question.

8

La femme se tut et observa un long silence. Le prêtre respirait bruyamment, toujours au même rythme, comme s'il s'était assoupi. Un orgue de barbarie passait dans la rue, il jouait un air sirupeux qui, filtré par les rideaux du portail, pénétrait dans l'église. Mécanique, grésillante, la musique s'éloigna lentement. Lorsqu'elle devint inaudible, la femme couvrit son visage de ses deux mains et reprit :

– Nous étions sur la terrasse, après le dîner. Je lui ai dit que je ne supporterais plus de naviguer ainsi dans des eaux troubles, des eaux infestées d'algues où la folie nous guettait. Qu'il fallait faire quelque chose. Qu'il sauve donc le monde… mais y compris nous deux. Quand la folie s'installe, il faut réagir. Je lisais, à cette époque, un récit dans lequel le narrateur s'entretient avec un schizophrène, au lendemain de sa guérison. Une guérison seulement apparente, mais les médecins considèrent qu'il est tiré d'affaire (le malade, lui aussi, se croit guéri). Interrogé sur les souvenirs qu'il garde de sa folie, l'homme répond qu'il avait eu, pendant tout ce temps, l'impression de se tenir devant une porte fermée, sans jamais savoir exactement de quel côté il se trouvait. C'était également notre cas. Pas un seul instant, je n'ai su de quel côté de la porte je me trouvais. Car il existait bel et bien une porte fermée entre lui et moi, entre nous et le monde. Cette porte, c'était le présent, la réalité quotidienne, avec, d'un côté, le passé et, de l'autre, l'avenir. Nous ne savions jamais de quel côté nous nous trouvions : nous en retournions-nous vers le passé, vers nos souvenirs, vers notre personnalité d'autrefois, ou, au contraire, avancions-nous vers l'avenir, vers cette étrange impersonnalité qui nous attendait, et qui serait notre lot dans ce monde transformé en masse anonyme ? Ne vous méprenez pas, non, nous n'avions aucune nostalgie, les nazis et les communistes nous avaient définitivement guéris de ce qu'on appelle le mal du pays. En pensant à mon pays, à vrai dire, je n'éprouvais aucune nostalgie, je ne désirais nullement y retourner, sinon par devoir, pour entretenir quelques tombes au cimetière. Dans mon pays, la vie se déroulait à présent sans nous, ce qui était naturel. Lui, il était parti sans y être contraint par un mobile extérieur, uniquement parce qu'il ne pouvait plus supporter la tromperie, le vandalisme généralisé, la destruction, par deux régimes violents, inhumains, de son environnement – ces régimes qui finiront par se disloquer et réduire à néant tous ceux qui se sont alliés à eux… par avidité, par cruauté, par stupidité, ou même de bonne foi, sous l'influence de rêves utopiques ou par manque d'informations. Parce qu'il craignait, aussi, de ne plus avoir le courage de protester et de se taire, d'être obligé un jour de dire des choses qu'il ne pensait pas… Non, les hommes qui partent dans ces conditions ne connaissent pas le mal du pays. Le pays, c'était un autre monde, mais de quel côté de la porte se situait-il ? Là où nous étions ? Il a mis longtemps avant de me répondre. Ce que j'appelais la porte n'était pas, selon lui, une idée fixe, c'était notre destinée. En ce qui nous concernait, notre destinée s'était accélérée jusqu'à se transformer en fatalité. En temps de paix, la destinée s'écoule avec la lenteur d'une vie saine et heureuse. Mais notre époque n'a rien de paisible, elle s'alimente à l'énergie atomique. C'est une époque fatale – et nous sommes, jour après jour, confrontés à sa fatalité. Pour un fou, la fatalité est une idée fixe. Mais nous ne sommes pas des fous, simplement des hommes qui ont pris conscience de la fatalité – et de la transformation de la destinée humaine en fatalité… Lorsque l'époque est faste, la destinée nous entoure à la façon d'une atmosphère. Mais nous qui vivons des temps différents, nous transportons avec nous notre destinée au cours de notre fatale pérégrination… et cette destinée, en quelque sorte miniaturisée, tient dans une valise, elle est *portable*. À Rome, m'a-t-il dit, il s'était entretenu avec un physicien qui fait autorité en matière nucléaire : celui-ci lui avait parlé des bombes dernier cri, atomiques ou à hydrogène, des bombes capables de produire une chaleur de cent millions de degrés et de brûler, en une fraction de seconde, non seulement des villes entières, mais aussi des espaces de plusieurs centaines de kilomètres carrés… et ces bombes mobiles, portables, tiennent aujourd'hui dans une simple boîte, elles peuvent être introduites en contrebande dans une valise… les autorités américaines tiennent, dès maintenant, à mettre en garde l'opinion contre les dangers qu'elles représentent. À l'heure actuelle, voyez-vous, la fatalité technique est mobile, *portable.* Et nous, nous vivons, condensée en un fragment de notre vie, la totalité de la destinée humaine. C'est cet instant fragmentaire que je perçois comme une porte fermée, sans savoir de quel côté de la porte je me trouve, m'a-t-il dit. Et toute l'humanité ressent la même chose que moi. Pas seulement à cause des dangers qui nous menacent, mais aussi des transformations qui se produisent dans chaque individu. Les grandes découvertes scientifiques, qui ont changé le monde, provoquent toujours des réactions chez les hommes, qui y répondent par des révolutions, par l'instauration de nouveaux régimes sociaux, par de nouvelles religions. Il estimait, lui, que le danger actuel était bien trop grave pour que l'instauration de nouveaux régimes politiques suffise à y répondre – non, la seule réponse possible était la rédemption. Si cette tentative échoue, nous sommes perdus, insistait-il. La lune brillait ; au-dessus d'Ischia, le ciel était couvert. C'est alors qu'il m'a dit pour la première fois que la rédemption exigeait le sacrifice de soi. Je ne l'ai pas compris tout de suite, j'étais trop épuisée. Il y avait les visas, l'Australie, l'Amérique, il y avait lui et moi… et quelque chose qui pouvait être une folie aussi bien qu'une ultime solution. Nous avions compris tous les deux que l'heure de la décision était arrivée. Ou nous nous engagions, chacun de notre côté, sur les chemins vers lesquels nous poussaient les forces de ce monde, ou nous restions ensemble, mais alors, il fallait que quelque chose survienne. Nous devions choisir. L'aube se levait, quand il m'a demandé de passer avec lui une journée à Assise.

9

– Il n'était encore jamais allé à Assise, précisa la femme. Moi non plus. Il n'avait jamais osé s'y rendre… ce voyage lui faisait peur, il le remettait toujours à plus tard. Mais un après-midi, nous avons pris l'express de Florence, en troisième classe. À la première gare après Rome, nous avons dû changer, prendre un tortillard qui suivait des voies sinueuses en contrebas des collines d'Ombrie. Nous partagions le compartiment avec deux religieuses, un jeune Napolitain bien en chair et une adolescente très maquillée. Pour épater cette dernière et pour faire rougir les religieuses, le jeune homme racontait des histoires un peu grivoises. Je me souviens de chacun de ses mots, de l'expression des visages, des détails les plus infimes… Blême, recroquevillé dans un coin, mon compagnon était attentif : nous étions tous les deux conscients de l'importance de ce voyage. S'il ne devait rien se passer en nous et autour de nous, le miracle n'aurait pas lieu, les événements se succéderaient mécaniquement, l'Amérique, l'Australie deviendraient des réalités pour nous – et l'humanité devrait renoncer à la rédemption. Or, en une époque où l'individu ne maîtrise plus son sort personnel, il est difficile, sinon impossible, de vivre sans l'espoir d'un miracle. C'est pourquoi il a voulu aller à Assise. Pour voir… mais quoi donc ? Les lieux. Oui, toucher les pierres d'une localité où il s'était un jour passé quelque chose que la postérité désignait par le mot « miracle ». Les deux religieuses se tenaient immobiles près de la fenêtre. Sans prier, sans parler, elles regardaient devant elles, comme figées. Lorsque le train passa devant une colline surmontée d'un couvent, le Napolitain lança d'une voix forte, de façon à être entendu par les deux nonnes : « Avez-vous remarqué que les couvents occupent toujours les plus beaux endroits ? Et ce sont toujours les gens du peuple qui leur apportent l'eau, par seaux entiers. – Ce n'est pas exact, corrigea aussitôt, grave mais courtoise, la plus âgée des religieuses. C'est nous, les sœurs, nous qui montons l'eau. » Confuse, à cause de l'impertinence de son compagnon de voyage, la jeune femme dit, en le désignant : « Ne l'écoutez pas, ma sœur, il raconte des bêtises. À vrai dire, il prie souvent, mais en secret. » Gêné, le jeune homme se mordillait les ongles. « Il ne suffit pas de prier en secret », répliqua la nonne avec autant de calme que de simplicité. Ensuite, ils se sont tus. Le train est arrivé à Assise. Sur le panneau de la gare, le nom de la ville était dessiné avec des caractères vieillots et tarabiscotés. Pour monter en ville, il fallait prendre l'autobus, une calotte de neige couronnait le mont Subasio ; je me souviens avec une grande précision de tous les instants de notre séjour à Assise, y compris de ceux où il ne se passait rien... mais non, à Assise, il se passe toujours quelque chose... En de tels lieux, l'action ne correspond pas toujours à ce qu'on nomme communément ainsi. La tension qui émane du paysage et des pierres de la ville entoure l'homme avec l'intensité d'un acte. De l'autobus qui nous conduisait à la ville, on apercevait les premières lueurs de la vallée, les fenêtres de l'église de la Portioncule étaient éclairées, on s'apprêtait à y célébrer les vêpres... L'hôtel était encore chauffé en cette saison, la fenêtre était équipée d'une moustiquaire. Du haut du balcon de notre chambre, j'ai contemplé la vallée – dans la lumière crépusculaire, on voyait jusqu'à Pérouse... J'ai éprouvé en cet instant une émotion, un trouble, puis une grande joie : je me suis dit que la vie valait peut-être la peine d'être vécue... Nous n'étions plus jeunes, je me répète, mais j'avais l'impression d'être en voyage de noces spirituelles. Je ne savais pas, je n'osais pas espérer que de tels instants puissent exister. Les instincts et le corps ne comptent pas ici... la joie que je ressentais était comme incorporelle, mais tout aussi dense et enivrante que l'autre, la joie physique. C'est peut-être pour connaître, après une pénible période d'angoisse, cet instant de bonheur que je l'ai accompagné à Assise. Oui, c'est cela, je me sentais comme en voyage de noces, j'éprouvais ce qu'éprouvent les jeunes mariés qui, après plusieurs cérémonies insipides, voire méprisables, se retrouvent enfin seuls, avec leurs corps... Nous aussi, nous étions enfin seuls, mais nos corps n'étaient que de simples témoins oculaires ; la tension qui émanait du paysage tenait de la radioactivité. Il m'a rejointe sur le balcon, et nous avons admiré le paysage jusqu'à Pérouse... et, naturellement, comme toujours à cette époque, les mêmes pensées nous traversaient. Il m'a expliqué que le carbone radioactif irradiait pendant six mille ans, mais que l'homme, à cet égard, était encore plus fort que le carbone... puisque le rayonnement qui émanait du corps de saint François et, après sa mort, des murs, des clôtures des jardins et de tout ce que le saint avait touché, en lui communiquant une énergie radioactive par la force de son âme, allait se prolonger pendant longtemps encore. Nous en profitons, oui, et saint François continuera de rayonner. À l'heure actuelle, il est l'objet d'un grave malentendu, les communistes espèrent en faire une sorte de compagnon de route, mais saint François n'y consentira jamais. La nuit tombait et nous étions toujours sur le balcon. Mais pas seuls : à Assise, on n'est jamais seul. Comment répondre, a-t-il poursuivi, à la question que tout le monde se pose ici ? La magie de cette ville est-elle due à saint François ou est-ce, au contraire, l'aura de la ville qui a fait saint François ? Nous sommes descendus au restaurant. L'une des tables était occupée par un jeune couple en voyage de noces, une autre par un professeur d'université allemand, qui a reconnu mon compagnon et s'est installé à notre table. Pendant le dîner, ce professeur a parlé d'Assise en connaisseur. Les fresques de Giotto, disait-il, sont intactes, leurs couleurs toujours aussi éclatantes. Mais celles de Cimabue ont été rongées par le temps, l'humidité, la moisissure. Il a demandé du fromage et il a déclaré, sur un ton indigné, que dans la crypte qui abrite la tombe du saint, le cercueil en forme de rocher, recouvert d'une couche de moisissure verte, était éclairé, comme au cinéma, d'un faisceau de lumière également verte. Le couple de jeunes mariés buvait du vin et se taisait, embarrassé. Leur voyage de noces ne ressemblait guère au nôtre, peut-être n'étaient-ils venus à Assise que parce que l'hôtel y était moins cher qu'ailleurs... Tout à coup, mon compagnon a dit nerveusement au revoir à l'Allemand. Nous sommes sortis dans la nuit, il m'a prise par le bras, nous marchions lentement parmi les maisons. J'étais heureuse comme jamais. Cette étrange tension dont j'ai parlé émanait de toutes les pierres, de toutes les fenêtres. Nous montions les rues fraîches, abruptes et pavées de cailloux arrondis, et il parlait, il parlait à voix basse, libre et joyeux. Il m'a dit que saint François était d'une sensualité extraordinaire... Vous m'écoutez, *padre ?* Je peux continuer ? Oui, saint François était sensuel, comme sainte Catherine de Sienne, comme tous les grands saints, d'ailleurs. La sensualité qui imprégnait le corps et l'âme de saint François et de sainte Claire était à la fois une force et une grâce. L'érotisme déborde les limites du corps, l'érotisme rayonne dans le monde et déplace les montagnes. Il fallait errer et beaucoup souffrir, a-t-il continué, pour que l'érotisme se détourne du corps et se transforme en une force capable d'irradier à travers le monde. Nous étions à présent devant la basilique Sainte-Claire. La lune brillait. L'amour entre saint François et sainte Claire, m'a-t-il confié, fut le plus effréné que l'Occident ait jamais connu. Ceux-là se sont acharnés à se dépouiller de tout, de leurs rôles sociaux, de leur rang, de leur fortune, de leurs vêtements et, pour finir, de leurs corps… Et même cela n'a pas suffi, ils ont tout abandonné. Nous étions sur la place, devant la basilique, les oiseaux de nuit voltigeaient, inquiets, autour de l'édifice, leurs plumes brillaient au clair de lune. Sainte Claire, a-t-il repris, était également une forte personnalité, sans doute plus forte que sœur Jacqueline, cette dame de Pérouse auprès de laquelle saint François allait se reposer des tourments amoureux qui le conduisaient à la sainteté. La dame de Pérouse réconfortait le saint avec des amandes cuites dans du lait… Mais sainte Claire, elle, n'avait personne pour la réconforter. Elle rencontrait quelquefois saint François, mais toujours devant témoins. Elle a vécu ici, parmi ces pierres, oui, c'était une femme très forte, a-t-il insisté, d'une voix pleine d'estime. Elle avait compris que, pour réaliser son amour, il fallait qu'elle se transforme – que Claire Scifi se métamorphose en sainte Claire. Toute autre tentative aurait été vaine... D'abord, elle avait cru rencontrer Pietro Bernardone à Assise, mais elle a fini par comprendre que c'était saint François lui-même qu'elle avait vu. Et elle a eu la force de survivre à cette rencontre, oui, de survivre à saint François... La force de connaître la pauvreté. C'était sans doute ce qu'il y avait de moins difficile, car elle avait un maître merveilleux. Saint François, a-t-il remarqué, n'avait jamais été « pauvre » comme le sont les prolétaires d'aujourd'hui. Non, sa pauvreté était d'une élégance inouïe. Lui, qui était si souvent impatient, revendicateur, injuste même, maître aride et compagnon insupportable, se montrait, avec sainte Claire, inexorable, certes, mais toujours courtois. Il lui a offert la pauvreté – comme un chevalier prodigue offre un présent rare à sa dame. Je l'écoutais... Il disait exactement ce que je pensais. D'ailleurs, je n'avais plus de pensées à moi, je pensais avec lui. Je vous le répète, le séjour à Assise a été notre ultime voyage de noces, le lieu où les choses sont arrivées à leur extrémité. Impossible d'aller plus loin. Il me parlait et, parmi les pierres où avaient vécu ceux qu'il évoquait, ses paroles étaient profondément authentiques. Il évoquait les stigmates de saint François, que personne n'avait jamais vus – sauf sainte Claire, lorsqu'elle était demeurée seule avec son cadavre. Il m'a aussi parlé du trachome que saint François avait contracté en Terre sainte pendant son mystérieux voyage diplomatique... ce voyage au cours duquel il s'était retrouvé en tête à tête avec un prince hostile, à la peau sombre, mais avec lequel il s'était entendu – car, au fond de leur âme, ils étaient, tous les deux, de vrais seigneurs, et les vrais seigneurs se comprennent toujours, même s'ils sont ennemis. Seuls les culs-terreux et les parvenus voient des ennemis irréconciliables en tous ceux qui ne sont pas comme eux... et aussi, ces infirmes intellectuels, les incroyants. Ceux-là ne comprennent pas les saints, ils sourient avec supériorité lorsqu'on leur en parle. Ils ne savent pas que les saints sont toujours de vrais seigneurs. Ils ne savent pas que les saints n'ont pas de patrie, parce qu'ils sont des étrangers, des vagabonds sur cette terre. Voilà ce qu'il m'a dit cette nuit-là, au clair de lune, devant la basilique Sainte-Claire, deux jours avant notre retour à Naples – et avant cette dernière nuit où il m'a demandé de le tuer.

10

Elle dirigea son regard vers la cloison grillagée séparant les deux parties du confessionnal.

– Vous dormez, *padre ?* demanda-t-elle.

Le prêtre sursauta, tira de sa poche un grand mouchoir rustique, à carreaux, et se moucha.

– Non, répondit-il, empressé, sur le ton de la conversation. *Favorite*…

– Je peux tout dire ? insista-t-elle.

À travers les brèches de la toiture endommagée, la lourde lumière de midi envahissait l'église poussiéreuse. Les statues mutilées – saint Antoine, près du confessionnal, saint François-Xavier, avec ses oreilles cassées, sainte Catherine, portant à son cou une couronne de lauriers fanés – resplendissaient dans le soleil.

– Je vous en prie, continuez, dit le prêtre, sur un ton neutre. Je ne dormais pas.

Les mains croisées sur le ventre, il ferma les paupières. Il respirait bruyamment.

11

– Mais cette nuit-là, nous étions encore vivants, reprit-elle, souriante. Nous étions de bonne humeur. Selon mon compagnon, notre gaieté, aussi inexplicable qu'irrésistible, était entièrement due à la proximité de saint François : nous respirions l'air qu'il avait respiré, et nous touchions les objets qu'il avait touchés. Ne vous méprenez pas, *padre,* nous n'avons pas fait la fête, cette nuit-là, mais la joie de vivre qui émanait de la ville nous avait envahis. Toujours d'excellente humeur, nous sommes redescendus dans la vallée. La condition *sine qua non* de la rédemption, m'a-t-il dit alors, est la bonne humeur de celui qui se sacrifie. Il n'a pas précisé à quel sacrifice il faisait allusion… je ne l'ai compris que deux jours plus tard, lorsque je l'ai découvert sur la plage, mort, les bras écartés, le visage enfoui dans le sable mouillé… Mais cette nuit-là, cette nuit qui était encore la mienne, j'étais joyeuse, et je n'ai pas insisté. Saint François, a-t-il continué, savait aborder le monde avec joie : les poissons et les oiseaux auxquels il s'adressait se réjouissaient avec lui. Et voilà qu'à notre tour, nous étions habités par cette joie. Le lendemain, nous nous sommes levés à l'aube. Nous avons d'abord visité le tombeau, puis nous avons grimpé sur la montagne. Il voulait tout voir, les chemins et les sentiers que le saint avait empruntés, la pierre qui lui avait servi d'oreiller, sa dernière bure de moine. Tout voir et tout toucher. Il espérait encore... Il faisait frais, l'air était sec, nous arpentions les rues de la ville et les collines environnantes sous une lumière crue. Il se démenait, infatigable, avec l'obstination d'un archéologue ou d'un détective en quête de traces. Comme si saint François avait laissé, spécialement à son intention, quelque signe secret. En visitant Assise en touriste désœuvrée, j'ai compris son inquiétude. Oui, nous étions sur les lieux... où il s'était passé... mais quoi ? Précisément ce que les gens attendaient. Un homme de petite taille, souffrant de trachome, fils d'une famille aisée de la ville (on dirait, aujourd'hui, d'origine bourgeoise) avait tenté un jour l'impossible. Avait-il réussi ?... Telle était la question que nous nous posions tous les deux. Le monde était-il devenu meilleur ? Plus humain ? Plus spirituel ? Oui, a-t-il répondu gravement. Qu'avait donc fait saint François ? Rien de particulier. Il avait écrit quelques poèmes, proféré quelques paraboles... Il s'était adressé aux malades, aux incroyants, aux désespérés... Voilà des choses assez communes. Il avait fondé un ordre religieux, réhabilité la pauvreté, cette vilaine maladie des hommes. Mais il n'avait rien résolu, il n'avait pas inventé de nouveau régime social, il n'avait pas fait la révolution… Non, il avait seulement médité sur la pauvreté, interpellé chaque être et chaque chose, et la pauvreté, ce monstre, avait dû répondre à son appel et révéler sa véritable essence… Vers midi, fatigués, nous nous sommes assis sur la margelle d'une fontaine, dans la rue qui menait à notre hôtel. Un laurier-rose se dressait près de la fontaine, des pièces de cinq lires tapissaient le fond du bassin qui recueillait l'eau. J'ai pris, je m'en souviens, une pièce dans mon sac pour la jeter dans le bassin, mais il a retenu ma main. Si nous quittons l'Italie, m'a-t-il dit, il ne faudra plus y revenir. Nous y sommes encore, mais nous allons partir… pour l'Australie, pour l'Amérique… N'importe où, et il nous sera interdit de revenir. J'en ai eu le cœur serré. Mais pourquoi ? lui ai-je demandé. Pourquoi nous serait-il interdit de revenir en Italie ? Parce que pour nous, a-t-il répondu, l'Italie n'est pas un pays qu'on visite en touriste, non, c'est un sentiment… Et lorsqu'on quitte un sentiment, on ne le retrouve plus, on ne fait que visiter des villes, on ne rencontre plus que des pierres et des gens. Or, l'Italie relève du domaine sentimental, comme l'amour, le dernier don que le monde puisse offrir aux apatrides, et bientôt aux Italiens eux-mêmes – car beaucoup d'entre eux sont d'ores et déjà devenus des apatrides dans leur Italie adorée. Eh bien, ne partons pas ! me suis-je écriée. Déchirons nos visas. Combien de documents avons-nous déjà détruits depuis dix ans, des certificats de nationalité, des lettres et des photos qui nous étaient bien plus chères que ces visas d'entrée dans des pays étrangers… Déchirons ces papiers, te dis-je, et restons en Italie ! C'en était trop : je ne me dominais plus, je riais, je pleurais… Après, nous sommes restés silencieux pendant de longues minutes, nous n'entendions plus que le chuchotement de l'eau dans le bassin en marbre de la fontaine. À Assise, le silence règne toujours, on n'y entend, la plupart du temps, que le frottement des ailes des oiseaux et le son des cloches. Mais, à ce moment-là, oiseaux et cloches étaient muets, et le monde était loin, bien loin… Me croyez-vous, *padre ?* Ce monde fou, ses machines bruyantes, les discours à la radio, tout cela était loin… alors que l'Italie était toute proche, comme l'amour. Je ne peux pas le dire autrement. Je me suis mise à parler à mon tour. Ce n'était plus la nuit, c'était le jour, la lumière était vive et nous étions assis sur la margelle d'une fontaine, et nous n'avions plus rien, en dehors de deux visas et d'une idée fixe, la possibilité du miracle, de la Rédemption. Alors, je lui ai dit que c'était justement cela, le miracle, le fait d'avoir survécu à tant d'horreurs, de pouvoir vivre en Italie où nous aimions tout. Restons ici, ai-je répété. Même si nous sommes obligés de mendier, même si les autorités nous enferment dans un camp, parce que nous sommes des apatrides… Au moins, ce camp sera en Italie… où le ciel est toujours aussi bleu qu'il l'est maintenant, au-dessus d'Assise. Oui, nous mendierons peut-être, mais les mendiants sont si nombreux en Italie qu'on ne s'étonnera pas de voir, parmi eux, deux étrangers. Les riches ne nous donneront rien, mais les pauvres nous offriront un plat de pâtes, des poissons frits, un verre de vin… On peut faire confiance aux pauvres d'Italie, ils ne nous abandonneront pas, eux. Et j'ai continué d'argumenter : saint François lui-même mendiait et, de nos jours, les moines franciscains en font autant. En Italie, où que nous allions, ce sera toujours le même soleil dense, brûlant et enivrant qui resplendira au-dessus de nos têtes, cette sorte de morphine qui réjouit et alanguit, une morphine à la fois froide et ardente, un opium rayonnant que l'on respire, qui vous grise et vous rend lucide. Je lui ai parlé de tous ces gens venus du Nord ou de l'Est qui vivaient sur les îles autour de Naples… de Douglas, cet écrivain anglais, mort récemment à Capri, qui était venu pour trois jours et qui était resté vingt ans. À Amalfi, on nous avait montré un Autrichien ou un Hongrois, je ne sais plus, qui avait oublié de repartir, parce qu'il n'avait pu abandonner cette grisante morphine méridionale… C'est peut-être cela, le miracle. Restons en Italie, oui, là est peut-être le miracle.

12

La femme observa un long silence. Puis, se couvrant les yeux de ses deux mains, elle dit :

– L'après-midi du même jour, nous sommes rentrés à Naples, via Rome. Vers minuit, nous sommes arrivés à la gare de Mergellina. La lune éclairait la tombe de Virgile, entourée de roses. L'autobus nous a montés au Pausilippe, ensuite, nous avons continué à pied vers Marechiaro où nous logions. Nous étions silencieux : il n'y avait plus rien à dire. J'étais très fatiguée, je ne voulais plus qu'une seule chose, me taire – ne plus répondre, ne plus interroger, où que je me trouve dans le monde. Deux lettres nous attendaient : une convocation adressée par la commission d'immigration australienne pour le lendemain matin, au camp de Bagnoli : on avait oublié de le vacciner contre le typhus, et ce vaccin était indispensable pour prendre le bateau. L'autre lettre venait du moine franciscain : il nous invitait à nous rendre, le lendemain matin à neuf heures, à la sacristie de la cathédrale pour assister au miracle… oui, à la liquéfaction du sang de San Gennaro. Il m'a dit alors qu'il n'irait pas au camp et qu'il ne se ferait pas vacciner contre le typhus. Le lendemain, nous nous sommes levés de bonne heure – à neuf heures, nous étions à la cathédrale. Pour accéder à la sacristie, il fallait passer par l'entrée d'un immeuble. Connaissez-vous cette entrée, *padre ?* Excusez-moi, je n'ai pas bien compris. Vous n'avez jamais assisté au miracle à la cathédrale ? Oui, je comprends… Nous sommes arrivés à l'heure dite. Il fallait passer par la porte d'un immeuble ordinaire, dont une aile, en style gothique français, avec voûtes, faisait partie de la cathédrale… On a pris notre invitation et on nous a fait asseoir sur un banc près de la fenêtre. La sacristie se compose de trois salles revêtues de marbre polychrome. Allez la voir un jour, *padre*, cela en vaut la peine. Que dites-vous ? Oui, je continue. J'avais peu dormi, mais j'étais très attentive. Lui aussi, il était attentif et silencieux. Nous n'avions encore jamais vu un miracle de près. Je veux dire, nous n'avions encore jamais assisté à son accomplissement. Et voilà que nous nous trouvions à Naples, dans une salle revêtue de marbre où diverses personnalités, ecclésiastiques ou non, préparaient un miracle. Un valet vêtu d'une livrée bleu et rouge, à boutons d'or, disposait sur une table surmontée d'une étagère les accessoires du miracle à venir, comme le personnel d'une demeure seigneuriale aurait mis la dernière main aux préparatifs d'une importante réception. Un ouvrier en salopette bleue, portant une cravate jaune canari, s'affairait dans la salle, tel un décorateur de théâtre chargé de préparer la scène avant la représentation. Quelques prêtres auxiliaires s'habillaient déjà pour la cérémonie. Un monsieur au crâne dégarni, vêtu d'un habit d'une coupe parfaite, est alors entré dans la salle, une sorte de maître de cérémonies célestes. Très à l'aise, mais d'une extrême courtoisie, il plaisantait avec les prêtres. On aurait dit un prestidigitateur répétant dans les coulisses. Disparu un moment, il est réapparu peu après, ceint d'une écharpe rouge sang – une distinction papale – sur son plastron d'une blancheur éclatante. Dans la sacristie, à neuf heures du matin, cet étrange maître de cérémonies, qui était aussi le trésorier de la cathédrale, ne manquait pas d'intriguer. Assis sur notre banc, nous avions l'impression d'assister à l'agitation de gens du métier avant un spectacle. Le personnage à l'habit évoluait avec une grâce toute mondaine ; devant les tables et les armoires sculptées, chargées de ciboires et de chasubles, les prêtres rajustaient leurs tenues ; ils étaient détendus, voire joyeux, tels les acteurs de quelque représentation de gala. Dans la sacristie, on ne percevait aucun signe, rien qui aurait pu trahir une attente angoissée, non, les hommes qui se trouvaient devant nous étaient de vrais spécialistes. Nous n'osions rien dire, même en chuchotant, nous nous contentions d'observer. Les prêtres, le monsieur en habit, le valet en livrée, l'ouvrier en salopette étaient tous des experts – les experts d'un miracle qui se répétait deux fois par an à

Naples. Familiers de ce miracle, ils ne s'en émerveillaient plus, ils s'occupaient seulement de la mise en scène et plaisantaient avec décontraction. Cela nous paraissait à la fois singulier et naturel : au fond, j'ai compris, ce jour-là, qu'un miracle devait se préparer ainsi – d'une façon sincère et humaine... Tout à coup, sur le seuil d'une porte latérale, est apparu un ecclésiastique gros et pâle, au nez chaussé de lunettes, coiffé de la barrette rouge des cardinaux. Une grande effervescence s'est alors emparée de la sacristie, tous, y compris le maître de cérémonies, se sont empressés d'aller baiser la main du cardinal, qu'accompagnait un carabinier. Un jeune prêtre atteint de fièvre hectique, manifestement tuberculeux, suivait le prélat, les yeux baissés : il toussotait et consultait de temps à autre sa Bible ou son bréviaire. D'autres prélats italiens, habillés en grande pompe, ont à leur tour surgi dans la sacristie pour baiser la main de Son Éminence. Ce cardinal était un Canadien – quelques paroles chuchotées çà et là nous l'avaient appris – qui, de passage à Naples, tenait absolument à assister au miracle, à la liquéfaction du sang de San Gennaro. Sa présence constituait manifestement un grand honneur pour la paroisse. L'homme à l'habit s'agitait, les prêtres semblaient inquiets, seul le jeune ecclésiastique poitrinaire, aux joues rosies par la fièvre, gardait son calme : il ne regardait personne – baissant les yeux, il paraissait plutôt gêné. On voyait bien qu'il s'agissait d'un prêtre authentique. Le cardinal lui-même semblait embarrassé :

il se taisait mais, de temps à autre, il esquissait un sourire nerveux et ajustait ses lunettes. Un évêque est alors entré, en grand apparat, flanqué de ses assistants. À cet instant, tous les prélats de haut rang se sont salués solennellement. Au moyen d'une longue clé, qui aurait pu être celle de saint Pierre, le trésorier a ouvert, avec une lenteur théâtrale, une porte dérobée, une sorte de placard sculpté avec art, découvrant, enchâssé dans le marbre, un solide coffre-fort moderne, que l'homme à l'habit a déverrouillé à son tour. Quelques prêtres, avec mille précautions, ont sorti du coffre les trésors de la cathédrale pour les disposer sur une longue table basse, devant le cardinal. Allez voir un jour, *padre*, ces coupes serties de diamants, ces anneaux, ces reliquaires ornés de pierres précieuses… Tous les ecclésiastiques présents, ceux de la paroisse comme les autres, contemplaient ces trésors avec intérêt, mais aussi avec une certaine gêne. La gravité du cardinal me semblait, je ne sais trop pourquoi, empreinte d'une certaine tristesse et l'intérêt qu'il manifestait pour ces objets précieux quelque peu forcé. Choisissant plusieurs pièces aux émeraudes et aux diamants resplendissants, il les présentait à la lumière. D'une façon générale, il s'efforçait de se comporter en visiteur de musée averti, avant de reposer, avec une grande prudence, ces objets sur la table. Tout le monde semblait embarrassé. Le jeune auxiliaire tuberculeux, lui, n'accordait pas le moindre regard aux trésors ; tête baissée, il lisait son bréviaire, en remuant les lèvres – il ne semblait nullement concerné par la scène. À ce moment, un prêtre de la paroisse a pris, parmi les objets, une mitre d'évêque en or pur et une broche sertie de diamants. Les ecclésiastiques s'entretenaient à voix basse, et nous avons compris que ces pièces étaient destinées à orner la statue de San Gennaro, statue que l'on présente au peuple le jour de sa fête dans une chapelle latérale. Nous y sommes allés pour admirer ce buste qui, excusez-moi, n'a rien de commun avec les statues poussiéreuses et passablement défigurées de saint Antoine ou de saint François que l'on voit dans cette église. Celui-là est tout en or et en argent. L'homme au frac et le prêtre assistant se sont mis à l'habiller : ils ont disposé sur sa tête une barrette sertie de pierres précieuses, étalé sur ses épaules un manteau richement orné et agrafé, sur sa poitrine en argent, la broche aux diamants étincelants... Exécuté par des mains expertes, cet acte me faisait songer – mais en plus théâtral, en plus professionnel – à l'habillage d'un totem tribal par des sorciers païens. Le miracle se préparait et savez-vous, *padre*, ce qui m'a paru le plus étrange ? Mon incapacité à m'indigner, à me mettre en colère. Ils agissaient avec tant de naturel, manipulaient avec tant de conviction la statue du saint, abordaient le miracle, le surnaturel, avec tant de simplicité et de bonne humeur que j'en restais bouche bée au lieu de m'en offusquer. Formant un demi-cercle, les prélats, comme moi, attendaient la suite avec une grande attention. Parmi eux, le cardinal canadien, cet étrange touriste, tirait de temps en temps un mouchoir de sa poche et toussotait discrètement. Visiblement, l'homme était perplexe. Prêtre, il devait, de par sa profession même, croire au miracle qui se préparait devant ses yeux – il devait y croire avec la précision du prestidigitateur répétant son numéro avant la représentation. Il ne manquait que le lapin et le haut-de-forme. Et pourtant, la scène n'était pas destinée à plaire à un large public. Nous avions tous compris que cela ne pouvait pas se passer autrement. Seul le prêtre canadien tuberculeux, aux yeux ardents, aux joues blêmes marquées par les taches rouges de la fièvre, ne s'y résignait pas. Il regardait devant lui, d'un air sombre, sans cesser de murmurer ses prières ; de toute évidence, il n'acceptait pas que le miracle puisse être aussi simple et, en même temps, aussi magique et aussi merveilleux. Les autres, autour de l'autel, l'avaient compris. C'est dans cet état d'esprit que nous avons assisté à l'habillage de San Gennaro.

13

– Vous m'écoutez, *padre* ? demanda la femme. Vous n'avez jamais vu le miracle ? Vous qui vivez à Naples, vous ne l'avez jamais vu ?… Vous n'en avez pas besoin, dites-vous. Je vous comprends. Mais, croyez-moi, cela en vaut la peine… Nous nous trouvions au dernier rang, derrière l'homme à l'habit, les prélats, les prêtres auxiliaires et les carabiniers. Des guirlandes d'ampoules électriques répandaient une lumière aveuglante, les carabiniers en habit de gala, gantés de blanc, montaient la garde des deux côtés de l'autel, derrière lequel l'évêque, un instant disparu, était allé chercher le reliquaire en or contenant le sang de San Gennaro – du sang coagulé, conservé entre deux plaques de verre, semblable à un bout de résine ou de goudron. Un prêtre auxiliaire éclairait avec un cierge les plaques de verre qu'il mettait sous les yeux du cardinal myope, comme pour lui prouver qu'aucune supercherie n'était possible, que le sang était bien sec et coagulé… Alors, nous nous sommes tous agenouillés devant l'autel et j'ai enfin osé regarder autour de moi. Une barrière sculptée séparait l'autel des bancs où quelques rares personnes, surtout de vieilles femmes, priaient à genoux. Elles n'étaient pas nombreuses. Naples était désormais habituée à ce miracle récurrent, et donc un peu monotone… Certaines de ces vieilles poissonnières édentées descendaient, disait-on, du saint lui-même… mais ce n'était pas sûr. Tous les membres de l'assistance – beaucoup de femmes et quelques rares hommes – étaient, indiscutablement, des Napolitains à l'aspect un peu négligé, au regard étincelant, des habitués, témoins oculaires du miracle qu'ils attendaient comme, autrefois, le public des foires attendait une représentation de commedia dell'arte. Mais, plus avertis que ce dernier, ils connaissaient, eux, parfaitement leur sujet. Tout à coup a retenti, tel le chœur antique dans un ancien mystère, la mélopée à la fois plaintive, impatiente et pressante des femmes, une litanie gémissante qui semblait marquer le début de quelque chose… De quoi ? du miracle ? Je ne sais pas, *padre*. Cela tenait du cirque, de la superstition, de la tradition, de la liturgie, de la prestidigitation, du commerce, mais il y avait pourtant autre chose dans ces lamentos murmurés, un appel, oui, ces vieilles décrépites convoquaient le miracle – un miracle qu'il ne suffisait pas d'attendre confortablement, qui n'arrivait pas simplement sur commande, par colis postal… Bien sûr, le miracle se préparait d'une façon spectaculaire, mais ce n'était pas là son essence, l'important était d'y croire et de l'appeler. Mais à quoi fallait-il croire, au juste ? À toutes ces simagrées ? À la liquéfaction du sang de San Gennaro ? À mon avis, personne dans cette chapelle n'y croyait, y compris les prêtres. La cérémonie ne se déroulait pas dans une atmosphère extatique, mais avec une froide théâtralité. Et pourtant, encore une fois, il y avait autre chose... En nous jetant brusquement dans cette représentation préparée avec un tel soin, comme on se jette dans un four brûlant, nous avions admis la possibilité du miracle... C'est une chose difficile à expliquer... Vous êtes prêtre, *padre*, donc je ne crois pas que vous puissiez me comprendre... Excusez-moi, je vous en prie... Ce qui s'est passé à ce moment-là avec le sang coagulé ne tenait peut-être pas du miracle, mais vous êtes prêtre et, en tant que tel, vous devez y croire. Moi, tout ce que je peux vous dire, c'est que ce bourdonnement, ces appels plaintifs s'intensifiaient sans cesse, et qu'ils n'émanaient pas seulement de la bouche édentée des vieilles, mais de l'intérieur de nous – de nous tous qui étions agenouillés dans cette chapelle. J'observais le visage du prêtre canadien poitrinaire : il avait le regard fixe et vitreux, ses lèvres remuaient sans prononcer un mot. Malgré la mascarade environnante, il croyait fermement, lui, que le miracle était possible, car le miracle ignore l'impossible, voyez-vous, il peut s'accomplir même s'il est organisé périodiquement, plusieurs fois dans l'année, comme une manifestation touristique...

même dans cette église. Quant à l'homme qui était agenouillé à mes côtés, je n'osais pas le regarder. Parfois, j'étais persuadée de connaître toutes ses pensées... Ce n'était plus une suite d'événements que nous étions en train de vivre durant cette période, mais notre sort lui-même, une fatalité qui s'accomplissait à chaque instant... comme si l'on cherchait à allumer sa cigarette avec un bâton de dynamite. Cette fatalité, c'était l'Amérique, ou l'Australie, ou le pays que nous avions quitté, un pays qui se décomposait, qui avait cessé d'exister, ou le monde lui-même qui nous était devenu aussi étranger que notre propre patrie... Oui, la fatalité était partout. Déambulant devant l'autel, élevant et abaissant tour à tour les plaques de verre encadrées d'or contenant le caillot de sang coagulé, l'évêque semblait bercer quelque redoutable fétiche. Le prêtre auxiliaire qui le suivait éclairait avec un cierge le reliquaire que l'évêque tournait et retournait dans tous les sens comme pour montrer que le sang ne s'était pas encore liquéfié... Et alors, il est arrivé quelque chose – quelque chose qui a tout transcendé : le fétiche rococo, le chœur plaintif des femmes et le sang enfin liquéfié dans la châsse que l'évêque brandissait triomphalement, avec le mouvement rythmique d'un balancier... Les femmes hurlaient, puis elles se sont mises à applaudir, car, une fois de plus, le numéro avait réussi... Indépendamment de tout cela, pourtant, il s'est passé quelque chose en nous, nous qui étions agenouillés devant l'autel, les yeux rivés sur la plaque de verre ronde derrière laquelle se liquéfiait le sang, quelque chose de plus fort que notre résistance et que notre scepticisme vis-à-vis de la superstition. Nous avions tout à coup acquis la conviction que ce qui existe ne se confond pas nécessairement avec ce qui se vérifie et se contrôle, que ce qui existe dépasse le visible et le tangible… bref, que le champ du possible était grand ouvert. L'évêque a élevé dans un nouveau geste de triomphe le reliquaire d'or, l'a présenté au cardinal agenouillé qui a embrassé la plaque de verre, suivi aussitôt de nous tous – à l'exception de l'assistant du cardinal qui, tête baissée, agenouillé sur la dernière marche, continuait de lire son bréviaire, l'air sombre ; sans un regard pour le miracle accompli, il semblait dire : « À quoi sert le sang ? Il suffit de croire. »

14

Le prêtre se déplaça légèrement, comme pour dégourdir ses membres ankylosés. La femme se moucha puis, repoussant la manche de son corsage avec l'index de sa main droite gantée, elle plissa les paupières pour consulter, de son regard de myope, les aiguilles de sa montre-bracelet.

– Il faut que je m'en aille.

Brusquement, de façon inattendue, le prêtre s'éclaircit la voix et demanda, dans un français rocailleux :

– Vous l'avez tué ?

15

– Non, répondit-elle docilement. Je ne l'ai pas tué. Mais il y a eu un moment, vers l'aube, où je ne pouvais plus le retenir... Je ne sais pas si je me fais bien comprendre. Il arrive un moment où l'on se sent impuissant. C'était notre dernière nuit napolitaine... la nuit qui a suivi la liquéfaction du sang de San Gennaro. Les journaux ont relaté le miracle, mais seulement en petits caractères, car, à Naples, cet événement est devenu banal. Après avoir quitté l'église, nous sommes rentrés directement chez nous. L'air était étouffant. Nous sommes passés devant une maison où, dans la pénombre de la ruelle, nous avons aperçu notre ami franciscain en train de dîner en société. Il nous a salués amicalement. « À demain, donc », a-t-il dit en français, comme en guise d'adieu. Une fois chez nous, nous nous sommes installés sur la terrasse. Pendant longtemps, je n'ai pas osé lui parler. Il faisait lourd et orageux, un climat tropical plus qu'européen. La mer, les fleurs, les plantes, tout semblait empoisonné, l'atmosphère était imprégnée d'une sensualité toxique et nous ne savions plus quoi nous dire. Nous avions vu le miracle. Et son bateau partait le lendemain. Nos visas allaient expirer. La chaleur semblait planer au-dessus de la mer, comme la flamme d'une lampe à alcool, avec des scintillements bleuâtres. Puis, tout à coup, le monde s'est assombri. Il n'y avait plus une seule étoile au firmament, le ciel napolitain semblait lourd de menaces, on ne voyait plus ni la mer ni le Vésuve. Nous étions seuls. Peu après minuit, il s'est mis à parler. Il m'a demandé de le tuer. Il parlait avec calme, puis il a regagné sa chambre et cherché dans sa valise, parmi le peu d'effets qui lui restait, ses derniers biens : douze ampoules remplies de morphine et une seringue. Il m'a dit qu'il n'avait plus la force de le faire lui-même. Nous parlions doucement : je lui ai demandé pourquoi il pensait que j'étais plus forte que lui. Il m'a répondu, très calmement, que les femmes étaient toujours plus fortes que les hommes. Que sainte Catherine, par exemple, lorsqu'elle avait cherché à réconforter Niccolo di Toldo dans sa cellule de condamné à mort, avait été confrontée à un choix : rester une vulgaire hystérique ou devenir sainte Catherine. Transcendant son hystérie, elle avait aidé le jeune homme à mourir. Il me racontait tout cela sur le ton pédagogique d'un professeur en train de faire son cours. Pour commettre un suicide, il faut avoir la force de la folie, m'a-t-il dit. D'après de nombreux médecins, on ne se suicide que dans un moment d'égarement. Quant à lui, il n'était pas fou, non, il n'était qu'un homme qui n'avait pas la force de se tuer, aussi voulait-il que je lui rende ce service. Je lui ai demandé à mon tour si la quantité de morphine dont il disposait était suffisante pour nous tuer tous les deux. Il m'a répondu : non, avec une précision toute professionnelle. Nous nous entretenions, comme toujours, avec une froide objectivité : il m'a dit qu'il ferait le nécessaire pour camoufler mon acte en suicide, qu'il s'en expliquerait dans une lettre à la police. Étant donné sa situation, le suicide paraîtrait logique, personne ne se douterait de quoi que ce soit. Oui, il parlait avec objectivité, il avait tout prévu jusqu'au moindre détail, il semblait inutile de vouloir le dissuader – il avait réponse à tout et savait réfuter tous les arguments. Dans des cas pareils, d'ailleurs, les mots n'ont plus aucun sens… il arrive un moment où ils n'ont plus aucune emprise sur un homme qui a décidé de mourir. Il avait choisi de passer à l'acte – et on ne pouvait lui répondre que par un autre acte. Mon compagnon avait préparé sa mort aussi minutieusement que l'on prépare un grand voyage. Ou un exil. Il m'a dit que cela ne valait pas la peine d'expédier soixante-dix kilos de cellules d'un continent à l'autre, telle de la viande de bœuf congelée, estampillée par les autorités sanitaires. En arrivant en Australie, il ne serait plus lui-même, mais un simple paquet de cellules, car sa personnalité serait restée en Europe. Alors autant y laisser aussi ses cellules... Pourquoi pas, ai-je répondu, mais qu'elles y restent avec moi, comme je le lui avais demandé la veille, à Assise. Il m'a expliqué patiemment qu'il ne saurait en être question, car l'Europe à laquelle il avait appartenu n'était plus là pour le soutenir. Ici, a-t-il dit, il était mort depuis longtemps. La force qui assurait sa cohésion intérieure s'était dissipée, semblable à la pression atmosphérique sans laquelle les vivants planeraient en apesanteur, ou à la pression subaquatique dont la disparition entraînerait celle de la faune sous-marine. Il allait mourir, et moi je devais quitter ce continent – telle était sa dernière volonté. Il avait tout préparé, je n'avais plus qu'à enfoncer la seringue dans son bras et veiller à ce que nous ne soyons pas dérangés pendant les six heures nécessaires à la pénétration du poison dans l'organisme. Il savait que c'était difficile, mais j'étais la seule personne au monde à qui il pouvait demander ce service. Si je refusais, a-t-il ajouté, il lui faudrait mourir quand même, mais ce serait bien plus compliqué, car il se sentait terriblement fatigué. Il n'avait pas pensé que le suicide exigeait une telle force. Il m'a cité quelques noms... Vous m'écoutez, *padre ?* Je ne crois pas que vous les connaissiez, mais pour lui, ces noms représentaient quelque chose. Stefan Zweig, m'a-t-il rappelé, s'est suicidé au Brésil, car *son* Europe n'existait plus. Toller, ce communiste romantique, s'est tué à New York où il était réfugié et Maïakovski, ce bolchevique convaincu, a mis fin à ses jours à Moscou.

Le fils de Thomas Mann, qui, lui, n'était pas communiste, s'est suicidé en France, après la Deuxième Guerre mondiale. Il a cité d'autres noms de suicidés, de ceux qui avaient compris que tout espoir était vain… car ce en quoi ils croyaient n'existait plus. Zweig, qui avait foi en l'Europe, a compris un jour que cette Europe-là n'existait plus. Toller et Maïakovski croyaient en la révolution, jusqu'à ce qu'ils découvrent que cette révolution n'existait nulle part. Et tous ceux qui s'étaient tués, pour une raison ou pour une autre, avaient, eux aussi, compris… Lui ? Il en était arrivé au même point que tous ceux-là. Que pouvais-je répondre ? Il est bien difficile de répondre dans une telle situation. Quels arguments opposer à ceux dont le sang s'est coagulé au fond du cœur ? Je lui ai parlé du miracle que nous avions vu s'accomplir le matin même, du sang qui, autrefois, pulsait dans le cœur d'un homme, avant de se coaguler pour ressembler à un bout de goudron noir… mais qui, miraculeusement, s'était à nouveau liquéfié et remis à bouillonner… Ne croyait-il donc pas que le sang qui s'était figé dans notre cœur puisse un jour se liquéfier à nouveau, que tout notre passé mortifère puisse redevenir vivant, comme, derrière ces plaques de verre, le sang du saint ? Il m'a répondu qu'il n'y croyait pas. Le monde ne peut être racheté, a-t-il répété, qu'au prix d'un sacrifice individuel. Je lui ai rappelé alors que son suicide ferait l'affaire des communistes : voyez, diront-ils, le sort réservé à ceux qui nous quittent, ceux qui refusent de participer à la lutte contre nos ennemis. Il y avait songé, a-t-il concédé, mais avec le temps, croyait-il, le monde était devenu sourd aux mensonges des communistes. Nous sommes restés silencieux. L'aube commençait à poindre, le vent s'est levé, les eucalyptus et les pins parasols se balançaient en gémissant et, brusquement, l'orage a éclaté. Peu après minuit, j'ai regagné ma chambre. Non, je ne l'ai pas tué. Le matin, quand je suis retournée sur la terrasse, la tempête faisait rage. Lui, il était déjà sorti… les ampoules de morphine s'alignaient sur la table, intactes. Je n'espérais plus rien. Bravant la tempête, je suis restée longtemps sur la terrasse. Vers midi, j'ai commencé à avoir peur. Je suis allé voir un couple dans le voisinage. C'est chez eux que j'ai appris la nouvelle. Mais il n'est pas sûr qu'il se soit tué… Peut-être a-t-il été renversé par le vent lorsqu'il s'est appuyé contre la balustrade en haut de la colline du Pausilippe, lorsqu'il contemplait les profondeurs… Par endroits, la pierre s'effritait et se craquelait, la police l'a constaté elle-même. De là, on peut voir loin, jusqu'à Capri et Ischia… Sur la côte se dresse un rocher en forme de crochet, on dirait le jas d'une ancre ; selon la légende, c'est à ce rocher qu'Ulysse a attaché sa trirème en débarquant sur la côte, avant d'aller dormir avec ses compagnons dans la grotte de Polyphème. Un peu plus loin, dans la mer, s'élève un autre rocher, moussu celui-là, les vagues, en s'y brisant, le couvrent d'écume… Depuis la plage, nous avons souvent admiré ce spectacle. C'est sur cette plage qu'il gisait, bras écartés. Et maintenant, je dois partir, je suis convoquée à la police.

16

De la main gauche, elle lissa les doigts du gant de sa main droite. Elle s'apprêta à se lever. Comme elle ne disait plus rien, le prêtre demanda machinalement :

– Regrettez-vous vos péchés ?

Elle baissa la tête et, après quelques instants de silence, elle répondit doucement, mais avec fermeté :

– Non, je ne les regrette pas.

Le prêtre se tut. Ses lèvres remuaient, comme s'il se livrait à un calcul :

– Trois « Notre père » et trois « Je vous salue, Marie », lâcha-t-il sur un ton monocorde.

Brusquement, il leva son regard sur la femme et lui demanda avec curiosité :

– Vous restez en Italie ?

Elle se leva, lissa son tailleur et prit son sac sous le bras.

– Non, je ne reste pas. Je pars demain pour les États-Unis.

Elle traversa l'église d'un pas régulier et sortit lentement. À travers le grillage, le prêtre la suivit du regard. Pendant de longues minutes, personne ne vint.

17

Le Vésuve dit :

– Ils comprennent difficilement, mais ils y arrivent quelquefois. Ils oublient rapidement, tant mieux pour eux. Ils apprennent lentement, mais le peu qu'ils apprennent sombre vite dans l'oubli. Je les ai vus courir par les routes et pousser des cris de lamentation, je les ai vus fuyant la lave et les pierres brûlantes que je leur lançais, car il faut être sévère si l'on veut éduquer. Oui, ils se lamentaient et faisaient des vœux. Mais, peu de temps après, ils revenaient encore, exhumaient déjà les villes sous la cendre et recommençaient tout : ils retrouvaient leurs dieux, reconstruisaient leurs cités et emplissaient leurs maisons de vaines superstitions. Une fois tous les trois ou quatre siècles, je les rappelle à l'ordre. Rien n'y fait : ils apprennent lentement et oublient vite. Je les ai à l'œil, pourtant. En ce moment, ils me croient endormi et se permettent des insolences, ils scrutent mes secrets, ils se vantent de produire des explosions plus violentes encore que mes éruptions et s'attaquent même à l'écorce terrestre sous laquelle se trouve mon atelier de braises incandescentes. Penchés sur la matière, ils fouillent, guettent et flairent mon secret avec curiosité. Ils croient tout savoir et proclament sur tous les toits, avec un orgueil insensé, que l'énergie n'est rien d'autre que la matière multipliée par le carré de la vitesse de la lumière. Mais l'énergie, c'est aussi autre chose. Moi, je ne leur livre pas mon secret. Je n'ai pas dit mon dernier mot.

La mer dit :

– Le secret, c'est moi qui le détiens. Non, il ne réside pas dans la destruction. La vie est lente, souple et continue. La vague qui parcourt des dizaines de milliers de kilomètres avant de parvenir sur leurs côtes, là où ils ont construit leurs maisons et leurs idées fixes, cette vague constitue la seule énergie. Ils ne connaissent pas son secret. Détruire le monde n'est pas bien difficile. Mais créer ne serait-ce qu'un seul protozoaire, voilà une tâche immense, que je suis la seule à pouvoir accomplir. Je les ai créés, d'abord simples, ensuite avec des branchies, puis avec des poumons : et les voici qui barbotent dans mes eaux. Je les ai transportés d'une côte changeante à l'autre, les continents émergeaient et disparaissaient, mais moi, je demeurais inchangée. Je les ai bercés. Lorsqu'ils s'étreignent pour donner vie à la matière, ce sont mes ondulations qu'ils imitent. Mais je n'ai pas encore dit mon dernier mot.

Le vent dit :

– D'Afrique, je leur apporte l'odeur douceâtre des lianes et des fougères de la forêt vierge, la puanteur des déserts où pourrissent, sous des couches de sable et de végétaux décomposés, les civilisations, les villes et les lois d'autrefois. D'Asie, je leur transmets le message glacial des sommets enneigés. Murmurant, sifflant, hurlant ou tonnant, toujours je leur parle. Mon souffle balaie les montagnes, brasse les flots, suscite des vagues hautes comme des murailles. Je les ai vus aller et venir, traverser continents et océans – et j'ai fini par recouvrir l'empreinte de leurs pas. Là où je vais, rien ne subsiste. Oui, c'est moi qui aurai le dernier mot. Et après moi, ce sera le silence.

DU MÊME AUTEUR

Aux Éditions Albin Michel

LES RÉVOLTÉS

LA CONVERSATION DE BOLZANO

LES CONFESSIONS D'UN BOURGEOIS

LES BRAISES

L'HÉRITAGE D'ESTHER

DIVORCE À BUDA

UN CHIEN DE CARACTÈRE

MÉTAMORPHOSES D'UN MARIAGE

MÉMOIRES DE HONGRIE

LIBÉRATION

LE PREMIER AMOUR

« LES GRANDES TRADUCTIONS »
(extrait du catalogue)

ALESSANDRO BARICCO
Châteaux de la colère, prix Médicis Étranger 1995
Soie
Océan mer
City
Homère, Iliade
traduits de l'italien par Françoise Brun

ERICOVERISSIMO
Le Temps et le Vent
Le Portrait de Rodrigo Cambard
traduits du portugais (Brésil) par André Rougon

JOÃO GUIMARÃES ROSA
Diadorim
traduit du portugais (Brésil) par Maryvonne Lapouge-Pettorelli
Sagarana
Mon oncle le jaguar
traduits du portugais (Brésil) par Jacques Thiériot

MOACYR SCLIAR
Sa Majesté des Indiens
La Femme qui écrivit la Bible
traduits du portugais (Brésil) par Séverine Rosset

ANDREW MILLER
L'Homme sans douleur
Casanova amoureux
Oxygène
traduits de l'anglais par Hugues Leroy

EDWARD P. JONES
Le Monde connu
Perdus dans la ville
traduits de l'anglais (États-Unis) par Nadine Gassie

AHLAM MOSTEGHANEMI
Mémoires de la chair
traduit de l'arabe par France Meyer
Le Chaos des sens
traduit de l'arabe par Mohamed Mokeddem

NICK TOSCHES
La Main de Dante
Le Roi des Juifs
traduits de l'anglais (États-Unis) par François Lasquin

YASUNARI KAWABATA
Récits de la paume de la main
traduit du japonais par Anne Bayard Sakai et Cécile Sakai
La Beauté, tôt vouée à se défaire
traduit du japonais par Liana Rossi

YASUNARI KAWABATA / YUKIO MISHIMA
Correspondance
traduit du japonais par Dominique Palmé

JOHN MCGAHERN
Les Créatures de la terre et autres nouvelles
Pour qu'ils soient face au soleil levant
traduits de l'anglais (Irlande) par Françoise Cartano

VANGHÉLIS HADZIYANNIDIS
Le Miel des anges
traduit du grec par Michel Volkovitch

ROHINTON MISTRY
Une simple affaire de famille
traduit de l'anglais (Canada) par Françoise Adelstain

VALERIE MARTIN
Maîtresse
Indésirable
traduits de l'anglais (États-Unis) par Françoise du Sorbier

ANDREÏ BITOV
Les Amours de Monakhov
traduit du russe par Antonina Roubichou-Stretz

VICTOR EROFEEV
Ce bon Staline
traduit du russe par Antonina Roubichou-Stretz

REGINA MCBRIDE
La Nature de l'air et de l'eau
La Terre des femmes
traduits de l'anglais par Marie-Lise Marlière

ROSETTA LOY
Noir est l'arbre des souvenirs, bleu l'air
traduit de l'italien par Françoise Brun

HEIKE GEISSLER
Rosa
traduit de l'allemand par Nicole Taubes

JENS REHN
Rien en vue
traduit de l'allemand par Bernard Kreiss

GIUSEPPE CULICCHIA
Le Pays des merveilles
traduit de l'italien par Vincent Raynaud

ANTONIO SOLER
Les Héros de la frontière
Les Danseuses mortes
Le Spirite mélancolique
Le Chemin des Anglais
Le Sommeil du caïman
traduits de l'espagnol par Françoise Rosset

MORDECAI RICHLER
Le Monde de Barney
traduit de l'anglais (Canada) par Bernard Cohen

STEVEN MILLHAUSER

La Vie trop brève d'Edwin Mulhouse, écrivain américain, 1943-1954, racontée par Jeffrey Cartwright,
prix Médicis Étranger 1975, prix Halpérine-Kaminsky 1976
traduit de l'anglais (États-Unis) par Didier Coste
Martin Dressler. Le roman d'un rêveur américain, prix Pulitzer 1997
Nuit enchantée
traduits de l'anglais (États-Unis) par Françoise Cartano
Le Roi dans l'arbre
traduit de l'anglais (États-Unis) par Marc Chénetier

MIA COUTO

Terre somnambule
Les Baleines de Quissico
La Véranda au frangipanier
Chronique des jours de cendre
traduits du portugais (Mozambique) par Maryvonne Lapouge-Pettorelli

GOFFREDO PARISE

L'Odeur du sang
traduit de l'italien par Philippe Di Meo

MOSES ISEGAWA

Chroniques abyssiniennes
La Fosse aux serpents
traduits du néerlandais par Anita Concas

JUDITH HERMANN

Maison d'été, plus tard
Rien que des fantômes
traduits de l'allemand par Dominique Autrand

PEDRO JUAN GUTIÉRREZ

Trilogie sale de La Havane
Animal tropical
Le Roi de La Havane
Le Nid du serpent
traduits de l'espagnol (Cuba) par Bernard Cohen

TOM FRANKLIN
Braconniers
La Culasse de l'enfer
traduits de l'anglais (États-Unis) par François Lasquin et Lise Dufaux

SÁNDOR MÁRAI
Les Braises
traduit du hongrois par Marcelle et Georges Régnier
L'Héritage d'Esther
Divorce à Buda
Un chien de caractère
Mémoires de Hongrie
Métamorphoses d'un mariage
traduits du hongrois par Georges Kassai et Zéno Bianu
Libération
Le premier amour
traduits du hongrois par Catherine Fay

V.S. NAIPAUL
Guérilleros
Dans un État libre
traduits de l'anglais par Annie Saumont
À la courbe du fleuve
traduit de l'anglais par Gérard Clarence

GEORG HERMANN
Henriette Jacoby
traduit de l'allemand par Serge Niémetz

JOHN VON DÜFFEL
De l'eau
Les Houwelandt
traduits de l'allemand par Nicole Casanova

ADRIENNE MILLER
Fergus
traduit de l'anglais (États-Unis) par Marie-Lise Marlière et Guillaume Marlière

F.X. TOOLE
Coup pour coup
traduit de l'anglais (États-Unis) par Bernard Cohen

VIKRAM SETH
Deux vies
traduit de l'anglais (Inde) par Dominique Vitalyos

JOHN FOWLES
La Créature, prix du Meilleur Livre étranger 1987
Le Mage
traduits de l'anglais par Annie Saumont

DAVID MALOUF
Ce vaste monde, prix Femina étranger 1991
L'Étoffe des rêves
traduits de l'anglais (Australie) par Robert Pépin

ÉLIAS CANETTI
Histoire d'une jeunesse, la langue sauvée 1905-1921
Les Années anglaises
traduits de l'allemand par Bernard Kreiss
Le Flambeau dans l'oreille, histoire d'une vie 1921-1931
traduit de l'allemand par Michel-François Demer
Jeux de regard, histoire d'une vie 1931-1937
traduit de l'allemand par Walter Weideli

VERA ET ELIAS CANETTI
Lettres à Georges
traduit de l'allemand par Claire de Oliveira

CHRIS ABANI
Graceland
traduit de l'anglais (Nigeria) par Michèle Albaret-Maatsch

CHRISTOPH RANSMAYR
La Montagne volante
traduit de l'allemand par Bernard Kreiss

ROBIN JENKINS
La Colère et la Grâce
traduit de l'anglais par Françoise du Sorbier

DANIEL ALARCÓN
Lost City Radio
traduit de l'anglais (États-Unis) par Pierre Guglielmina

DUBRAVKA UGRESIC
Le Ministère de la douleur
traduit du serbo-croate par Janine Matillon

Composition IGS
Impression : Imprimerie Floch, septembre 2009
Éditions Albin Michel
22, rue Huyghens, 75014 Paris
www.albin-michel.fr

ISBN : 978-2-226-19410-7
ISSN : 0755-1762
N° d'édition : 25985 – N° d'impression : 74495
Dépôt légal : octobre 2009
Imprimé en France